命運之人

うんめいのひと

山崎豐子

YAMASAKI TOYOKO

中

王蘊潔——譯

【推薦序】

一場審判，改變了什麼？

【律師・文字工作者】李柏青

在美國唸書時，一位教授曾在課堂上告訴我們：「一個社會的主流價值，形塑了法院的判決，但法律人也往往透過法院判決，形塑了社會的主流價值。」

在《命運之人》中，山崎豐子女士所描寫的，就是這樣一場審判。

經過上冊明快的外交談判以及競爭激烈的新聞採訪後，中冊所迎來的是一場漫長又煎熬的司法程序，在這套人類千百年實驗、淬鍊而成的制度中，《每朝新聞》的王牌記者弓成亮太，將要為他取得日美沖繩密約資訊的行為，接受整個社會的評價。

這場判決的結果，不僅將決定弓成是否有罪，更將告訴我們，在那個時空、那個社會的主流價值中，記者的採訪權利與政府機密的界限在哪裡，或者是說，人民和政府的界限在哪裡。

作者在故事中透過律師團討論和法庭辯論，層次分明地討論了人民「知的權利」（the right to know）和政府機密的衝突。對於政府而言，將那些見不得光的穢垢埋藏在機密檔案深處，只公開政府做功德的部分，自然是對行政上最大的利益；但另一方面，政府資訊公開是民主政治的基礎，只有基於正確且充足的資訊，人民才有辦法作出理性的政治決策，適當監督政府的運作，這就是政府機密的界限。

但換個角度，我們都知道有很多事是能做不能說的，或者至少是當下不能說，當這些資訊被公開時，往往將造成全體人民嚴重的損害，在這種情況下，資訊的「機密」就有了正當性，政府可以用法律手段保護機密，處罰洩密的人，這也形成了「知的權利」的界限。這些抽象的概念很好理解，但是當一個具體案件需要具體的結果時，我們會發現這道界限總是模糊的。什麼樣的資訊洩漏會造成損害？什麼樣的損害預防又足以凌駕人民知的權利？又是誰有權去做出這樣的判斷、在第一時間界定某種資訊是機密？

類似的爭議存在於每個民主國家中，而且隨著科技的進步與新聞產業的轉型變得更加複雜。最近爭議性相當高的 Wikileak（維基解密）事件，已經將機密爭議拉高到國際層次；而以台灣來說，二〇〇二年的劉冠軍案可能是最近、也是知名度最高的案例，當時國安局劉冠軍上校因貪瀆潛逃出國，同時將國安密帳資料洩漏給壹傳媒與《中國時報》報導，最後導致檢警以調查外患罪為由，全面搜索報社，報導記者更因此受到調查局的監聽，引起軒然大波。我不知道有多少人在看到這則新聞時，第一時間的反應是認為這是台灣媒體太過發達的錯？又有多少人會直覺認為，這是媒體受到特定政黨操控的政治手段？

山崎豐子女士在這本書中所傳達的並不是一個虛擬的傳奇，而是隨時會在現代社會中爆發的爭議，在這場審判中，法院要決定的不只是國家機密的定義和不同面向權利的衝突，還混雜了激烈競爭中媒體尷尬的定位、記者的私德，乃至媒體道德對於整個新聞自由的影響。隨著故事的進展，我們將瀏覽過一項項的證據和法律理論，讀者將可以站在法官的角度，試著為這樣一個議題作出判斷。即便沖繩回歸並非我們熟悉的政治議題，然而議題本身可以代換，但各項原理原則卻是相通的，身為一個民主國家的公民，隨時在心中準備一把尺，將會幫助我們在面對類似問題時，量得更清楚。

當然，這場審判的直接對象還是人，當弓成亮太將他膨脹的人生彆扭地塞進狹小的司法方框時，一切都變了，那些叱吒風雲都成了過往，在警局中你是嫌犯、法庭上你是被告，進了看守所，你只剩下一個編號。你過去的一切都會被質疑，現在的一切都會被挑戰，你能做的，只有遵從所有的命令，期待在最後還能拾起僅存的尊嚴，獲得一個有利的判決，或用白話文講：清白。

受審判的不是只有弓成亮太和三木昭子，還包括他們身旁所有的人，弓成的太太、小孩，三木的丈夫、長官，《每朝新聞》的同仁，這些人雖不坐在被告席上，但他們的生命都隨著審判的進行而波動著，原本直線的人生在這裡產生了弧度，原本已是彎曲的人生，變得更加扭曲。

極為寫實的描述，極為深刻的辯論，極為低調的衝突，這是在閱讀《命運之人》以前，應有的認識。

在風暴中飄搖擺盪的命運之舟

※情義之舟

弓成亮太

曾經是《每朝新聞》政治部的明星記者，並且被看好未來可能成為社長。擔任記者多年來，這對於他早已不只是工作，而是一種向人民報導真相的強大使命。但是，因為一個情急之下的錯誤判斷，讓他牽扯入外務省洩密事件，並被爆有外遇緋聞。如今在他眼前的，是一條不知何時才能走完的漫漫長路……

弓成由里子

弓成亮太的妻子，育有二子。在多年的婚姻中，對於每天早出晚歸跑新聞的記者丈夫，始終都給予不變的愛與支持，然而，當丈夫爆出緋聞事件，她也心碎了。面對媒體狗仔與社會大眾排山倒海而來的壓力，她除了肩負起保護孩子的責任，也開始思考這場婚姻，如今究竟該何去何從……

司脩一

《每朝新聞》前政治部部長，曾經是弓成的直屬上司，在弓成事件發生後，被報社調為寫社論和時事評論的論述委員。雖然受到弓成的牽連，但他毫無抱怨，反而繼續鼓勵官司纏身的弓成。

山部一雄

曾與弓成一樣，是自己的報社《讀日新聞》王牌記者，但在派系鬥爭中被降為解說委員，如今是《讀日新聞》的解說部部長。雖然與弓成的理念不大相同，但兩人交情很好。他將於辯方的反證階段打頭陣，出庭作證。

三木昭子

外務省安西審議官的前任女事務官，容貌秀麗、身材姣好，被爆料與弓成有私情。原本打扮入時而幹練的她，在外務省洩密事件發生後，整個形象大轉變，穿著樸素，顯得蒼白憔悴，在法庭上並聲稱自己是受到弓成威脅教唆而洩密。

三木琢也

三木昭子的丈夫，夫妻之間其實貌合神離。昭子當初是因為曾經擔任外務省書記官、但因生病離職的丈夫介紹，才得以進入外務省工作；最後也是在丈夫的威脅加勸說之下，昭子才決定向安西審議官自首。

佐橋首相

他在任內被輿論抨擊無能，因此將沖繩從美國手中回歸日本一事，視為卸任前最重要的政績。如今已退居二線，因沖繩和平回歸一事而獲得諾貝爾和平獎提名。

田淵角造

在佐橋內閣時代，實質上便已和佐橋成為「共同經營者」，並且順利繼佐橋之後成為日本首相。

小平正良

在田淵內閣中擔任外務大臣。他曾經與弓成的感情很好，但在爆出外務省洩密事件後，他卻毫不留情地翻臉不認人，對弓成冷言冷語，說弓成只配當三流記者。

安西傑

外務省前任審議官，原本仕途一帆風順，卻因受到弓成事件的牽連，在即將晉升為次長之際遭到降職，並且被警視廳約談，使他感到備受屈辱，他與弓成之間曾如結拜兄弟般惺惺相惜的友情也消失殆盡。

※法律之舟

「剃刀」十時

警察廳長，「剃刀十時」是他的綽號，因他的眼神銳利、行事強硬，令人聞風喪膽，但是，他在私底下其實很有人情味。

弓成亮太辯護律師團成員

團長由在法界地位舉足輕重的伊能律師擔任，其他四位為：由著名檢察官轉任律師的高槻律師，曾參與保障人權、憲法相關大案子的大野木律師，以及年輕的山谷律師、西江律師。

本作品為根據事實進行創作的虛構小說。

目錄

第七章 潮騷

由里子難得和哥哥、妹妹一起，在逗子娘家的飯廳享受著母親精心準備的午餐。

七月的風中帶著淡淡的海水味道，父親坐在上座，兩側分別圍坐著母親、姑姑、哥哥和嫂嫂、由里子和妹妹，大家享用著三明治和冷雞湯，但餐桌上沒有人說話，因為今天一家人聚在一起的目的，是為了瞭解在弓成亮太成為被告的刑事案件即將開庭之際，由里子對今後有什麼打算。

吃完飯，由里子和嫂嫂、妹妹芙佐子收拾桌子後，為已經去了客廳休息的父親和其他人送上冰沙。姑姑松子從小就是大戶人家嬌生慣養的大小姐，之後又嫁入私立名門學校創辦人的豪門家庭，向來高高在上，從來不幫忙做家事。

「由里子，妳今天就坐著吧！」

父親看不下去，對由里子說道。

「對啊，來，坐這裡——」

母親也心有不捨地指著身旁的沙發說。

「亮太最近的精神有沒有好一點？」

哥哥從無關緊要的話題開始聊起。他在大型電機廠當工程師，住在設有研究所的千葉工廠附近，由於經常出國出差，每年都很少回老家，和由里子他們也只有在婚喪喜慶的場合才會見面。

「和前陣子相比，他的心情已經慢慢平靜了。多虧芙佐子夫家的體諒，這次真是幫了大忙了。」

由里子為芙佐子夫家長期提供客廳表達感謝。由於媒體不知道那裡，每天吃完早餐後，由里子就悄悄開車送弓成去妹妹家，弓成在那裡看書，或是和《每朝新聞》的上司、同事討論，為日後的官司做準備。天黑之後，由里子再開車把他接回家，有時候，弓成也會自己走路回家。

「啟郎是醫生，在健康管理方面也可以安心。」

哥哥懇切地說道。斯文的他這幾年越來越像父親了。

「對，啟郎看到媒體終於不再緊迫盯人後，認為整天窩在家裡會影響身心健康，還邀亮太一起去打高爾夫，實在太感謝他了——」

由里子由衷地表達感謝。穿了一身高雅白色套裝的姑姑放下吃冰沙的湯匙，皺著形狀漂亮的眉毛說：「哎喲，打高爾夫——既然有那分閒情逸致，就應該來這裡好好解釋一下事情的來龍去脈，向我們道歉才對。」

「姑姑，妳是因為不瞭解亮太姊夫目前的處境有多麼特殊，才會說這種話。他每天早上來我家後，就整天窩在家裡悶悶不樂，天黑之後，再回祖師谷。我老公看到他越來越憔悴，擔心會出事，才硬拉著他去打高爾夫。」

眉清目秀的妹妹芙佐子為弓成辯護。

「能夠打高爾夫是好事，但我們只能透過報導瞭解那起事件，雖說本質是沖繩密約，亮太的行為是報社記者正常的採訪活動範圍，但背後牽涉到女人的問題，即使報上說那是檢方轉移焦點，我也覺得無法釋懷。」

「打官司就是為了證明檢方在轉移焦點。」

聽到由里子這麼說，姑姑松子用戴著藍寶石戒指的手指不耐煩地敲著沙發扶手。

「我們在談的是官司之前的問題，雖然已經為時太晚，但他今天應該和妳一起來這裡，好好向我們解釋事情的來龍去脈。尤其我嫁入私校經營者的家庭，我的名字也出現在學園理事的名單上，一下子又是逮捕，一下子又是男女關係的，我的臉要往哪裡放？現在又要打官司，那些下流的報導好不容易慢慢平息了，這下子又要大寫特寫了。這場官司非打不可嗎？」

「……對不起。」

由里子不知道除此以外還能說什麼。

「由里子，妳不需要道歉，只是那份起訴書裡的齷齪內容，實在讓人看不下去。我們公司的研究所只有幾個人知道亮太是我的妹婿，一旦官司開打，每次都會報導開庭情況，老實說，的確會有點心煩。」

哥哥抽著菸，吐了一口煙。

「大哥，你是我們兄妹的中心人物，沒想到你是這麼想的，讓人聽了好難過。亮太姊夫是因為碰觸到國家機密，惹惱了政府，當局才會設下這種陷阱害他。《每朝新聞》的人在我家客廳討論時，也都很憤慨，說因為這種原因而逮捕報社記者是前所未聞的事。」

芙佐子繼續為弓成辯護道。松子在一旁制止後，轉而問由里子：

「由里子，妳和亮太之間沒問題吧？」

雖然這個問題令人很不愉快，但由里子還是簡短地回答：

「和以前一樣。」

「這麼說，亮太和那個女事務官只是逢場作戲，但對妳這個做太太的造成這麼大的痛苦，他應該有向妳解釋事情的始末吧？在上法庭之前，先把真相告訴我們。」

「他沒有和我談過案子的事。」

「他的臉皮真厚，妳居然還可以和他住在同一個屋簷下。」

由里子咬著嘴唇。事情剛發生時，她拚命忍耐，但在起訴書公佈後，她曾經不止一次想要離家出走，是因為還在讀小學的洋一和純二的關係，她才好不容易忍了下來。

客廳的氣氛格外凝重，所有人都悶不吭聲，父親開了口。

「由里子，妳已經忍耐得夠多了，就帶兩個孩子回來吧！」

這也是全家人的心願。

「——」

由里子努力克制著內心的動搖。

「亮太是賭上記者的靈魂做自己認為該做的事，但和那個拿文件給他的女事務官之間的事——或許只是一時意亂情迷，但我無法原諒他。亮太遭到逮捕至今三個多月了，我可以猜想妳吃了多少苦，妳卻從來沒有向我們娘家訴苦，為了保護洋一他們，一直撐到今天，連我都為妳這個女兒感到驕傲。」

「沒有啦……只是為了處理那些事忘了一切，根本沒時間難過。」

「但是，妳的忍耐也是有限度的。在日後的開庭審理過程中，即使亮太貫徹不畏權力、與權力奮戰的態度，妳身為妻子所承受的打擊將永生難忘。洋一和純二現在或許還不懂，但升上高年級後，也會因為聽到旁人無意的中傷而受到傷害，更可能因為他們是弓成亮太的兒子，別人就用有色眼睛看他們，影響他們未來的前途。」

「由里子，我也贊成妳爸爸的意見。」母親隔著沙發，輕輕握住由里子的手，「家裡三兄妹中，只有妳嫁給家世、職業都不同的弓成或許就是一個錯誤。我這個做母親的當初沒有仔細考慮這個問題，就讓妳嫁給妳爸爸並不欣賞的弓成，至今都覺得很愧疚。」

「媽，妳千萬別這麼說，嫁給亮太是我自己作的決定。」

至少在這一點上，由里子明確表達了自己的意見。

「由里子，妳就別再逞強了，趕快回娘家吧！但是，我剛才也說了，能不能設法別打這場官司？免得又要重提這些事。我看週刊報導，那個女人已經遭到外務省懲戒免職，她沒有工作，又和她先生分居，經濟上應該會有困難吧！我老公說，應該可以用錢解決這件事。」

松子只在意她夫家的面子。

「這簡直是在侮辱姊夫。」

芙佐子嚴詞反駁。

「假如亮太被判有罪，為了證明自己的清白，可能會上訴到最高法院，這樣一次又一次……」

松子說話的時候，身體忍不住抖了一下。由里子的哥哥插嘴說：

「這是外務省告發的事件，不可能不了了之，《每朝新聞》之前也大力支持知的權利，根本沒有退路。但實際問題是，《每朝新聞》到底會支持亮太到什麼程度。起訴書公佈後，之前和《每朝新聞》同步調的其他報紙好像突然退縮了——」

「報社很支持他，委託的律師團也都是支持言論自由的一流律師。因為我老公的關係被降職的前政治部長也完全沒有表現出任何不悅，目前負責訴訟的事，全力協助他打官司。」

「那太好了，但既然是和國家公權力抗爭，政治部長和亮太為什麼不能以原來的職銜上法庭？報社在人事問題上的處理，居然和普通的民間公司沒什麼兩樣，這一點讓人不太放心。我覺得《每朝》說不定在為自己準備後路。」

哥哥憑著技術人員特有的耿直提出了疑問，由里子沒有回答，剛才始終有所顧慮的嫂嫂說：

「由里子，現在學校剛好在放暑假，不如趁這個時候讓小洋他們搬回來這裡，為下學期轉學做準備。我在美容院看到一本女性週刊，說那個事務官已經亂了方寸，揚言如果要上法庭，暴露在眾目睽睽之下，還不如死了算了。我看了嚇到了，如果真的發生這種事，不知道會鬧得多大……」

她害怕地縮著肩膀。

「不要聽信那些危言聳聽的八卦雜誌。」

哥哥立刻斥責道，但嫂嫂口無遮攔的這番話令由里子很受傷。

「夫妻之間的事，我們在這裡也討論不出一個結果。我的腳腫了，要去散步一下。由里子，妳去把我的枴杖拿來。」

父親為由里子解了圍。

由里子默默地跟在父親身後，父親用緩慢的腳步走上了後山的坡道。午後的陽光威力還很強，來到涼亭時，父親臉上冒著汗，坐在椅子上。

由里子也在父親身旁坐了下來。

遠方的湘南海邊張著五彩繽紛的海灘傘，到處都是來海邊戲水的遊客。這個世界上所有人看起來都那麼幸福快樂，只有自己被推入了地獄，無助地在黑暗中痛苦。

「由里子——」

「……」

「趁我現在身體還健康，妳就趕快回來吧！我不忍心看妳這麼不堪，自己卻幫不上一點忙。」

父親凝望著大海，靜靜地說。由里子再也無法克制內心湧起的千頭萬緒，頭靠在父親的肩膀上，第一次放聲哭泣。

※

颱風過境後的箱根蘆之湖，富士山雄偉的山貌在蔚藍的天空下顯得格外美麗。

蘆之湖每朝新聞社度假村旁的這棟房子是報社創始人之前的別墅，弓成和律師團、政治部的司前部長一起來到這裡，為十月之後的開庭審理做準備。

一行人從市中心開了兩個半小時的車，來到箱根外輪山海拔一千公尺的乙女峰，涼爽的氣候令人完全忘了東京夏天的威力。平時總是忙於處理案子的幾位律師也完全斷絕了和事務所之間的聯絡，全心準備這場官司。

他們從一大早就開始開會，吃完午餐後，又討論了一陣子。中間休息時，弓成獨自走出了別墅。早上的時候，黃鶯在樹林裡熱鬧地鳴叫，發出美麗的聲音。傍晚時分，只聽到樹林間的山鴿發出憂傷的叫聲。

弓成穿著短袖襯衫，在大杉樹的樹蔭下緩緩走向湖畔。附近有不少避暑遊客，但很少人知道這條路，沿途只遇見一對帶著孩子的夫妻，手上拿著昆蟲採集網。那對夫妻比他年輕，小孩和洋一、純二的年紀相仿，快樂地走在父母身後。他的腦海中掠過五、六年前，妻子剛考到駕照時，曾經開車帶全家人來箱根度假的情景。自己的生活中再也不會有那樣的幸福了——

弓成滿臉凝重的表情，沿著昨天發現的雜木林和金絲竹之間的小徑往上走，前方的視野突然開闊起來。站在高處，湛藍的蘆之湖和雄偉的富士山盡收眼底。

弓成屏氣凝神地佇立在山上，在莊嚴的大自然面前，發現自己的痛苦多麼渺小、多麼微不足道，但也更加自我厭惡。

根據三木昭子拿來的極機密電文寫的報導雖然是大獨家，但因為寫的時候特別小心謹慎，以免消息來源曝光，所以報導內容缺乏具體性，無法完全向讀者傳達真相。他對手上掌握了確鑿的證據，卻無法寫清楚而感到焦躁，之後，他又寫了兩次，但都沒有引起迴響。

就在這時，社進黨的年輕議員橫溝找上了他。由於他缺乏跑在野黨線的經驗，因此，對方透過報社的年輕記者找上他。那名記者對他說：「弓成哥，橫溝議員對你的署名報導很感興趣，想進一步瞭解相關情況，希望你可以和他見一次面。」弓成一開始拒絕了。

但是，橫溝議員在沖繩國會的會議上追究密約問題後，再度透過報社的年輕記者傳話，希望可以見一面。弓成被他的熱忱打動了，約定見面三十分鐘談一下。於是，兩人就在新宿的一家小餐館吧檯聊了一下，弓成把無法寫在報導中的日方實質支付復原補償費的始末告訴了橫溝。律師出身的橫溝想要能夠佐證密約的文件，但弓成無法信任第一次見面的議員，當場拒絕了。

在去年十二月的國會會期中，橫溝自信滿滿地質詢以政府委員身分出席國會的外務大臣和外務省局長級的官員，卻因為缺乏證據，功敗垂成。

今年三月的預算委員會是追究沖繩密約的最後機會，一旦預算通過，真相將永遠隱藏在黑暗中。弓成再也無法克制對政府欺騙行為的滿腔怒火，找來那名年輕記者，指示他把裝了三封極機密電文的信封交給橫溝議員，並說：「你轉告他，使用這份文件時要格外小心。」到了下午，弓成坐在記者席上旁聽預算委員會時，眼看著站在質詢台上質詢的橫溝議員苦苦逼問政府委員，最後高高地舉起了極機密電文的影本。

弓成在記者席上一陣愕然，沒想到橫溝議員居然直接把電文拿出來亮相——

當初弓成在寫報導時，曾經費盡心思避免電文的來源曝光，如今透過中間人交出去後，事態已經朝向意想不到的方向發展。令他懊惱不已的錯誤判斷，發展成這次前所未有的事件。

「咦？弓成先生，原來你也在這裡。」

背後傳來一個聲音，弓成回頭一看，是五位律師組成的律師團中，和大野木同一家律師事務所的年輕律師山谷。他瘦瘦高高的身材穿格子襯衫格外好看，看起來比三十歲的年紀更年輕。

「我昨天散步時，發現這裡可以獨自享受美景。對了，聽說你在學生時代很喜歡登山？」

山谷的住處和弓成家很近，兩人經常約在田園調布車站前的噴水池見面，交付為開庭準備的資料文件草稿以及書面答辯的影本，久而久之，彼此也變得很熟絡。

「我每年大約有五十天在爬山，但山是魔鬼，我在法學院登山社的一位同學因為滑落山谷而意外喪生了。」

「所以後來你就很少登山了嗎？」

「不，我是因為想當律師，所以要用功讀書，參加司法考試。」

「聽說大野木律師的父親擔任大藏省特別銀行課課長時，曾經在沒有判決的情況下被羈押三年半，最後證明他是清白的，這件事也成為他立志當律師的動機。山谷律師，你呢？」

弓成看著在湖面上划船的學生問道。

「我並沒有這麼直接的動機，只是入學時，經歷了安保抗爭，而在遊行抗議時，遇到了樺美智子小姐的死亡事件❶，親身感受到政府的權力是多麼強大，這或許成為我的動機之一。之後，在找工作時，我也下決心絕對不要成為權力的一分子。況且，我原本就不適合在組織中生活，所以選擇了可以貫徹自由意志的律師這一行。我父親對我的選擇很失望。」山谷爽朗的表情中露出苦笑。

「你老家在愛媛吧？有必須繼承的家業嗎？」

弓成想起在九州經營最大蔬果批發公司的父親，忍不住湧起一股親切感問道。

「我家好幾代都是受託經營管理郵局，所以我父親也沒指望我會繼承。但他覺得既然我讀了法學院，希望我可以成為大藏省的官員。雖然父親在老家人面很廣，不過，畢竟是鄉下小地方，所以當他聽到我當律師時，氣得火冒三丈，說他把我養這麼大，不是讓我去幫人家辯護貪污和詐騙的。」

「原來是這樣——如今，你成為為了言論自由和人權問題與政府對決的人權律師，心情一定很複雜吧！」

弓成說著，緩緩地走向通往湖畔的路。

「這陣子，我一直在想，身為憲法問題大家長的伊能律師、高槻律師、大野木律師，還有你和西江律師，你們這些優秀的律師帶著極大的熱忱參與這起案子，看到你們在討論知的權利和報導的自由，為蒐集外國的學說和判例奔走，我不禁為自己所做出的輕率舉動感到汗顏。

「而且，無論大家怎麼討論，無論如何強調正當性，想到對三木造成的困擾，以及因為沒有坦承和三木之間的關係對報社名譽造成的傷害，我只能一再地說抱歉。老實說，我開始懷疑自己希望透過司法向國家公權力抗爭的想法，是不是太狂妄無知了。」

聽到弓成吐露目前的心境，走在他身旁的山谷停下了腳步。

「弓成先生，這些話真不像是你說的，原來你內心這麼沒有自信，也許是因為你這段時間以來，幾乎都整天悶在家裡的關係。這次外務省洩密案的起源是為了追究政府的欺騙行為，你向國民揭發了密約，所以，必須在法庭上奮鬥、獲勝——從某種角度來說，這是在贖罪。」

❶樺美智子是在安保抗爭中死亡的東大女學生，警方聲稱是跌倒而被踩死，但學生方面指證是被日本機動隊打死。一九五九—一九六〇年，由於反對《日美安全保障條約》（簡稱《安保條約》），日本民眾發起抗爭，而後演變成日本戰後最大規模的抗爭。

「我可以這麼認為嗎？」

弓成似乎在捫心自問。

「當然。真正該反省的應該是瞞著國民簽下密約的政府。」

山谷用清澈的雙眼看著在夕陽照射下的富士山山頂，望著相同方向的弓成終於一掃陰霾地點點頭。

喝日本酒、大啖日式生牛肉的晚餐結束後，便是今天的總結會議。

氣溫在不知不覺中越來越低，管理員為房間壁爐內的松木點了火，樹葉和小樹枝發出劈叭劈叭的聲音，隨著一陣煙霧，冒出了火苗。所有人都將籐椅搬到壁爐前。

伊能律師穿著涼爽的襯衫，可以感受到他空手道黑帶三段的結實身材。他叼著菸斗，坐在中央的位置。

「論點幾乎都已經討論了，現在來整理一下審判過程中的爭議點。

「首先，就是該如何看待那三份電文的內容。弓成被認為教唆三木事務官『因職務知悉之秘密』而觸犯了國家公務員法，但問題在於這幾份電文的內容能不能算是受國家公務員法保護的『秘密』——」

他看著大野木說。憲法學者伊能在擔任法官期間，曾經在砂川事件❷中，做出美軍基地違憲的判決，在法律界具有舉足輕重的地位，但個性很隨和。

「是啊！檢方一定聲稱既然外務省蓋了『極機密』的章，就是不允許外洩的『秘密』。但是，這種密約根本不應該受法律保護，而是應該讓所有國民知道。弓成揭露了密約，是為國民爭取知的權利，根本和犯罪扯不上關係。」

大野木是律師團的實質中心人物，他在謹慎中透露出自信，在資歷上相當於他徒弟的山谷和西江也點點頭。

「問題在於另一個爭議點，就是報社記者的採訪自由受到什麼程度的保護，也就是說，弓成的採訪方式到底是否正當。必須請目前線上記者到庭作證，公開採訪的實際情況，證明弓成的正當性。但令人頭痛的是該如何對待三木事務官。」

大野木抱著手臂說道。五位律師對於該如何對待三木昭子這個問題有不同的意見。

「從三木至今為止的表現來看，她顯然會主張『一切都是弓成的錯』。雖然她也是被告，但其實是檢方的證人。如果她說出有違事實的證詞，我們必須在反詰問中撥亂反正。」

❷一九五五—一九五七年間在東京都下砂川町，因為民眾反對擴張美軍立川基地一事所發生的抗爭活動。政府指派警方強行進行測量，居民與學生們則動員大批人力抵抗，因而發生流血事件。

最年輕的西江律師一張白淨的臉看向其他前輩律師。

「在當今的時代，檢方認定的事實太滑稽可笑了。一個年近四十的職業女性和男人在酒後發生了關係，怎麼可能因為害怕被丈夫和工作場所知道這件事而受要脅，像傀儡一樣被男人操控，乖乖地交出文件？我相信她應該也有她的動機或是想法。」

他不愧是年輕人，立刻指出了重點。

「我也有同感。她在警方和檢方的筆錄中，把事情說成是弓成先生有計畫地接近她，在突破她的最後一道防線後，強迫她交出文件。她擔心如果不這麼做，他們之間的關係就會曝光，聽起來好像弓成先生在脅迫她，但事實上，弓成先生根本沒有威脅她。

「如果我們對三木有太多顧慮，不敢反駁她的供詞，事實就會遭到扭曲，不僅會造成對弓成先生不利的結果，更無法查明事實真相，這將會不可避免地造成辯護疏失。」

聽到山谷的意見，在律師團中最保守的高槻皺著眉頭說：

「這是你們年輕律師的意見，但輿論不會這麼認為，我個人也對這種做法能不能在倫理上站得住腳存疑。

「看到那份充滿惡意的起訴書內容後，雖然對弓成難掩同情，但我們必須瞭解到，女方也承受了難以估計的傷害。難道要在法庭上問她，既然你們是你情我願的感情關係，怎麼可能言聽計從地按對方的要求把機密資料交出去？這麼一來，不僅無法從她口中得到我方想要的證詞，更會陷入討論男女關係的混戰，落入檢方的圈套。」

始終悶聲不響地聽幾位律師討論的政治部司前部長放下手上的鋼筆，滿臉苦澀地說：

「三木女士是消息來源，《每朝》卻無法保護她。站在《每朝》的立場，也不希望在法庭上詆毀她。」

「弓成，你也不妨藉這個機會說一下你內心的想法。」

伊能關心地問道。

「我還是和以前一樣，會對自己的行為負起所有的責任——」

弓成表達了嚴格的自我要求，然後就不再表達意見。兩位年輕律師聽了他這番話，也陷入了沉默。

「伊能律師，第一次開庭時，只是制式化地問及認罪與否，但第二次開庭時，檢方將進行開頭陳述，陳述起訴要旨，到時候將不可避免地提及比起訴書中更露骨的男女關係。在檢方開頭陳述後，我們可以立刻進行辯方的開頭陳述，強烈指出這次審判的本質，避免檢方誤導視聽，不知道您對這樣的辯護策略有什麼意見？」

大野木說道，在他寬濶額頭下的雙眼充滿著鬥志。在刑事審判中，辯方通常不進行開頭陳述，因此，伊能閉上眼睛沉思片刻。

「好，就這麼辦。」

伊能表示贊成。

遭到起訴後，辯方向法院申請了半年的準備時間，但同意在開庭後，以隔週開庭一次的速度進行審理作為交換條件。

壁爐內的火勢漸漸變弱，西江又添了新的木材。新的火焰再度燃燒，把所有人的臉都照得通紅。

「三木的律師坂元之前是內務省公務員，曾經是十時警察廳長的部屬吧？」

《每朝》方面派來和弓成一起參加訴訟的社會部司法線副組長開了口。大野木點點頭。

「十時進入警察廳後，始終高居廳長的要職，坂元先生在擔任十時管轄下日本最小的管區——四國管區的警察局長後退休，才成為律師。雖然他的法律事務所只有他一個律師，主要承辦自由黨候選人違反選罷法的案子，但這是不是意味著十時廳長也插手了這起案子？」

司法線副組長擔心地問。

「應該純屬巧合而已，素有『剃刀十時』之稱的他應該不會用這種下三濫的手法。聽說是在三木先生的朋友介紹下，一開始就請了坂元律師為她辯護，可能是透過外務省的老朋友介紹的吧！我們想和三木女士接觸時，她已經請了坂元律師，所以我們無法順利接近她。」

「我去坂元事務所採訪過，他說不知道三木的下落，還說是因為《每朝》讓消息來源曝光，導致她失去了工作，卻沒有任何補償，不知道到底在打什麼主意。他用一副警察特有的口吻把我罵了一頓。」

「我們已經私下提出了賠償問題。目前傾向以霍夫曼計算法（Hoffmannschen Methode）為基礎，再加上額外的金額，日後將由我和《每朝》的總務局長討論後決定。但在案子審理期間，金錢的收受會被認為是收買行為，所以暫時保留，也已經獲得對方的同意。雖然我們提出先給對方一百萬作為目前的生活費，對方說可能會誤認為是訂金，所以單方面拒絕了。」

大野木說完，宣佈結束今天的會議。

「明天再繼續討論吧——」

❊

秋分已過，漸漸有了初秋味道的九月二十五日——

在入夜後仍未開燈的黑暗房間內，弓成目不轉睛地看著電視。佐橋首相退居二線後誕生的田淵角造首相目前正在訪問中國，促進成為田淵內閣首要外交課題的日中邦交正常化。

政府專機到達北京機場後，田淵首相一步一步地走下舷梯，當他來到站在舷梯下方，身穿中山裝的周恩來總理面前時，滿臉激動地用力握手。周圍響起熱烈的掌聲。

這正是見證歷史重要一刻的畫面。小平外務大臣一臉燦爛的笑容站在田淵首相身後。雖然從正午的新聞報導開始，弓成已經看了這些畫面無數次，但仍然百看不厭。

畫面從北京機場移向面對著天安門廣場、氣勢磅礴的人民大會堂。

如果自己沒有遭到逮捕，仍然是負責執政黨的組長，一定會成為隨行記者團的一分子前往北京，寫下署名「特派員弓成亮太來自北京」的報導。他在跑外務省期間，就已經開始採訪小平正良以及其他親中派的政治人物、財經大老和學者，甚至已經在筆記本上擬好了一部分報導的腹案，為迎接這一天做準備。

如今，只能看別人寫的報導，透過電視新聞瞭解相關情況，無法向人傾訴內心的封閉感、疏離感。

四月遭到起訴後，停職在家中的這段期間，至少發生了三件大事，每一件皆是任何政治記者都想要憑著平日積極鑽研、努力採訪和蒐集資料，好好發揮一下的主題。

其中之一，就是五月十五日沖繩回歸的事。沖繩在相隔二十七年後，終於再度回到祖國的懷抱，全國民眾當然都感到歡欣鼓舞。然而，美軍基地的整理縮小根本名不副實，美軍在日本的軍事基地有百分之五十都留在沖繩，問題層出不窮。

他多麼希望親筆寫下無法用一句「沖繩縣萬歲！」就解決的現實問題。

六月十七日，佐橋首相宣佈下台。七年八個月沒有任何作為的政權，把沖繩回歸作為執政多年來最後的政績。然而，民眾無法原諒長達七年八個月的政治空白。佐橋在宣佈交棒時，對記者咆哮：「報社的記者滾出去！」抵制記者的採訪，在沒有任何記者的記者室內，獨自對著攝影機說話的景象慘不忍睹。

七月五日，自由黨黨魁選舉。這是對政治部記者而言的重大事件，每個記者都透過清晨、深夜採訪，預測各派系的得票數，張大眼睛觀察田淵角造和福出武夫的最終得票數。弓成從去年春天開始陸續進行的採訪都變成白忙一場，只能在家裡空虛地聽別人採訪的新聞。對記者來說，無法繼續握筆，只能當一個旁觀者，簡直和死了沒什麼兩樣。

紙拉門傳來咚、咚的敲門聲，他沒有回應，門拉開了一條縫。

「老公，你稍微吃點東西吧！你媽媽從北九州寄來了比目魚的一夜干❸，要不要烤給你吃？」

由里子看到丈夫連晚餐都沒吃，想叫他去飯廳吃點東西。

「不用，等一下我會隨便找點東西吃。」

弓成沒有關電視，走過由里子的身旁，去了廁所。已經十點半，兩個孩子已經入睡了。

弓成上完廁所，準備再度走進書房。

「我已經幫你準備好晚餐了。你媽很擔心你，說她睡覺時也夢見你垂頭喪氣的樣子，明天我會打電話給你媽，說有五位優秀的律師幫你打官司——」

❸將魚用鹽巴醃過後再風乾一個晚上，稱之為「一夜干」。

由里子開口告訴丈夫說，會打電話這麼安慰婆婆。

「妳不要沒事找事，妳這麼說，就好像我做了天理不容的壞事，要五個律師來幫忙！」

弓成內心的鬱悶終於爆發了。

「你小聲點，孩子們會被你吵醒。」

「都怪妳說一些不經大腦思考的話！我媽聽妳這麼說，不是會更擔心嗎？不要自作聰明！」

「你說什麼……？」

「我老家和妳家的作風不一樣，妳不必操心我老家的事！」

弓成站在走廊上，對著由里子宣洩無法克制的怒火。

「老公，別讓孩子聽到我們爭吵。這一陣子，他們似乎也察覺有點不對勁了。你進來再說。」

由里子指著客廳的沙發說。因為季節的關係，門窗都敞開著，遠處傳來了秋天原本不會出現的風鈴聲。

「不對勁？怎麼不對勁？」

提到兩個孩子的事，弓成也緊張起來，走去沙發。

「我沒有告訴他們你目前停職的事，所以他們那天問，爸爸為什麼不去上班。」

由里子沒有繼續說下去。前幾天，讀小學四年級的大兒子洋一躡手躡腳地走到廚房裡的母親身旁問：「下流胚是什麼意思？」然後觀察母親的反應。

「由里子，如果妳想離婚，我隨時會蓋章。」
自從事件發生後，始終不願意好好坐下來談的弓成當面提出了這件事。他們夫妻之間已經出現了難以彌補的鴻溝，這也是想當然耳的結果。
「在談這個問題之前，請你告訴我，你和那位三木女士到底是什麼關係？你應該知道我也很痛苦。」
「我到底要怎麼說妳才滿意？說那只是我逢場作戲？還是要說只是一時鬼迷心竅？」
弓成忍無可忍地大吼道。由里子難過地低下頭。
「既然你不願意好好談，我也沒辦法，但你考慮過兩個孩子的將來嗎？」
「我沒有一天不考慮洋一和純二的事，只要他們繼續姓弓成，可能會對日後的升學、求職和結婚產生影響。我不希望他們受這些苦，所以由里子，妳和我離婚之後，就讓他們改姓八雲吧！」
弓成心如刀割地說完，兩個嬌小的人影突然衝了進來。
「不要！我絕對不要爸爸和媽媽離婚！」
身穿睡衣的洋一和純二不顧一切地大喊著，抱著父母的脖子放聲大哭。
夫妻倆說不出話，緊緊抱著兩個兒子。難道是因為弓成剛才在走廊上大聲叫喊，把他們吵醒了，聽到父母的談話才起床的嗎？
「別擔心，爸爸和媽媽不會離婚，你們放心吧！」

由里子緊緊抱著純二，弓成也用力抱著洋一，同時伸手抱住了純二的肩膀，一家四口相擁著哭了起來。

※

十月十四日上午，這一天是外務省機密文件洩密案首度開庭的日子。

法庭內有四十七個旁聽席開放給一般民眾旁聽，但東京地方法院大門前有超過一百五十位民眾大排長龍，隊伍最前面的男子清晨六點不到就來排隊了。

法院門口還擠滿了報社、電視台和雜誌等各大媒體，在等候旁聽的隊伍旁，有一群看起來像是婦運團體成員高舉著「三木女士，妳沒有錯」的塑膠牌，記者對著她們拚命按快門。

九點四十分過後，一片嘈雜聲中，前事務官三木昭子在律師的陪同下現身了。她穿著圓領的樸素套裝，但裙子的長度不到膝蓋。她手上拿了一個小手提包，原本很有個性的短髮如今長及脖子，一路上始終低著蒼白憔悴的臉。攝影師一擁而上，對著她拚命亮閃光燈，身材健壯的坂元律師挺身斥責道：

「三木女士的身體虛弱，隨時需要醫生照顧，請你們讓開。」

這時，大家才發現她雖然沒有丈夫陪同，但身後跟了一個手上拿了大型診療包的年輕男子。

「三木女士，我們會支持妳！」

「妳是為知的權利而戰的聖女貞德！要勇敢地奮戰到底！」

婦運團體的人聲嘶力竭地聲援三木。三木昭子似乎充耳不聞，虛弱無力的她在坂元律師的攙扶下，走進了法院大廳。

幾分鐘後，現場再度出現一陣騷動。弓成亮太在五位提著沉重公事包的律師包圍下現身了。他的頭髮用髮膠梳得一絲不苟，高大魁梧的身材穿著深藍色西裝配條紋領帶，下巴微微上揚的樣子，簡直就是政治部記者的最佳代言人。他面不改色地走過對著他拚命拍照的攝影師前方，在等電梯的時候，也和律師交談著，一派從容自若的樣子。

開庭地點位於東京地方法院最大的七樓七〇一號法庭。

開庭三十分鐘前，旁聽席上已經擠滿的媒體和四十七位旁聽民眾，不時瞥向欄杆前空無一人的當事人席位。當門打開時，頓時吸引了所有人的目光。原本在休息室內的三木昭子在律師的攙扶下，坐在七公尺長的被告席最左端。接著，弓成走了進來，先坐在靠近入口的位置，但在律師的提醒下，挪向靠中央的位置。兩個人相距三公尺左右，為了避開對方的視線，都顯得格外緊張。他們的態度更引發了旁聽者的好奇。

在旁聽民眾中，三木昭子的丈夫琢也用格外異樣的目光看著他們。他坐在旁聽席第三排，就在媒體記者的後方。他渴求地望著分居五個月的妻子，然後又凝視著弓成的背影。

上午十點零四分，正面法官席後方的門打開了，三名身穿黑色絲質法袍的法官走了進來。

「起立！」

法警的聲音響徹整個法庭。全體起立後，站在中間的本山審判長和左、右兩側的陪席法官一起坐了下來。

「現在宣佈開庭。」

本山審判長以響亮的聲音宣佈後，用溫和的表情看向檢察官和辯護律師雙方後說：

「被告到前面來——」

鴉雀無聲的旁聽席響起了窸窸窣窣的聲音。弓成和三木走到證人席前，兩個人之間保持著不自然的距離。連帶被告——宛如江戶時代私通的男女被帶到法庭審問的屈辱，令始終落落大方的弓成不禁皺了一下眉頭。三木一直都低著頭，似乎很害怕。

法官首先進行了姓名、年齡和職業等制式的「人別訊問」。弓成回答職業是「報社記者」。三木用氣若游絲的聲音回答：「無業。」令人印象深刻。隨後，兩人回到原來的被告席。

「審判長——」

檢方的森檢察官站了起來。他年約四十歲左右，一張四方臉看起來很難纏。

「請允許我對兩名被告的起訴書上記載的公訴事實中，訂正接近末尾處的一個日期。」

他指著事先遞交的起訴書，接著冷靜地提出了錯誤地方加以訂正。

本山審判長徵求辯方的意見。

弓成辯護團由團長伊能律師回答：「辯方對訂正沒有異議。」

三木的律師坂元也回答說沒有異議。

然後，森檢察官開始朗讀起訴書。

公訴事實

被告弓成亮太在《每朝新聞》東京總社編輯局政治部工作，昭和四十六年二月至昭和四十七年二月期間，為負責外務省的記者。被告三木昭子為外務省事務官，自昭和四十五年於外務省外務審議官室工作，擔任外務審議官安西傑的文件簽收、保管等職務。

第一　被告弓成利用與被告三木之間的男女私情，要求被告三木將送至前述安西審議官的外交相關機密文件或影本攜出，達到採訪目的。

（一）昭和四十六年五月二十二日，邀被告三木至東京都澀谷區松濤三丁目四番九號王山飯店，發生親密關係後，再三要求「我採訪遇到了瓶頸，妳把送到安西辦公室的文件拿給我，尤其是沖繩相關的機密資料，算是幫我的忙。我絕對不會造成妳和外務省的困擾。」……教唆被告三木洩漏因職務知悉之秘密——

森檢察官一字一句、語氣堅定地朗讀道，要求以違反國家公務員法的相關罰則論處弓成和三木的刑責。

在檢察官朗讀期間，弓成始終正襟危坐，看向審判長席；三木則從頭到尾低著頭，肩膀不時顫抖著，令旁聽者對她充滿同情。

接著，本山審判長告知被告享有緘默權後，請兩名被告陳述意見，也就是問被告是否認罪。

弓成站在證人席前。

「在針對公訴事實陳述意見之前，我先借此地為無法保護消息來源一事，向三木昭子女士深表歉意。」

說完，他向坐在斜後方被告席左端的三木深深地鞠躬道歉，但三木低頭看著自己的腳，毫無反應。弓成調整了心情，轉頭看向審判長。

「三木女士被檢方用不當的方式，以違反國家公務員法提起公訴，承受了極大的打擊。我為了讓民眾瞭解電文的內容，選擇在報紙上寫報導以外的方式，也就是在國會公佈，就是為了遵守在媒體記者眼中至高無上的『保護消息來源』的原則。但因為我思慮不周，導致了違反當初意圖的結果，深切感受到必須對這樣的結果負起責任。

「本案以我教唆三木女士洩漏沖繩密約的相關電文，以違反國家公務員法將我起訴。這是政府為了欺騙國民所使用的詭計，試圖假國家利益之名，行欺騙之實，並將欺騙行為正當化，我對此絕對無法接受。同時，更無法接受將我身為報社記者，為了向大多數國民傳達真相所進行的採訪活動視為犯罪。」

他用洪亮的聲音明確反駁了公訴事實後，開始說明採訪過程。

「沖繩談判中隱藏著許多疑點，為此，我透過各種管道進行了採訪。在採訪過程中，我在一個偶然的機會向三木女士提出，如果有沖繩談判的相關資料值得參考，請借我看一下，要求她協助我的採訪工作，並向她保證會保護消息來源，也獲得了她的同意。在拜託她的時候，我當然沒有用強迫的態度。

「對於這項採訪工作，檢方採取了將基於自由意志、個人之間的問題作為刑罰對象的手段。很顯然地，政府為了打這場官司，無所不用其極地利用了三木女士和我之間立場的差異。

「我必須在此明確表達，我絕對不是為了達到採訪目的，有計畫地接近三木女士。至於私德上的問題，不該由調查當局介入，而是我自己必須深刻反省的事。」

弓成斬釘截鐵地說道，接著陳述了那三份電文的內容，強調是國民必須知道的內容，在交給社進黨在國會公佈之前，曾經在報上三次加以報導，反駁了「沒有用於自己的報導，就交給社進黨」的批評，表達了向檢方正面迎戰的態度後，結束了陳述。

在旁聽席豎耳細聽的記者和民眾終於發現，本案的關鍵並不是檢方強調的「男女私情」和

「教唆」，而是欺瞞國民的外交談判這個完全不同層次的事，不禁開始重新思考本案的本質。

然而，當大家看到三木昭子搖搖晃晃地走向證人席時，這種想法也漸漸消失了。三木在於心不忍的法警協助下，站在證人席上，肩膀不停地顫抖著，似乎無法開口說話。

「審判長，被告身心處於極度緊張的狀態，請准許她讀事先寫好的內容。」

坂元律師在辯護人席上要求道。開庭不久，就出現了前所未有的發展。本山審判長看著三木，似乎在觀察她的憔悴程度，和右側的陪席法官交談了一下，又向二十八歲、最年輕的左側陪席法官交換眼神後說：

「同意。」

弓成也對事態的發展感到驚訝，第一次正視三木的背影。半年不見，原本體型修長的三木駝著背，身體微微前傾，不長不短的頭髮遮住了她白皙的頸部，完全變成一個蒼老的中年女子。曾經是外務省第二把交椅的審議官手下那個做事俐落、無所畏懼的能幹事務官，和弓成單獨相處時也表現得熱情奔放的三木，居然完全變了樣——弓成不禁感到痛心。

三木獲得審判長准許後，雖然打開了事先寫好的紙，但嘴唇微微動了一下，說不出話來，經坂元律師再度提醒，她才用語帶顫抖、幾乎聽不到的聲音唸了起來。

「起訴書所記載的事實無誤，我對因此受到牽連的人深表歉意，更希望審判早日結束，世人趕快將我遺忘。」

雖然早就預料到她會接受起訴書內容，但沒想到她會說出「希望世人趕快將我遺忘」這種話……聽到幾乎被害怕和後悔壓垮的三木這番話，旁聽席上有幾個女人紅了眼眶。

在兩名被告對於認罪問題表達完全相反的意見後，弓成律師團開始進行辯方的意見陳述。最先站起來的是團長伊能。留著小鬍子的伊能將懷錶放在桌上，靜靜地開了口。

「本案是史無前例地用國家公務員法第一百一十一條追究一介報社記者的採訪行為。報社記者代替擁有主權的國民行使知的權利，必須深入政治勢力內部，找出隱匿的事實，公佈在廣大民眾面前。因此，報社記者與公務員接觸過程中，針對政府視為秘密的事實加以採訪的情況不勝枚舉，不可否認，這對民眾形成正當的政治判斷做出了貢獻。然而，在此之前，從來沒有針對在這種採訪過程中，必然會發生的『教唆行為』進行告發或是偵辦。政府這次公然把手伸進檢方，行使公訴權的意圖到底為何？這正是首先必須討論的問題。」

他停頓了一下，向審判長出示了三份電文。

「記者弓成拿到的這三份電文，都是關於《沖繩回歸協議》的交涉過程或交涉結果的報告，內容為美軍用地的復原補償費四百萬美元，包含在日方為了購買美方留在沖繩的資產，向美方支付的三億兩千萬美元中。

「政府在國會聲稱，這四百萬美元是美方自發性支付給我方，並不包含在支付給美方的三億兩千萬美元中，否認在軍用地復原補償費問題上有密約或檯面下的交易。但只要看電文內容，民眾就會對政府的發言內容產生質疑。

「政府聲稱在官方努力下，爭取到沖繩在對我方相當有利的條件下回歸祖國，沒想到在誇示這種成果的背後，卻隱藏著由日方負擔這四百萬美元的交易，這簡直是在愚弄人民！當這個事實遭到揭露時，政府的信用將掃地，也將引起民眾強烈的憤慨。這正是政府極力想要隱匿這幾份電文的目的。洩漏這幾份電文所造成的衝擊，才是政府決定偵辦本案，並提起公訴的真正原因。

「這並不是因為弓成拿到、公佈電文危害了國家利益，而是執政當局對於推翻了他們好不容易虛構出來的成果，導致政府信用掃地所進行的反撲。」

伊能律師以平靜口吻陳述的意見充滿嚴格追究政府欺騙行為的震撼力，震懾了旁聽者。

接著，辯護團實質領導者大野木律師站了起來。他胸前口袋插著與領帶同款的絲巾，一身瀟灑打扮。戴眼鏡的他審視著法官和旁聽席。

「我將陳述本案中兩個本質性的問題。

「首先，本案中被視為洩漏的『秘密』電文，是記載了政府在沖繩回歸問題上，向國會以及國民隱瞞的談判內容，卻用『國家利益』的抽象美名加以保護，以刑罰來處罰揭露真相的兩位國民。難道我們允許這種情況發生嗎？

「其次，報社記者向本國人民傳達真相的行為，為什麼變成了犯罪？如果記者弓成沒有拿到本案中的電文，人民將永遠不知道外務省美國局長在國會做了不實答辯這個事實。難道我們能夠坐視揭發真相的記者因此受到刑法的處罰嗎？」

大野木於情於理加以論述，向法官訴說了今後審理應有的方向。

「本案中的電文被外務省指定為機密，也因此追究兩名被告的罪行。然而，這種秘密只是外務省官員恣意憑著舊時代的武斷想法，認定外交談判本來就是秘密。以前，我們向來認為『政府決定的秘密就是秘密』，但是，如今我們必須改變判斷基準，用『國民知的權利』來衡量到底是不是真正的秘密。」

接著，他以九一八事變、盧溝橋事件和東京灣事件為例，說明了虛偽或是不完整的情報傳遞，會導致國家利益受到損害。

「在《紐約時報》事件中，美國聯邦最高法院的布拉克法官說：『只有自由而不受制約的媒體，才能夠揭發政府的欺騙行為。』並認為『媒體對政府秘密的挑戰，不僅是新聞自由的權利，更是義務，是民主主義的基礎』。

「懇切希望法院能夠為了尊重這種基本權利審理本案，並做出適當的判斷。」

大野木一鞠躬後坐了下來，高槻律師隨即站了起來。

「弓成和三木被檢方認定違反了國家公務員法而遭到起訴。

「弓成被問罪的國家公務員法第一百一十一條到底只適用於公務員，還是也適用於民間人士？規定本身缺乏對於行為者主體要件的記載，因此非常不明確。而且，『因職務知悉的秘密』

的定義也很不明確。

「不明確、不合理的國家公務員法第一百一十一條本身違反了憲法第三十一條的正當程序條款，將本條的教唆罪理解為包含了身為第三者的報社記者正當的採訪活動，等於不當限制了憲法第二十一條規定的言論自由，也違反了該項憲法。

「懇切希望法院審理本案時充分考量到這些問題。」

他用莊嚴有力的聲音對著法官席總結道。

弓成的律師團一個半小時的意見陳述結束後，由三木的辯護人坂元勳律師陳述意見。

坂元律師坐的位置和弓成的律師團稍微保持了一點距離，他緩緩地站了起來。

「被告三木接受起訴事實，身為辯護人，只能為她爭取酌情減輕處罰的空間。

「容我從這個角度表達一點意見。本案中大力主張『知的權利』，從《每朝新聞》的辯護人主張中可以發現，這項權利只對報社記者有利。當記者在採訪活動中不小心踩線時，可以用『知的權利』和『新聞自由』為自己辯解這並非違法行為。

「如果『知的權利』和『新聞自由』得到法律的保障，那麼，保護消息來源也同樣應該受到法律保障。因此，採訪者和提供消息者之間的關係，應該是前者有保護後者的義務，後者可以享受到被保護的權利。然而，從本案發生至今，另一名被告只顧主張新聞自由的權利，卻沒有保護消息來源的做法，顯然很不公平。

「請法院在今後審理過程中，充分考量上述這一點。」

他的陳述簡直給弓成律師團的陳述潑了一盆冷水。

旁聽席響起一陣騷動。事件的核心原本是當局對於揭露政府欺騙行為的報社記者採取的報復行為，但坂元律師簡潔的陳述，讓焦點再度集中在同情消息來源的三木這件事上。

「如我方之前向法院提出的陳情書中所提到的，希望准許被告三木在第二次開庭後不出庭。「被告三木已全面承認公訴事實，並不是因為絕無爭議，而是身為女人，無法繼續忍受隱私遭到侵害，不管是有罪還是無罪，都迫切希望趕快遠離本案。

「只有和被告三木平時相處的人，才可以感受到她害怕出庭的心情。隨著逐漸接近今天開庭的日子，她越發恐慌，很擔心她這種狀態是否能夠順利出庭，因此請醫師在法庭隨時待命。

「對被告三木來說，圍繞『知的權利』進行的審理過程和她沒有交集，照理說，很希望庭上能夠分別開庭。但是，自本案起訴至今已經過了六個月，被告弓成、每朝新聞社卻沒有任何補償，也沒有任何具體的解決方案。被告三木遭到懲戒免職後，目前沒有任何收入，處於無法生活的狀態，因此，很擔心如果不在審理過程中協助被告弓成，未來將無法獲得補償。」

坂元律師明確提出希望三木不出庭的理由，以及目前生活陷入困頓時，三木的身體不停地顫抖，用手帕掩著嘴，似乎再也無法忍受了。

比起國家公權力這種肉眼看不到的字眼，眼前這個為緋聞感到恐懼，害怕出現在大庭廣眾之下的女人身影更令人留下深刻印象。

然後，各方討論決定兩週後再度開庭。

「畢庭！」

法警在騷動不安的法庭內大聲宣佈，所有人都起立目送三名法官退庭。旁聽者也紛紛走向出口，這時，緊握著手帕的三木整個人癱倒在被告席上。弓成忍不住起身，伸手想去扶她，醫生及時趕到。

「三木女士，妳還好嗎？先在這裡休息一下——」

醫生為她把脈，正準備打開診療包。

「不，趕快……離開這裡……」

她用柔弱的聲音斷斷續續地說。愣在一旁的弓成感受到三木在拒絕自己。體格健壯的坂元律師扶起三木，醫生走到另一側攙扶，緩緩步出法庭，弓成只能目送他們離開。

原來他就是弓成亮太——三木琢也沿著霞之關的行政街走向日比谷公園，回想起渾身散發出雄性氣味的弓成。

雖然曾經在報紙、週刊和電視上看過無數次，早就已經知道了弓成的長相，但今天親眼看到他，發現即使在法庭上，他仍然充滿第一線政治記者的自信和大膽。那個男人和妻子在床上——只要稍微想像一下，赤裸裸的嫉妒就湧上心頭，令他感到一陣暈眩。他忍不住扶著旁邊一棵櫻花樹，等待暈眩消失。

他每天除了外出買三餐以外，幾乎都窩在家裡。今天從千葉的市川搭電車和地鐵來這裡旁聽開庭，對有病在身的他的體力是一大考驗。

「你還好嗎？你該不會是三木昭子女士的丈夫吧——？」

一個陌生的年輕男人關心地問。他穿著灰色休閒上衣，裡面的襯衫胸前口袋裡插了好幾支原子筆。琢也直覺地知道他不是週刊記者就是現場採訪記者。

「你怎麼隨便亂認人，真不懂禮貌——」

琢也假裝對方認錯了人，年輕男子向他欠了欠身，坐上了停在一旁的計程車。

琢也目送車子離開後，擦了擦額頭上的冷汗，用所剩不多的力氣走向車站。回到市川的家中，打開從昨晚一直關著的遮雨窗讓空氣流通後，就已經筋疲力盡，無力地倒在如今從來不摺的被子上。自從家裡只剩下他一個人後，他懶得再去二樓臥室，所有生活空間都在一樓。

他茫然地看著天花板上木板的樹結，漸漸出現了妄想，彷彿看到了昭子和弓成肉體交纏的身影。雖然他們的夫妻關係早就相敬如「冰」，但他絕對無法原諒那個男人破壞了他們平淡安靜的生活。

琢也想起昭子遭拘留期間，自己也遭到東京地檢約談，檢察官讀給他聽的筆錄內容。

我是三木昭子的丈夫。

關於我的經歷及跟我太太的結婚過程，和我在警視廳說的一樣。

戰前，我以外務省書記官的身分被派往泰國和菲律賓。終戰之後，在昭和二十一年，我回到了日本。

因為我罹患了肺結核，立刻住進了木更津醫院療養。在我住在木更津醫院期間，當時還是學生的昭子和朋友一起來看我，我認識了她，之後，我們成為筆友。

在我出院後，昭子突然來到我位於市川的老家找我，她說：「我向醫院打聽到你的住址。」之後，我們開始交往。中間也曾經分手過，後來她告訴我：「我在家裡覺得很悶，我想嫁給你，離開那個家。」我媽媽很喜歡昭子，昭和三十四年，我們結婚了。之後，我們靠為數不多的房租收入過日子。我中學的同學在外務省當人事課長，昭和三十七年，在他的介紹下，我太太進入外務省工作。一開始在國際聯合局工作，之後，成為首屆審議官的隨侍秘書。後來又長期擔任次長隨侍秘書，兩年前，成為安西審議官的隨侍秘書。

剛開始的時候，我太太每天八點上班，晚上準時回家，到家後也會下廚做飯，但在我父親過世後，我們兄弟之間發生了一點摩擦，後來請法院調解。由於我對法院調解的結果不滿，所以對法官提出了告訴，打了好幾年的官司，無暇顧及家庭，我太太經常喝了酒才回家。最近這幾年，她下班回家後，幾乎看一下電視就睡覺了。原本我們夫妻每週有一次親密關係，但之後越來越少，從兩、三年前開始，我就完全沒有碰過她。我對她喝酒或是晚歸都沒有說什麼，因為她說是「和外務省的女同事或同事山本先生一起去喝酒」，所以我也沒有多想。

這次發生了我太太把外務省機密文件交給《每朝新聞》的記者弓成的事，我從來沒有見過對方，但去年的時候，我聽我太太說：「《每朝新聞》之前派來記者聯誼會的弓成，這次要回來當組長了。」我記得當時就直覺地認為，我太太對弓成有好感。

我是看到三月二十八日的報紙得知這次外務省洩密案，既然是從內部洩漏的最高機密，人數應該相當有限。當時，我並沒有發現我太太有什麼異常。翌日二十九日，她晚上十點左右一回到家，立刻到處打電話。一個小時後，弓成打電話給她，我聽到她在電話中抗議：「你不是再三保證不會造成我的困擾嗎？為什麼最後交給了社進黨？我明天要怎麼去外務省？」我認為她既然犯了那麼大的錯，就應該立刻向安西審議官提出辭呈。

三十日，我太太帶著辭呈去上班，中午之前，就搭計程車回家了。她向安西審議官說明情況後，審議官命令她寫悔過書。翌日，她在東京車站把悔過書交給山本先生後就回來了。我問她：「為什麼會做這種事？」她回答說：「因為弓成一下子苦苦哀求，一下子強勢逼迫，所以就拿給他了。」而且她還說：「弓成說：『絕對不會造成妳的困擾，因為之前也有過類似的事，我從來沒有對外洩漏過。』」所以我太太就放心地把文件交給他了。

事情發生之後，我太太在家裡發瘋似的說：「我要殺了弓成，我也不想活了。」然後，一下子拿出剃刀，一下子問我去哪裡買安眠藥。當時我安慰她說：「如果妳死了，這件事的真相就永遠無法見天日，妳要活著讓真相大白。」

她去警視廳到案說明的前一天晚上，弓成打電話給她，我在一旁聽他們對話，弓成似乎叫她不要去警視廳，他會照顧我太太日後的生活。我太太斷然拒絕，他們似乎討論了交付文件的地點。之後，我問我太太到底是在哪裡交付文件的，她告訴我說：「是在審議官辦公室前的走廊上。」

我太太雖然很聰明，但精神狀態並不穩定。她從來不做家事，最近有點歇斯底里，很容易激動，我以為她是更年期，但她還有生理期。因為她生理期的時候不泡澡，所以我也知道，會幫她記錄在家計簿上。在搜索住家時，家計簿上的「ร」就是泰文中的R，是生理期的第一個字母。

我從報上看到，我太太是在去年五月到六月期間把機密文件洩漏給弓成，但我完全不知道這件事。

關於我太太當時回家的時間，只要她晚歸時，我都會記在家計簿上。我對我太太引發了這件事深感抱歉，但我認為是弓成強人所難，我太太才會受騙上當。我太太也對弓成有好感，才讓弓成有機可乘。

妻子此刻應該在坂元律師的事務所，為順利結束第一次開庭鬆了一口氣吧！既然這樣，為什麼不打一通電話回家報平安呢？

從案發之後到她去警視廳接受約談的這段期間，自己硬撐著病體，無微不至地照顧她，還為她安排了律師。幸好在外務省工作的朋友主動關心，問他們是否需要律師，為他們介紹了坂元律師。原本還擔心律師費問題，但那位朋友說：「《每朝》方面應該會支付補償金，只要付一點訂金，餘款等拿到補償金再說。」他才終於放了心。

電話鈴聲響了，琢也撐起上半身，猶豫著該不該接電話，但想到可能是昭子打來的，便小心翼翼地把電話放在耳邊。

「喂？是三木琢也先生吧？我是《東洋週刊》編輯部的鳥井，剛才在櫻田大道上和你說過話。」

對方恭敬地自我介紹，琢也沒有答腔。

「不好意思，你似乎有點累了，因為我剛好在附近，可以順道拜訪你一下嗎？」

雖然他彬彬有禮的態度和之前的週刊記者大不相同，但琢也還是質問他：

「你跟蹤我回家嗎？」

「不，那時候你說我認錯人了，我便打算回雜誌社。但戰前和你一起在泰國大使館工作的老同事給了我一張你的照片，所以我相信自己並沒有認錯人，才特地上門拜訪。我不打算立刻寫報導，剛才旁聽了第一次開庭的情況後，強烈地感受到這起事件真正的受害人應該是你，所以，想當面瞭解一下你的想法。」

琢也被打動了。媒體只關心出軌的妻子，自己因為這件事，自尊心受到極大的傷害，卻沒有記者認為自己也是被害人。

「今天我只在門口打一下招呼，請你好好觀察一下我這個人。如果你願意，我改天再來拜訪你，不知道你意下如何？我現在已經到車站，很快就到府上了。」

琢也遲疑了一下，不知道該怎麼辦，但又覺得既然對方不會立刻寫報導，不妨瞭解一下對方到底是怎樣的記者。

琢也告訴他從車站到家裡的路線，不到五分鐘，玄關的門鈴就響了。他帶那個記者走進已經把棉被收好的房間。

「謝謝你這麼快就答應我。」

記者在矮桌前行了一禮，遞上了名片。

「東洋社　東洋週刊編輯部　鳥井一郎」

琢也仔細地端詳名片後，抗議說：

「你們週刊的報導也是無中生有，一派胡言。」

「對不起，我們之前的確有點隨檢方起舞，但也覺得事有蹊蹺。我在旁聽第一次開庭後，發現你太太固然很值得同情，但更強烈地認為，你才是本案的最大受害者。雖然也有記者從『枕邊人出軌，丈夫的悲哀』的角度寫了報導送來編輯部，但我認為不應該從這麼膚淺的角度看待這起事件。」

他用誠懇的語氣說道。

「所以呢？」

琢也小心翼翼地示意他繼續說下去。

「我調查了你的經歷後，發現你的親戚目前是外務省的高官。你本身也很優秀，卻被某些媒體暗指是吃軟飯的，嚴重損害了你的名譽，你卻保持沉默，放任這些媒體亂寫一通。那個叫弓成的記者利用報紙公器將自己的行為正當化，完全沒有反省。他今天在法庭上向你太太道了歉，但他也應該向你道歉。」

「那種男人，我不想提他。」

「你的自尊心害了你。我希望曾經是外務省公務員的你，可以把你對這起事件的看法，以及身為丈夫的內心糾葛告訴世人。只有你可以擺脫所有的利害關係，談論事情的真相，你卻守口如瓶，這樣根本無法洗刷你的污名。」

污名——說得好！琢也差一點點頭，但對記者這番天花亂墜的說詞產生了警戒。

「你打算用什麼方式把我的想法和心情寫在週刊上？」

「可不可以請你用『手記』的形式投稿？我相信可以把你的想法直接傳達給讀者。」

「手記嗎？要我寫文件還可以，我不太會寫手記，而且，我的身體也……」

「那也可以改用一問一答的採訪形式。」

鳥井機靈地提出了建議。琢也可以感受到他想認真寫這個主題，卻故意悶不吭聲。

「今天第一次見面，就立刻提出這麼大的企劃，我不奢望你會馬上答應。我會耐心等待，直到你認為適當的時機。不好意思，原本只說在門口打一下招呼，竟然一坐就坐了那麼久。我改天會再來拜訪你，但和這次拜託的事情無關，我想聽你談談戰前泰國的事。」

鳥井說完，露出親切的笑容告辭了。

當屋內只剩下自己一個人時，琢也拿起了名片。雖然他向來討厭週刊記者，但鳥井的人品不錯，也頗有見識，《東洋週刊》的知名度也算是一流的。

如果自己參與這個「大企劃」，出現在週刊上——雖然家裡有親戚是特考組的外交官，但對方根本看不起最終只是日本駐馬尼拉大使館書記官的自己。琢也回顧以往毫不起眼的人生，心情不禁激動起來，很想抓住這個機會，但又立刻提醒自己，為了謹慎起見，必須再和這名記者談一、兩次後再決定。

❊

弓成亮太撐著傘，走在秋雨紛紛的田園調布住宅區。他的鞋子濕了，腳步也格外沉重。昨天第一次開庭結束，他再度造訪安西前審議官的家中，希望可以當面向他道歉。

事件發生後，他曾經在深夜避開媒體造訪，出來應對的安西太太說：「外子目前沒有心情見你。」把他擋在門外，然後用力關上了門。

安西審議官在即將晉升為次長之際卻遭到降職，等於斷送了他的前途。弓成知道自己沒臉見他，也不可能獲得他的原諒。弓成很清楚，那件事發生後，安西和自己變成了不同世界的人，也知道以後不可能再有促膝長談的機會，但他希望可以像昨天在法庭上向三木昭子道歉那樣，當面向安西說聲對不起。

弓成在十字路口張望了一下，不知道該走哪一條路。雖然和安西認識多年，但他只進過安西家門一次。因為安西太太討厭記者，安西也不喜歡記者夜晚上門採訪。

在那唯一的一次拜訪中，弓成聽安西盡情地暢談了岸內閣時代，他在日本駐華盛頓大使館擔任參事期間，所參與的日美之間的《新安保條約》❹的談判，以及在防衛廳決定二期戰鬥機機種

❹日本和美國於一九五一年簽定了《日美安保條約》，後於一九六〇年一月十九日在華盛頓簽定新的《日美安保條約》，宣誓兩國共同維持與發展武力，對抗武裝攻擊。

時，勒克希德公司和格蘭特公司在華盛頓方面的說客的動向，直到深夜才離開。

雖然他們年紀相差了一大截，但因為安西是總公司設在北九州小倉的安西財團的長子，他沒有繼承家業，立志成為外交官。弓成也是九州首屈一指的弓成青果的長子，卻選擇成為報社記者，他們對彼此的生活方式產生了共鳴。

安西從小就被稱為神童，跳級升上舊制一高❺、帝京大學，以最短距離踏上了外交官之路。在擔任美國局局長期間，受小倉的母校之邀進行演講時，弓成也以畢業生的身分同行，在安西的老家住了一晚。早晨醒來時，他打開房間的百葉窗往下一看，發現外面是高爾夫球場，驚覺安西家的財力和被稱為香蕉王的父親大不相同。

他們曾經像結拜兄弟般惺惺相惜，自己的失誤對安西造成了無可挽回的結果。安西家氣派的房子出現在眼前，弓成承受著幾乎把自己擊垮的壓力，按了門鈴。

有好一會兒沒有應答，他看著雨滴沿著門柱滴落，傭人終於斜斜地拿著雨傘，從後門跑了過來。

「我是弓成，可以麻煩一下主人嗎？」

傭人露出為難的表情，用生硬的語氣回答說：

「主人不在。」

「他幾點回來？」

「這……他一直……」

安西果然不願意見自己。雨下得更大了，弓成只能沿著來路往回走。剛才可能太緊張了，回家的路上，他感到渾身無力，幾乎快虛脫了。肩膀和長褲的褲腳都濕了，弓成好不容易回到車站，經過剪票口，坐在月台的長椅上，茫然地看著電車來來去去，注視著被雨淋濕的鐵軌。

「弓成先生到底想幹什麼？」

安西太太皺著眉頭走進客廳。

「他來了嗎？」

安西穿著毛衣坐在沙發上，把腿放在墊腳椅上，正在看從丸善買來的前總統甘迺迪的傳記，戴著黑框眼鏡的他看向妻子。

「對，已經把他打發走了。他還以為自己在當記者嗎？我之前就提醒過你，不要和這種人打交道。」

安西太太不悅地說。

❺一高指「第一高等學校」，是屬於東京大學前身之一的舊制高中。

「我以後就想當報社記者啊！」

正在讀大學的長子一手拿著教科書，笑著經過客廳。

「你什麼不能當，為什麼偏偏要當記者——這孩子真是不瞭解父母心。」

安西太太嘆了一口氣，抱起了在腳邊嬉戲的愛犬可卡獵犬。安西進入外務省後，在戰後第一次外派到渥太華的日本駐加拿大大使館工作期間，當地的朋友送了他們一隻母可卡獵犬。之後，安西家的寵物都是可卡獵犬，取的名字也都很有英國味。

安西正準備再度低頭看書。

「記得明天要去聽肯普夫（Wilhelm Kempff）的鋼琴演奏會。等雨小一點後，你去剪頭髮，整理一下儀容。」

由於職業的關係，安西總是很注意自己的儀容，但在弓成事件發生後，他完全變了樣。安西太太看到丈夫不置可否的態度，忍不住著急起來。

「肯普夫已經上了年紀，這可能是他最後一次在日本公演，你明天無論如何都要陪我去。你整天窩在家裡，霞之關紛紛傳言說你得了重病。」

「上次好像說我酒精中毒住院了。」

安西事不關己地說。

「沒想到你會遇到這種倒楣事……」

安西太太擦著眼淚，走出了客廳。

客廳內只剩下安西一個人，但他已無心看書。他從櫃子裡拿出了一瓶威士忌，雖然是上午，還不是喝酒的時間，但得知弓成來訪後，他的心情再也無法平靜。

事到如今，弓成還有什麼臉來見自己？連一聲道歉也沒有。難道他不知道那件事已經讓他們之間恩斷義絕了嗎？事件剛發生時，警視廳搜查二課課長避人耳目地請他去了平河町的全國町村會館，東京地檢的檢察官也很有禮貌地詢問了相關文件的批示情況、他和弓成之間的關係，以及事務官三木昭子的工作態度，但約談持續了將近整整一天，最後，要求他在筆錄上簽名、捺印。自己一路走來都一帆風順，這個考驗實在太污穢、太屈辱了。

弓成為什麼偏偏……現在回想起來，其實之前就有了徵兆。

當初是安西不經意地告訴弓成，美方連一毛錢也不打算賠償沖繩軍用地的地主。弓成憑著他身為記者的敏銳直覺，察覺到這句話背後大有文章，在定期的次長懇談會後，來到安西的辦公室，追問這個問題。雖然他們有很深的交情，但安西身為外交官，這是不可以對外洩漏的機密事項，所以安西每次都顧左右而言他，還曾經一度暗示弓成最好不要繼續追查這件事。然而，弓成一旦鎖定目標，向來不會輕易放手，他繼續從各方進行採訪。

有一天，弓成來到審議官辦公室，直截了當地問：

「關於請求權的問題，我得到消息說，愛池外務大臣會向美方提供非公開書簡。」

「我不知道你在說什麼。」

「就是日方將代替美方支付四百萬美元的秘密交易，那份非公開書簡上寫著，雖然表面上是由美方支付，但實際上是由日方代為支付。」

安西從來沒有這麼驚訝過。因為只有大臣、次長、審議官和其他極為有限的人知道目前還在交涉中的愛池非公開書簡的事，這是絕對不可能外洩的最高機密。

然而，安西自認當初應該沒有露出馬腳。

「我沒聽說過這件事，不知道你是從哪裡道聽塗說的。」

安西反過來問他消息的出處。

「不是外務省，是大藏省那裡傳出來的消息。」

弓成露齒一笑，那一天，他沒有多坐就離開了。安西立刻找來北美一課的川崎課長，把弓成剛才的話告訴他。

「目前還沒有決定到底要不要寫這份書簡，不可能是大藏省傳出來的消息。」

川崎課長斬釘截鐵地否認。

不久之後，安西就接到川崎課長的報告，說愛池大臣決定不寫那份非公開書簡。差不多在同一時間，弓成再度提起愛池非公開書簡一事。

「我很猶豫到底該不該寫這篇報導。」

他似乎發自內心地感到猶豫，尋求安西的意見。

「那件事應該已經取消了。」

安西努力打消他的念頭。

「美國不可能沒有拿到任何字據就接受日方的條件，即使沒有非公開書簡這件事，日方主動放棄補償要求，就連唯一剩下的復原補償費也要代替美方支付，美方還得寸進尺地要求日方提供非公開書簡，日美之間根本不可能有平等的關係。這不是其他的事，而是事關唯一發生過地面戰的沖繩問題。」

弓成義憤填膺地說。

「正因為這樣，大家都費盡了心思。書簡的事已經取消了，如果你寫報導，到時候只會讓自己丟臉。」

安西向弓成提出忠告，希望他改變主意，沒想到在六月十八日的早報上，看到了一大篇標題為「請求處理問題疑雲重重」的解說報導。

他果然寫了。安西暗自這麼想道，看了弓成的署名報導。不知道是否為了保護消息來源，他發現文章不像弓成平日的作風，缺乏一針見血的明快。那天傍晚，弓成再度來到他的辦公室，語帶遺憾地說：「在寫那篇報導時，你的影子不時掠過我的腦海，所以只能點到為止。」

安西很想再度問他消息來源，又擔心會自己惹來麻煩，所以就沒有答腔，但作夢都沒想到三木昭子會把拿來給自己批示的極機密文件洩漏給弓成。

忠實的秘書三木和弓成——雖然在接受警視廳和檢察廳的調查時，對方都很同情自己，但反而更讓他覺得對方好像在嘲笑自己識人不清，令他心情更加鬱悶。

他一天比一天更想辭去外務省的工作，但高層慰留了他。如果因為這次的事件就辭職，會創下不良先例，的確很像是公家機關的處理態度。他繼續喝著威士忌，覺得自己真的很可能會因為酒精中毒而住院。

玄關傳來動靜。

「老公，盛田先生來了。」

妻子有點不知所措地對他說。盛田是小平外務大臣的女婿，目前擔任小平的秘書。他上門有什麼事？安西猜不透，但因為對方身分特殊，不能假裝不在家。

他立刻收起威士忌酒瓶和杯子，把盛田請了進來。

「不好意思，突然上門叨擾——我岳父，不，外務大臣要我送禮過來。」

盛田說著，拿出一瓶昂貴的蘇格蘭威士忌。盛田之前是大藏省官員，在擔任岳父的秘書三年多後，為人處事更加圓滑。

「看到你一切都好，終於放心了。」

安西太太送紅茶進來時，他微笑以對。

「不好意思，讓你費心了。」

安西太太優雅地行了一禮後離開了。盛田探出身體小聲地說：

「十一月的外務省人事異動中，法華審議官已經內定接任次長一職。小平大臣認為你早晚會聽到這個消息，所以希望我早一點來通知你。」

和負責經濟的安西相比，負責政策的法華審議官向來沒有什麼作為。

「這是很妥善的人事安排。」

安西不為所動地點點頭，他早就作好了心理準備。

「但是，小平外務大臣希望我告訴你，請你暫時忍耐一下——」

忍耐？一旦法華接任次長一職，自己當然會按照慣例被派任某國的大使。老實說，他不想繼續忍受這種生不如死的狀態。

「田淵首相打算在十二月進行眾議員選舉，深受民眾期待的第二次內閣將完成訪蘇、訪美兩大外交目標。我岳父，不，小平大臣一直說，在日中恢復邦交後，訪蘇、訪美是首要目標，他尤其希望訪美時，可以由安西先生在華盛頓迎接。」

這麼說，是內定自己接任駐美大使——？但是，駐美大使通常是曾經擔任次長的官員晉升的顛峰。

盛田沒有繼續說下去。

「不好意思，打擾這麼久。在這個時候說或許有點失禮，感謝你父親平時的照顧，也請代為轉達對他的問候。」

盛田深深一鞠躬。在安西財團解散後，父親成立了安西電機，總公司就設在東京，大力支持小平正良和弘池會。

送走盛田後，安西回到客廳，佇立在落地窗前。

回想起來，當初自己是在小平最信賴的記者弓成介紹下，認識了小平正良，之後，父親才主動擔任小平後援會的會長。

不知道弓成是帶著怎樣的心情在雨中回家——安西站在窗前，不禁感受到命運的諷刺。

＊

外務省機密文件洩密案第二次開庭也和第一次開庭一樣，引起很大的關注。

上午十點開庭的七〇一號法庭的旁聽席上，擠滿了「為三木女士加油婦女會」的婦運團體、法學院學生及從外地來到東京的旁聽民眾。

《每朝新聞》社會部司法記者聯誼會的年輕記者齊田坐在左側四列的媒體席上，在尚未開庭的嘈雜中靜靜地閉上眼睛，想像著今天檢方開頭陳述的內容。

之前的起訴書已經提到了被認為是餘事記載的「男女私情」部分，大部分媒體都預測，今天檢方的陳述應該不可能更加露骨，坐在一旁的石原副組長卻認為沒這麼樂觀。

「人生就是一齣戲。」

石原小聲嘀咕。齊田順著副組長的目光望去，發現了三木昭子的丈夫三木琢也，乾瘦憔悴的他坐在旁聽最前排中央的座位。齊田說不出話來。雖然是妻子的官司，但他身為丈夫，居然可以忍受。

弓成在五名律師的陪同下，在入口現身了，他以採訪記者般落落大方的態度坐在被告席上。三木以「身心極度耗損」為由提出不出庭的申請，獲得法院的准許，也許是因為這個原因，弓成的態度顯得更加從容不迫。

「起立！」

法警的聲音響徹整個法庭，全員起立，迎接三名法官。和其他法庭相比，這個法庭之所以更有紀律，或許是因為弓成的律師團對法庭表現出充滿敬意的態度感染了所有人，使法庭更充滿了莊嚴。

身穿黑色法袍的法官坐了下來。坐在正中央的本山審判長四十六歲，曾經在激進派動用私刑殺人案審理過程中，在鼓譟的法庭內大喝一聲，令媒體爭相報導，但他平時為人溫和，是審理刑事案件的資深法官，在刑案方面的素養也很受好評，曾經擔任司法研究所的教官。

右側的陪席法官三十八歲，與青法協❻的關係被拿來用放大鏡檢視，但也許是因為他前衛的想法引發了這些傳言。

左側陪席法官今年二十八歲，當年以第一名的成績通過司法考試，是很有才華的法官。

「先由檢方進行開頭陳述。」

本山審判長宣佈道。

齊田不時記錄著開頭陳述的情況。司法記者聯誼會和檢方之間已經達成了協議，在檢方開頭陳述的十分鐘後，會將全文發給各家報社。如今，應該已經送到了最高法院一樓的記者聯誼會，照理說不需要做筆記，但他要記錄檢察官在朗讀時的聲音、被告弓成以及律師團的反應。

——五月十八日，因私鐵罷工，對被告三木返家造成影響，被告弓成提出叫車送三木至東京車站，中途以塞車為由下車。在千代田區內幸町的「選擇」餐廳吃飯後，邀被告三木去另一家酒吧喝酒，計程車前往的目的地卻是澀谷區松濤的「王山飯店」。被告三木不知如何是好，但因為有了幾分醉意，不敵被告弓成在耳邊說：「我喜歡妳。」第一次有了肉體關係。

有關沖繩回歸談判過程的消息，很難用一般的方式採訪，各報社之間的競爭也相當激烈，因此，被告弓成基於記者的競爭心理，試圖從被告三木身上獲取情資——

原本坐在齊田旁邊的副組長不知道什麼時候離開了，他要趕回去寫晚報頭條的政經相關報導。齊田是負責社會新聞的軟性新聞記者，對於檢方脫離了政府的保密和言論自由這種高層次的對決，簡直就像言情小說般的開頭陳述感到羞恥。

他看向坐在斜前方的弓成，發現弓成坐直了身體，面不改色。坐在弓成後方旁聽席上的三木琢也黯淡消瘦的臉上露出憎惡和嫉妒的表情，心情似乎無法平靜。

檢方又接著強調那三份電文是在外交政策上必須保密的資料，兩名被告都違反了國家公務員法後，結束了二十多分鐘的朗讀。檢方的開頭陳述避開「知的權利」，將重點放在採訪方式違法性這個問題上的態度，令人留下了深刻的印象。

「審判長，辯方申請進行開頭陳述。」

弓成律師團中的大野木律師站了起來，向審判長申請許可。在刑事案件中，辯方進行開頭陳述是前所未有的事，旁聽席上響起一陣騷動。

「肅靜！准許辯方進行開頭陳述。」

❻一九五四年，由年輕的法律研究者、律師和法官，以維護和平、民主，保護基本人權為目的成立的青年法律家協會。

本山審判長點頭後，坐在辯護人席第二排、三十歲的山谷律師拿了一份厚實的開頭陳述書站了起來。

「本案首先應該討論民主政治中，政府和媒體之間的關係。」

年輕的山谷律師停頓了一下。這是他第一次在大法庭上進行陳述，他以沉著冷靜的態度繼續說道——

媒體為民眾提供了政治判斷的資料，對民主政治中，國民知的權利做出了極大的貢獻，也對於提供國民參與政治的基本條件發揮了重要的作用。這就是「新聞自由」的基礎，也因此受到了憲法的保護。

然而，政府為了獲得大部分民眾的支持，避免遭到批判，往往不願公佈對自己不利的事，或是改用對自己有利的方式公佈。尤其當政府犯下錯誤，或是為了掩飾腐敗時，這種傾向就更加嚴重。

當媒體記者發現政府公佈的消息有操作輿論的意圖時，如果不調查背後的真相和動機，就會淪為政府的爪牙……

山谷律師在論述媒體是政府的批判者之後，更進一步論述政府核定機密的真相。

政府是在昭和二十八年，為了保護「秘密」，制定了機密文書規程。機密分為以下四個等級。

①絕對機密：適用於洩漏後足以使國家安全或利益遭受損害之事項，需要最高等級的秘密保全。

②極機密：適用於洩漏後足以使國家安全或利益遭受損害之事項，需要秘密保全的程度僅次於絕對機密。

③機密：相關人員以外不得知悉的事項。

④部外機密：僅限於部門內部使用。

之後，在昭和四十年四月，經過政務次長會議的討論，刪除了「部外機密」，保留了其他三項機密等級，並規定極機密以上必須由各省廳的部會首長、局長或相當於該職務者核定，機密由各省廳的課長或相當於該職務者才能核定。

外務省的機密文件處理規程本身就列為機密資料，本律師團無法拿到相關資料，只能透過偵查紀錄中所附的外務省訓令《秘密保全相關規則》，才能得知其中的內容。

根據該項規則，昭和四十六年，總共有四萬零六百七十三件極機密文件，機密文件有五萬九千九百一十五件。

很顯然地，這些被核定為機密的文件，大部分並不是為了保護國民的利益，而是官僚貪圖方便、恣意和惰性的產物，或是圖利一部分業者，也有人認為是下級公務員為了讓上司盡快看自己起草的資料，所以才蓋下機密的印章……

山谷律師一針見血地指出了機密核定的粗糙。

聽到光是外務省，一年就有十萬件、一天有三百件機密文件，旁聽席響起了一陣笑聲。坐在媒體席上的齊田事前看過了辯方的開頭陳述，此刻立刻記錄了旁聽席上的反應，然後看向弓成。弓成仍然文風不動。之前從警視廳獲釋，深夜在《每朝新聞》的大禮堂內舉行記者會時，他在將近一百名記者面前抱著雙臂，斜斜地坐著，不時地換腳蹺著二郎腿。某家電視台將鏡頭對準了他的鞋底，把弓成的習慣動作解釋為態度傲慢，在電視畫面上反覆播放。齊田在內心祈禱弓成至少不要在法庭上做出這個習慣動作，幸好，弓成在法庭上始終維持嚴肅的態度。

被告席上的弓成正視前方，看似仔細聆聽律師團的開頭陳述，但眼眸深處接二連三地浮現出令人心寒的景象。

「你打算緘默到底嗎?!女方已經全都招供了！」

警視廳地下室的偵訊室內，搜查二課第四智慧型犯罪股的隊長猛然張開小眼睛，拍著桌子。

弓成自願到案說明後，就立刻把他帶到地下偵訊室的隊長龐大的身軀像柔道選手，但有一雙銳利的眼睛。他一開始對弓成說，只是以關係人的身分向他瞭解情況，但一看到弓成保持緘默，態度立刻大變。

弓成猜想一大早就到案說明的三木應該已經供出了不少事，但想到她也在地下室的某個房間被好幾名刑警用各種方法偵訊這件事，無法不產生極大的壓力。

到案說明的前一天晚上，接到三木電話時，弓成拚命說服她不要去，但三木說安西審議官建議她，只要主動到案說明，就可以減輕罪刑，完全不聽弓成的勸阻。於是，弓成要求她統一口徑，說當初是在審議官辦公室附近的走廊上交付機密文件，她回答說：「知道了。」

雖然明知道警視廳的偵訊不可能這麼輕易過關，但他仍然對三木的聰明寄託了一線希望。

「如果你不開口，就暫時不能回家。你太太和孩子不是會擔心嗎？」

提到孩子的事，弓成感到心痛。

「你看過這個嗎？」

隊長似乎察覺了弓成內心的動搖，把一個火柴盒丟在桌上，「王山飯店」幾個字立刻映入弓成的眼簾。

「三木向警方供稱──罷工那一天，受弓成之邀去吃飯。弓成不停地用啤酒、威士忌敬酒，還說每天去安西審議官的辦公室，其實是為了看她。因為她有了幾分醉意，所以就迷失了自我。」

「——」

「然後，你把她推上計程車，不知不覺中，進了飯店，就是這家『王山飯店』。」

「——」

「三木說，當時是身為女人最痛苦的一刻。她拚命抗拒你，但最後覺得萬念俱灰，就讓你得逞了——以上的內容沒錯吧？」

當時，三木並沒有抗拒，相反地，她一開始就熱情奔放，令弓成深受吸引。然而，這些話弓成當然說不出口。

「這些事和本案有什麼關係！我今天可不是為了這些事到案說明！」

警方玩弄人也該有個限度——弓成難掩怒火地反駁。

「不，這才是關鍵。你的嫌疑是違反國家公務員法，也就是教唆罪。為了證明你教唆公務員三木洩漏最高機密的事實，必須確實瞭解構成犯罪的要因。」

「犯罪？要說犯罪的話，應該是欺騙國民的佐橋首相犯了罪。」

「我們已經透過調查瞭解到，你是反佐橋首相派系政治人物的代言人。我再重申一遍，你目前的嫌疑是違反國家公務員法第一百一十一條的教唆罪。

「五月二十二日星期六，三木上半天班下班後，你邀她去看海，但最後又和前一次一樣，去了位於澀谷區松濤的『王山飯店』，有了第二次肉體關係。在餘韻猶存之際，就苦苦哀求她，把送給安西審議官批示的沖繩回歸相關的機密文件拿給你。三木斷然拒絕，但你威脅說她是有夫之婦，萬一被別人知道你們的關係該怎麼辦，三木心生畏懼，只能按你的要求辦事。以上就是三木的供詞。」

這也和事實有很大的出入。他的確在「王山飯店」拜託三木把資料帶給他，當初是三木告訴她，送來給安西審議官批示的機密資料都會先送到她手上。雖然弓成對於這麼重要的資料不是直接交給本人，而是透過事務官轉交有點半信半疑，但就順勢要求她拿給自己看一下。三木昭子向他咬耳朵說，下次見面的時候帶給他，然後，將曼妙的身體像貓一樣摟住他說：「我要變成你可愛的小貓咪。」

然而，既然三木已經真假參半地將男女關係和收受機密資料兩件事攪和在一起和盤托出，弓成也無法再保持緘默。

然而，他作夢都沒有想到，幾天之後，還有將徹底否定他人性的事在等待著他。

弓成將注意力回到法庭上，似乎想要塵封腦海中的回憶。

山谷律師結束陳述後，由最年輕的西江律師繼續進行辯方開頭陳述。

西江那張對日本人來說顯得有點過度白淨的臉上，微微泛著紅暈，他論述了「媒體『機密』

報導的實況」。

昭和三十七年十二月十五日的《讀日新聞》早報，獨家報導了日韓談判中，韓國的對日請求權處理問題上，池內內閣時代的小平正良外務大臣與韓國中央情報部金部長之間達成的協議備忘錄。

昭和三十九年十一月十一日《每朝新聞》早報，報導了美國的核能潛艦海龍號將停靠佐世保港的獨家新聞。

昭和四十六年六月十一日《旭日新聞》早報，獨家報導了沖繩回歸協議草案。

其中，核能潛艦停靠佐世保港的獨家報導是弓成寫的。在小平和金部長的協議備忘錄與沖繩回歸協議草案的報導上，他也費了很大的力氣採訪，但最後還是被《讀日》、《旭日》搶走了獨家。這三件事都是最高機密，絕對不可能以正常管道採訪到相關的消息，而沖繩軍用地地主的復原補償費是由日本政府支付的這項密約，此事的機密程度就新聞性來說只有更高。

然而，只有弓成這一次因為報導機密消息，被以違反國家公務員法為由遭到逮捕、起訴，很明顯地，是打算將沖繩回歸作為自己下台前唯一政績的佐橋首相採取的報復手段。

只要敢和首相作對，就必須面對難以想像的殘酷對待。

怒火在弓成心中沸騰、燃燒，難道他們非要如此趕盡殺絕，摧毀一個媒體記者的精神嗎？想到權力的殘忍，原本已經塵封的可怕景象再度向弓成襲來。

四月九日清晨，弓成被帶出拘留所的舍房外，戴上手銬、腰間繫上繩索，坐上了車子。照理說，去檢察廳接受複訊應該不會這麼早。

「要去哪裡？」

幾天來，弓成沒日沒夜地接受偵訊，已經疲憊不堪。上了車窗上拉起黑簾的車子後，他問守在兩側的刑警。

「重回現場。」

弓成搞不清楚是怎麼一回事，用眼神詢問。

「就是去勘驗現場，佐證這五天來，你在警視廳和檢察廳的供詞。」

一名資深刑警回答。即使坐在車上，那名年輕刑警仍然緊緊抓著他腰上的繩索。

停車後，弓成下車一看，才發現是新宿荒木町的餐飲街。朝霧中，整條街道像死城般寂靜無聲。弓成呆然地站在原地，刑警指了指其中一間小餐館「出雲」。剛才開車的中年刑警也下了車。

「去年十一月二十日，你就是在這裡和社進黨的橫溝議員見面吧？」

資深刑警問。橫溝議員看了弓成寫的有關復原補償費的報導後，希望瞭解更詳細的情況，於是，他們就相約在這家小餐館的吧檯見了唯一的一次面。

小餐館似乎事先接到了通知，門敞開著，一名年輕店員出來接待，但隨即走了進去。事後弓成才知道，那是因為現場勘驗的規範中規定，考慮到犯罪嫌疑人的人權，不得有第三者在場。

「你是在哪裡和橫溝議員談話的？」

弓成記得好像是靠中間的座位，但記不清楚了。橫溝議員不停地請他去包廂，但弓成得知社進黨的議員和黨工經常出入這家小餐館，所以格外小心謹慎。那天向橫溝說明了來龍去脈後，他拒絕了橫溝的挽留，很快就離開了。

剛才開車的那名刑警拍下了店家和吧檯的照片。

接著，他們來到位於澀谷區松濤的「王山飯店」。

送牛奶的腳踏車經過晨霧還未散去的街道。

中年刑警拿著相機走在最前面，年輕的刑警仍然緊握著他腰上的繩索，絲毫沒有鬆懈。

在刑警拍攝飯店全景、門口周圍的照片時，弓成要求解開腰上的繩子，但沒有獲准。

「不好意思，萬一你一時想不開逃走，衝上附近的電車，可能會造成別人的困擾。我們曾經遇到過用難以想像的方法逃跑、自殺的人，吃足了苦頭。」

那名刑警說完後，拉開長長的布簾，敲敲裝了霧面玻璃的小窗戶。那裡是櫃檯，客人和飯店人員不需要面對面，就可以辦理入住和退房手續。

小窗戶打開了，一個皮膚黝黑的男人探出頭，告訴刑警二〇一號房空著。刑警走上樓梯，拍了右側深處最後一間寫著二〇一號的門，用力推了弓成一下。弓成剛踏進門，資深刑警就不懷好意地問他：

「沒錯吧？很不巧，另一間二〇五號和四樓的四〇一剛好有人睡。」

「饒了我吧！」

他希望為自己保留最後一點尊嚴，然而，在勘驗現場時，似乎無法講究人情。三名刑警合力把他從走廊上推進了屋內。

外面的房間差不多三坪大，放著矮桌和椅子，有一個大梳妝台。裡面的房間差不多兩坪多，鋪了一床紅色的雙人被褥，放了兩個包了白色布套的枕頭，房間角落有一個放衣服的籃子。

「在第二次發生肉體關係時，你就是在那床被子裡要求三木昭子把送給安西審議官批示的機密文件拿給你看嗎？還是在矮桌旁？」

這分恥辱讓弓成氣得肩膀發抖，默默地移開視線。如果可以，他很想把自己的舌頭咬斷。

「到底是在哪裡？如果你不趕快回答，等一下下樓的時候，可能會遇到早上退房的客人。」

「我不記得了。」

「那就要麻煩你回想一下。是在那個之後馬上嗎？還是在這裡喝啤酒的時候說的？你這麼聰明的政治記者，應該很快就能想起來才對。」

「——」

「三木說，是在下了床，洗完澡穿衣服的時候，這樣可以嗎？」

「——」

弓成感到無地自容，他陷入了絕望，根本不想理會這些細枝末節了。

刑警好像把這裡當成了命案現場，不停地拍著廁所、浴室、兩個房間，甚至還畫了房間的格局圖。

這簡直就是撕裂人心的折磨——

這輩子將永遠無法抹滅這分恥辱。這些無法向任何人啟齒的恥辱，將成為一輩子的陰影。

「十一月十五日第三次開庭，同意檢方證人，美國局北美一課首席事務官佐貫嘉夫出庭作證。」

本山審判長宣佈畢庭。

大野木律師走過來問：

「弓成先生，你還好嗎？」

可能是看到弓成的臉色不對勁，他擔心地問。

「不，我沒事——謝謝各位的開頭陳述。」

以一分鐘讀兩百個字來計算，兩萬字的開頭陳述要花費一小時四十分鐘。弓成深深地鞠躬道謝。

第八章 證人

初冬裡，暖洋洋的星期天，蔚藍的天空中飄著細雲。

弓成由里子穿著淡紫色套裝，手上捧著一束嘉德麗亞蘭花，拜訪大野木正律師位於目黑區柿之木坂的住家。

「不好意思，星期天還上門打擾。」

她向為她開門的大野木夫人欠了欠身說道。

「別這麼說——孩子剛好去學鋼琴了，反而比平時安靜。我先生在二樓的書房等妳。」

大野木太太是大野木的大學、司法研究所的同學。聽說大野木太太當初是萬綠叢中一點紅，大野木打敗了無數情敵，才終於娶得美人歸。

「大野木太太，我父親對蘭花情有獨鍾，這是他自己種的蘭花。」

由里子遞上嘉德麗亞蘭花。

「好漂亮，等一下放去我先生的房間。」

大野木太太雖然和大野木在不同的律師事務所，但也是相當活躍的律師。氣質高雅的她笑起來格外迷人。

「可不可以至少放一朵在妳的房間？」

「太高興了，我房間裡從來沒有放過嘉德麗亞蘭花。」

大野木太太把臉頰貼著花束。

「歡迎歡迎，這裡會不會不好找？」
大野木站在二樓的樓梯口問道。
「進屋再說吧！我明天要開庭，所以要查一些資料，沒辦法招呼妳，請見諒。」
大野木太太說完，走進屋內。
由里子跟著大野木來到書房。
「我猶豫了很久，才決定上門拜訪。」
「妳這麼客氣，我反而不知如何是好。對我來說，星期天反而比較方便。」
大野木穿著薄質開襟衫，擦著手指上沾到的墨水印，請由里子坐在小桌旁的椅子上。
由里子看到了大野木律師，不知道該怎麼說出內心的鬱悶感覺。
「妳是要談妳先生的事吧？不管是什麼事，妳都可以儘管說。」
大野木親切地對她說。
「——我想暫時和我先生分居一段日子。」
為了擺脫內心的猶豫，她終於開口說出了分居的事。
「妳打算把兩個孩子帶回逗子的娘家住一陣子嗎？」
大野木問道，他似乎早就有預感。
「對，我知道這種事應該在開庭前作出決定。不瞞你說，在開庭之前，我和我先生因為一些小事發生了爭執，之後就談到了離婚的事。那天，兩個孩子早就睡了，但不知道為什麼被他們聽到了，就突然跑到我們身旁，發瘋似的大叫，爸爸、媽媽絕對不能離婚，然後抱著我們放聲大哭。我被嚇到了，也覺得他們很可憐，就暫時不再考慮這件事。

「但是，自從那件事發生後，我們夫妻之間的鴻溝越來越大，已經無法再恢復了，也令我感到很痛苦。

「我真的很感謝你在第一次開庭結束後，打了那通電話給我。」

第一次開庭的那天早上，弓成擔心萬一遇到環狀八號線塞車，無法準時到達東京地方法院，於是，七點半就搭報社派來的車子出門了，由里子帶著祈禱的心情送他出了門。

在兩個兒子出門上學之前，她忙著照顧孩子，時間很快就過去了，但孩子上學後，她坐立難安，不時看著時鐘，不停地看著根本還不可能報導相關情況的電視畫面。

當由里子在正午的新聞中看到前事務官三木昭子出庭的憔悴身影時，有一種快要吐出來的厭惡感。雖然之前就在報紙和週刊上多次看過她的照片，但她在電視上的樣子令由里子聯想到她和丈夫之間的纏綿，以及在洩密案曝光後的某天晚上，在電話中聽到的聲音——請問妳先生都很晚才回家嗎？請妳告訴他，他回家之後，請打電話到我家裡——然後，在掛電話之前，由里子似乎聽到她「嘖」了一聲。

當由里子忍不住關上電視時，接到了大野木打來的電話。

「喂——？」

由里子自己也發現接電話的聲音有點沙啞。

「弓成太太，第一次開庭在剛才順利結束了，妳先生在庭上陳述意見時表現得很好。」

聽到律師充滿真情的話，由里子也振作了起來。

「多虧你們幾位律師的幫忙，等我先生回來之後，我會轉告他。」

她恭敬地對著電話道謝。

「妳先生開完庭後，和我們一起回到律師事務所了。我打這通電話，是表達律師對妳的感謝。」

大野木的這分細心讓從由里子早上送丈夫出門後，就一直處於緊張狀態的全身終於放鬆下來，她強忍著快哭出來的激動說：

「謝謝你的費心，我實在太感動了。」

掛上電話後，她終於再也無法克制內心的百感交集。如果大野木沒有打那通電話，她可能無法忍受和丈夫繼續生活在同一個屋簷下，至少不可能在兩個孩子面前表現得若無其事。

有人輕輕敲了敲書房的門，看起來像是幫傭的女人拿著插在水晶花瓶裡的嘉德麗亞蘭花走了進來。

「咦？哪來的花？」

「是這位太太——」

「太感謝了，那就先放在我的書桌上。」

大野木瞇起眼睛，忍不住看得出了神。

「對了，妳先生還是完全沒有和妳談嗎？」

「對，我從報紙和電視看了第一次開庭和第二次開庭的開頭陳述，大致瞭解了相關的情況，但我先生從來沒有當面和我談過這件事，我這個做妻子的實在難以忍受。」

「我非常瞭解妳的心情。」

大野木用力點頭。檢方試圖利用違反國家公務員法的教唆罪定弓成的罪，並聲稱弓成是為了拿到機密文件，有計畫地接近三木事務官，身為弓成的妻子，當然無法忍受。然而，即使辯方反駁弓成和三木只是逢場作戲，與事件的本質是完全不同的問題，仍然會深深傷害由里子身為妻子的矜持。

「我知道妳一直忍耐到今天，或許我這麼說對妳很殘酷，但如果妳現在離開，妳先生恐怕整個人都會垮掉。

「因為當律師的關係，我曾經和各式各樣的委託人深談過，但是，對於弓成亮太這個人，我有時候會覺得根本不瞭解他。雖然他在別人面前表現得無所畏懼，但其實他的內心很脆弱，或者說是一個複雜的人……正因為這樣的關係，所以他絕對不會告訴別人自己所承受的恥辱。他認為即使說了，也沒有人可以理解；即使為自己辯護，也只會讓自己更不堪。」

「我也是這麼想，所以至今為止，都沒有質問過他，但最近開始覺得他是一個完全不懂得設身處地為別人著想的自私鬼——」

由里子終於按捺不住內心的激動，搖著頭說：

「他前天回去北九州的老家了。」

「什麼？他為什麼突然回去？」

「他說，接下來這段時間會由檢方的證人出庭作證，他和律師團之間不需要開會討論，所以要回去十天左右。然後當天就整理了一些資料和少許隨身物品放進行李袋，和孩子們一起吃完晚餐後，說要趕夜班火車，接著就出門了。」

「怎麼會這樣——？下一次開庭的確由事件當時的幾名外務省官員作為檢方的證人出庭作證，但在反詰問時，我們需要請教弓成先生的意見，都怪我沒有對他說清楚。」

大野木為弓成辯解。

「他認為只有自己承受了不當的屈辱，但這是他自作自受——從某種意義上來說，我這個做妻子的承受了比他更大的屈辱，沒想到他居然感受不到這一點……我已經忍無可忍了。」

「……」

「而且，這些報導也讓我無法忍受。」

由里子從皮包裡拿出從週刊上剪下來的內容，放在桌上。

擺在落魄英雄面前的「妻子的休書」

外務省洩密案終於進入了開庭審理的階段。弓成亮太與三木昭子一起出現在被告席、證人席上，對看兩相厭如同地獄，但三木女士離開後，弓成亮太獨自坐在被告席上又格外形單影隻，顯得垂頭喪氣。如今，他被《每朝新聞》拒之門外，甚至遭到了心愛的老婆大人的唾棄，據說每天都住在飯店度日。

「沒這回事。」

與弓成夫婦熟識的《每朝》某記者說。

「他目前還和家人住在一起，他太太不會像普通的家庭主婦那樣一般見識。像她那樣的才女是政治記者的理想太太，不會為老公偷腥這種小事翻臉。

「她是逗子首屈一指的名門千金小姐，從當地的知名高中畢業後，在父母的建議下進了學習院大學就讀，但覺得不過癮，又重考了慶應，也算是一個很厲害的人。像她這種類型的太太，會激勵丈夫為言論自由而奮鬥。」

那位記者對弓成夫婦的不和傳聞一笑置之，聲稱是假消息，但是，根據我們向鄰居處得到的消息——

「他太太個子很高，看起來很理智，平時溫文儒雅，但越是這種人，一旦生氣就會很可怕，搞不好早就簽好了離婚申請書。」

「兩個兒子（小四、小二）早晚會知道他父親的事，越是那種知識分子的太太，越會溺愛小孩，如果孩子在學校被人欺侮，她可能不只是向校長或班導師抗議而已，或許會乘機發洩對她先生的怒氣。」

真是屋漏偏逢連夜雨，至於成為目前關鍵的官司問題，只能奢望律師不要放棄，弓成亮太……

大野木一看完，立刻說：

「這篇報導太過分了，對不起，我完全不知道有週刊這麼寫。」

「不，你們工作這麼忙，當然不可能有時間看這種低俗的週刊。昨天我娘家的親戚打電話給我，說看到了這篇報導，所以我特地去買來看了一下。」

「即使是三流八卦雜誌，也不應該隨便寫妳的經歷，甚至無中生有地寫妳已經在離婚申請書上蓋了章，整篇文章都充滿了惡意，必須採取法律措施。」

「我帶來給你看，並不是為了這個目的，但想到媒體沒有東西可寫，不光是我，連孩子們也不放過，就覺得再也無法忍受了。無論發生任何事，我都希望保護我的兩個孩子。」

由里子訴說著身為母親的心情。

「今後，我們會充分注意這個問題，避免影響到妳和兩個孩子。關於妳先生的事，就請妳原諒他這一次。我現在才想起來，妳先生沒有和律師團聯絡就回北九州這件事，之前就有了預兆。」

大野木把第二次開庭後，弓成坐在被告席上茫然若失的樣子告訴了由里子。

「我立刻跑過去問他怎麼了，他好像終於回過神來——之後，我們去飯店酒吧喝了點酒，順便討論開庭的事。弓成先生嘆著氣說，他目前雖是停職狀態，半夜仍然會猛然坐起來，思考媒體記者身負的沉重使命，不由得感到肅然，但想到現實中自己的處境，就感到格外空虛，久久難以入睡。

「他還說，雖然永田町、霞之關近在咫尺，但他對已經無法握筆的自己感到焦慮、痛苦，很想趕快逃離東京。

「這次的事件嚴重打擊了弓成先生的人格，換句話說，佐橋政權使用了如此殘暴的手段想要摧毀他。」

大野木義憤填膺地說。

「我知道，所以我更認為這場官司絕對不能輸。」

「既然如此，弓成太太，我不會要求妳妥協，但妳願不願意和妳先生還有我們律師團站在一起，帶著絕對不能向政治權力低頭的氣概共同奮鬥？如果有朝一日，妳真的認為無法再和妳先生一起奮鬥下去，到時候我會幫妳打離婚官司。如果妳認為我不適任，可以委託我內人，她是一個很能幹的律師。」

大野木真誠的臉上突然浮現出促狹的平靜笑容，由里子對於發現他們擺脫了律師和委託人妻子的框架，而是建立了為共同目標奮鬥的關係，不由得感到一陣激動。

※

外務省官員首次以檢方證人的身分出現在已經宣佈開庭的法庭上。

案發當時就是美國局北美一課首席事務官的佐貫有一張圓臉，鬍子刮得很乾淨，戴了一付金屬框眼鏡，神情嚴肅地出現在法庭上。由於平時很少在報紙或電視上看到外務省的年輕官員，旁聽民眾紛紛對現任的菁英官員投以好奇的眼神。

佐貫首席事務官在檢察官的要求下站在證人席前，大聲朗讀了宣誓書。

「我宣誓將本著良心，如實提供我所知道的事實真相，絕不隱瞞，絕無虛假。證人，佐貫嘉夫。」

寂靜無聲的法庭內響起證人嚴肅的聲音。

森檢察官開始主詰問。這位四十二歲的檢察官有著一張看起來很不好對付的四方臉，可以感受到他堅定的決心。

「請問你在外務省美國局北美一課工作前，屬於哪一個部門？」

「華盛頓的駐美大使館二等書記官，之後升上一等書記官。」

「你是在擔任書記官後調回外務省美國局北美一課吧？北美一課管轄的業務範圍是什麼？」

「主要是立案、企劃和相互協調與美國、加拿大之間的外交政策，以及相關情資的蒐集工作。」

「課長以下有幾名職員？」

「我記得當時有二十幾名。」

「其中有幾個人通過外交官考試？」

「連課長在內，總共有六名。」

「首席事務官的地位僅次於課長嗎？」

「對，首席事務官的工作就是輔佐課長。」

整個法庭都對證人佐貫的優秀留下深刻的印象。

「昭和四十六年六月九日，條約局的井狩局長和美國大使館的史奈德公使，在東京的外務省就沖繩回歸問題進行了會談。請問你有列席這次會談嗎？」

森檢察官手拿資料，緩緩走向證人席。

「我列席了那次會談。」

「為了將會談內容通知參與談判的相關人員，你寫了電文內容嗎？」
「是我寫的。」
「受誰的指示？」
「當時的井狩局長。」
「你是美國局的人，為什麼由條約局長指示你的工作？」
「因為當時美國局的吉田局長剛好去巴黎出差，而沖繩回歸的談判是由外務省整體進行的工作，有時候會有這種情況發生。」
「我瞭解了。這份五五九號電文的六頁內容是你寫的吧？」
森檢察官將事先向法院提出的電文出示在證人佐貫面前，標題寫著「沖繩回歸談判之對美請求權」。
「這份電文是什麼時候寫的？」
「會議當天。」
「第一頁上蓋著『極機密　無期限』的紅色印章，這是由誰蓋的？」
「由寫這份電文的我和主管課長協商後蓋的。」
「當時北美一課的課長叫什麼名字？」
「川崎一朗。」

「這裡有北美一課課長的簽名，在他簽名後，這份文件送去了哪裡？」
「由我拿去條約局。」
「關於這份文件的內容，有不同筆跡的修改內容，這是誰寫的？」
「應該是條約課長。」
「條約局長有沒有批示？」
「在獲得批示，再度拿回北美一課後，立刻辦理了發至日本駐法國大使的手續。」
「為什麼要先發給駐法大使？」
「因為當時愛池外務大臣正在巴黎與美國國務卿進行會談，為了趕在會談前送達，所以先寄給了駐法大使。」
「之後，電文如何處理？」
「以事後同意的方式，拿去給官房長、外務審議官和事務次長批示。」
「是你拿去給這些長官批示的嗎？」
「不，是由當時北美一課的課員送去的。」
「批示之後，電文保管在哪裡？」
「北美一課。」
接著，檢方開始詰問有關電文的內容。檢方的主要目的，在於由實際撰寫這份電文的外務省官員親口說出這份電文內容一旦外洩，將危害國家利益。森檢察官在確認兩、三個專業術語後問：「除了這份電文以外，還同時傳送了附件，附件是什麼內容？」

檢方和辯方都知道附件是「愛池非公開書簡」的草稿，但外務省以沒有解密為由，拒絕提供實物作為證據。

「詳細情況我不太清楚，我只記得是很簡單的內容。」

佐貫面無表情地回答。

「大致內容呢？」

「應該是關於請求權的內容。」

「你不知道詳細情況嗎？」

檢方特別強調了「不知道」幾個字。

「我不瞭解詳細情況。」

佐貫用白胖胖的手推了推金屬框眼鏡，點了點頭。

「接下來，請教一下外務省關於秘密保全的相關規定，上面寫著極機密和機密的標準，你在本案的電文上蓋了極機密的印章，你認為當時的判斷正確嗎？」

「我認為是正確的判斷。」

「為什麼？因為事關外交談判嗎？」

「是的。」

「庭上！異議！」

大野木立刻從辯護席上站了起來。身材瘦高的他今天穿著灰色細條紋西裝，一如往常地瀟灑。

「檢方要求證人回答該電文內容是否機密，但從剛才的詰問中已經清楚地瞭解到，證人是在條約局長的指示下寫了電文內容，因此，詰問證人電文內容是否機密並不妥當。」

大野木律師充滿嘲諷地提出異議。森檢察官生氣地看著大野木說：

「因為證人在剛才的詰問中回答，他認為是極機密，所以蓋了章。我打算問他這項判斷的根據。」

「駁回異議，請繼續詰問。」

本山審判長回答後，森檢察官得意地張開鼻孔說：

「既然外交談判是秘密，所以你認為在電文上蓋上極機密的章也是很合情合理的判斷。你有什麼根據認為合情合理呢？」

「外交談判時，必須運用各種方法充分為國家爭取利益。如果談判過程曝光，很可能對日後的談判產生影響，原本可以成功的談判也可能失敗。」

「也就是說，如果將機密文件一一發表或曝光，就無法進行外交工作。」

「沒錯，就是這樣。」

「美軍基地歸還問題是沖繩回歸談判事項之一，決定將基地分為A、B、C三個階段逐漸歸還，這份清單是在哪裡製作的？」

森檢察官立刻轉移話題，詰問基地清單的事。

「北美一課。」

「那份清單是日文還是英文？」

「在研擬數次後寫成了草案，最後製成了英文清單。」

「如果是五月上旬呢？」

「那個時候已經是英文清單了。」

「有沒有發給相關者或是傳閱？」

「有，和剛才電文的傳閱對象相同。」

「你知道報上有刊登這份基地清單嗎？」

「我知道。我記得是《每朝新聞》最先刊登的。」

「庭上！異議！檢方問及起訴事實以外的基地清單問題與本案無關。」

大野木再度提出異議。

「這是為了證明外交談判內容是機密，以及在報上刊登後，會影響談判工作的進行。」

森檢察官也激動地還擊。

本山審判長與右側陪席法官和左側的年輕陪席法官討論後說：

「辯方異議成立。請就剛才的詰問目的發問。」

審判長提醒道。

「那我只問一個問題，在《每朝新聞》刊登後，美方是否有所反應？」

「在報上刊登的當天早上，美國大使館負責沖繩的官員曾經抱怨此事。」

「他說什麼？」

「他的意思是，如果談判的內容立刻出現在報上，就會影響談判——尤其在美軍基地的問題上，即使在美國軍方內部，也對於將沖繩歸還給日本有強烈的反彈，因此，不得不對報上刊登相關消息提出抗議。」

「我沒有問題了。」

森檢察官讓外務省官員說出「外交談判必須是機密」這個具有說服力的證詞後，結束了主詰問。

法庭上，開始由大野木律師進行反詰問，詰問的重點在於記錄了井狩和史奈德會談要點的五五九號電文的內容。一旦查明當初完全是按照美方的意思，簽下了由日方代替美方支付復原補償費的密約，這顯然不是必須保護的國家機密，洩漏秘密罪不僅無法成立，更可以將政府如何欺騙國民、危害國家利益的事實攤在陽光下。

「你剛才說，是在井狩局長的指示下寫了五五九號電文，所以，當時你有做記錄嗎？」

「有簡單的記錄。」

佐貫的神色中透露出一絲警戒。

「根據五五九號電文，美方的史奈德公使提議，可以運用十九世紀末制定的信託基金法，這是可以將外國政府支付給美國國民的資金成立基金的法律，當初怎麼會提到信託基金法的事？」

大野木的詰問直搗黃龍。

「這是電文的內容細節。我剛才也已經說了，我是奉井狩局長的指示起草這份電文，並不清楚會談的具體內容。」

「但你不是出席了那次會談，並做了記錄嗎？你說不清楚會談內容，是因為這是機密，還是你失去了記憶？」

大野木帶著辛辣的諷刺問道。

「是超出我理解範圍的意思。」

「你是首席事務官，聽了好幾個小時的會談，對會談的內容卻一知半解嗎？」

「我的理解只到可以記錄的程度，所以當井狩局長要求我這樣寫，我就照寫了，因此並不是完全一知半解。」

菁英官員對於直搗核心的反詰問實問虛答的狡猾態度，令旁聽民眾啞然失笑，但也開始感到憤怒。

「那我再請教你，電文中所寫的信託基金法，請你解釋一下是在怎樣的談判過程中提到的，以你一知半解的程度解釋就可以了。」

「我並不瞭解電文內容以外談判的整體情況。」

「你當時在場，卻無法理解談話的內容，日本就是靠你們這種腦袋瓜的人在進行外交談判嗎？」

「庭上！大野木律師剛才的詰問是人身攻擊！」

森檢察官大聲提出異議。大野木苦笑著說：

「我收回剛才那句話。請問電文內提到的日方第四條第三項，與八天後，日美之間簽署的《沖繩回歸協議》第四條第三項是相同的內容吧？」

「我不清楚。」

然而，大野木似乎已經對佐貫的「不知道」充耳不聞，繼續窮追不捨。

「第四條第三項寫著，由美方自發性支付復原補償費，但是要在協議上明確寫下這一條，必須有一個條件。美方要求愛池外務大臣提供非公開書簡承諾這個條件，你知道這件事嗎？」

「我知道。」

佐貫似乎被大野木的氣勢嚇到了，脫口承認道。

「這個條件是不是就是剛才所提到的，遵循將外國政府因特定目的，支付給美國國民的資金成立基金的法律？」

「我知道美方曾經提出這個要求。」

「日方的態度呢？」

「關於這個問題，因為關係到談判內容，超出當時我所能瞭解的範圍，但結果就如電文中所寫的。」

佐貫拚命閃躲大野木律師的追問。

「關於談判結果，你應該理解上面所寫的這些內容吧？」

「如果你問的是個別的問題，超出了我能夠回答的範圍。」

他明目張膽地拒絕作證。

這時，本山審判長突然插嘴問：

「在井狩和史奈德會談時，你坐在哪個位置？是能夠聽到談話內容的距離嗎？」

「當然。」

「所以，你是因為沒有獲得掌管機密的主管機關同意，因此無法作證嗎？」

「是的。」

佐貫用手帕擦著汗，用力點頭。本山審判長與左右兩側的陪席法官討論後問：

「那本席會採取特別措施，讓你可以作證。大野木律師，你要先問其他問題嗎？」
佐貫臉色大變，但大野木事先就知道這件事，所以露出從容的笑容，意味深長地點點頭說：
「既然院方已經有所準備，我願意等。」
坐在審判長席下方的書記官從桌子下拿出電話。
本山審判長問證人佐貫：
「既然你說無法回答，本席將照會主管機關，瞭解是否同意你作證。」
本山審判長預料到外務省官員會拒絕作證，所以事先申請了法庭與外務省大臣官房之間的專線電話，當場申請同意官員可以自由作證。
旁聽席頓時議論紛紛，跑司法線的報社記者也第一次遇到這種情況，無不屏氣凝神地觀察事態的發展。
書記官將雙方在電話中說的內容大聲地傳達、重複，讓整個法庭都可以聽到。
「喂，這裡是東京地方法院第七庭七〇一號法庭，在本山審判長的指示下打這通電話。目前正在針對佐貫首席事務官進行證人詰問，由於關係到職務上知悉的機密事項，證人說，如果無法獲得主管機關的同意就無法作答。請回答是否可以讓證人作證。」
接電話的並不是官房長，而是辦公室的事務官。書記官聽完對方的回答後說：
「我重複對方剛才的回答。佐貫首席事務官並非外交談判的負責人，不適合作證。」

書記官抬頭看著審判長。本山再度向書記官發出指示。

「以下是本山審判長的照會。根據刑事訴訟法第一百四十四條但書，監督機構除因危害國家重大利益之情況外，不得拒絕同意。請立刻回答是否危及國家重大利益。什麼？要和上司討論後馬上回覆嗎？」

書記官大聲重複後，放下了電話。

幾分鐘後，寂靜的法庭內響起了電話鈴聲，所有人都豎起耳朵。書記官拿起話筒，連續點了幾次頭後，大聲地說：

「我重複對方剛才的回答。官房長同意佐貫首席事務官作證直接瞭解的情況，是不是？」

書記官確認後，在本山審判長授意下掛上電話。

「你剛才也聽到了，你可以針對相關問題作證。辯護人，請繼續詰問。」

所有人的視線都集中在證人佐貫身上。

「我再問一次，在井狩、史奈德會談中要求愛池外務大臣提供非公開書簡，日方做出了什麼反對提案？」

大野木律師問道。佐貫沉默片刻。

「對於這個問題交涉了很久，但具體情況我忘了。」

他用努力擠出的聲音表示拒絕回答。

法庭已經透過申請的熱線照會了主管機關，但負責談判事務的第一線首席事務官居然不願鬆口，原本抱著一線期待的旁聽者忍不住發出責難的聲音。

「肅靜！」

本山審判長喝斥道。

律師團的五位律師聚在一起討論。

三木昭子的代理人坂元律師一副置身事外的態度，抱著手臂。

不一會兒，大野木走向證人佐貫。

「我繼續詰問，請你將五五九電文中提到的第四條第三項，美方提出要求的英文翻譯一下。」

他改變了戰術。

「你的意思是把英文翻譯成日文嗎？」

「你曾經在駐美大使館工作三年，把英文翻譯成日文應該易如反掌吧？」

大野木語帶挖苦地說道，讓佐貫啞口無言。佐貫看著當初自己寫的電文片刻後回答說：

「……應該譯成包含根據第四條第三項，為自發性支付所設立的信託基金。」

「自發性支付的翻譯正確嗎？」

「是ex-gratia payments嗎？」

「逐字翻譯的意思是？」

「就是自發性地支付。」
「Ex-gratia payments是指什麼？」
「……我只知道上面寫的這些內容。」
「難道不是指美方必須向日本支付的復原補償費嗎？」
「這一點也超出了我的理解範圍。」
佐貫不負責任地繼續閃躲問題。
大野木拿著佐貫在檢方做的筆錄說：
「你在檢察官面前不是談了很多電文的相關內容嗎？為什麼無法回答我的問題？」
「……」
「你無法回答是因為能力不足，還是因為談判是機密？」
「是我能力的問題。」
佐貫豁出去了，抬起戴著金屬鏡框眼鏡的臉回答。
大野木結束了反詰問，外務省徹底的秘密主義令人留下了深刻的印象。

※

從巴黎起飛，經由莫斯科往羽田機場的日本航空ＤＣ—８班機，準時在下午三點十分抵達謝列梅傑沃機場。

雖然才十二月上旬，莫斯科的太陽很快就下山了，零下十五度的機場跑道兩側堆滿的雪已經結冰了。

當舷梯裝上機身後，戴著棉帽、身穿棉大衣待命的邊境警備隊士兵立刻衝上飛機，檢查經由莫斯科前往東京的乘客護照。

檢查結束後，頭等艙和經濟艙的乘客分別從不同的舷梯走了下來。

第一個走出頭等艙的是把銀色毛皮帽壓得低低的，穿著防寒大衣的蘇聯共產黨高幹。他的親信站在停在舷梯下方的蘇聯產ＺＩＬ大型高級車旁，高幹一走進車內，沒有通關就揚長而去。

陸續從頭等艙下來的乘客中，六名受蘇聯方面邀請的貴賓被接上廂型車，ＯＥＣＤ（經濟合作暨發展組織）的吉田孫六大使也在其中。他是為了在十二月十二日，以外務省洩密案檢方證人的身分前往東京地方法院出庭，因此，莫斯科大使請他順道作客，為他向蘇聯國營航空「俄羅斯國際航空」申請了貴賓待遇。

廂型車駛向機場大廈旁兩層樓木造建築的特別候機室。只要坐在有暖氣的候機室沙發上，喝著服務人員送來的茶等候，俄羅斯國際航空旗下的服務部門就會代為辦理各項入境手續。

吉田對不需要在機場大廳的海關前大排長龍心存感謝，但也對大使館和日本航空完全沒有人來接待感到不安。蘇聯方面邀請的貴賓都有各機關的人員來接機，在等候辦理手續期間談笑風生，打發無聊時間。

「對，對，真是太感謝了。」

坐在鄰桌的前舞蹈家仰木雅子女士用誇張的肢體動作大聲地說著俄文。她是大阪人，用亡夫留下的龐大遺產設立了國際芭蕾振興財團，專門捐錢給各國芭蕾舞團。所以她在這裡的人面很廣，前來接機的蘇聯藝術學院會員對她畢恭畢敬。

「哎呀呀，大使閣下，怎麼沒人來接機啊？你一個人枯坐著太無聊了，和我們一起坐吧！」

仰木年輕時跳舞練就了一副好身材，穿著一身花稍的服裝。剛才在飛機上，吉田和她的座位只隔了一條走道，她主動自我介紹。吉田不願意和她太熱絡，現在她卻用彷彿多年知己的態度主動打招呼，令吉田內心有點不悅。仰木這麼親切的邀約，顯然是為了在藝術學院的會員面前炫耀自己的交遊廣闊。

陪著仰木從巴黎同行的男人站了起來，吉田婉言拒絕了。

「大使，很抱歉，這麼晚才來。」

大使館一等書記官出現了。之前他去巴黎出差時，曾經去了ＯＥＣＤ總部拜會吉田，說他奉寺脇大使的命令，由他負責打點吉田在莫斯科的一切。

「即使日航的班機抵達，日航人員也沒辦法進來這裡嗎？」

「機場完全由邊境警備隊和俄航管理，真不知道該怎麼為我的遲到道歉。剛才他們一再堅持，這班飛機的貴賓名單上沒有您的名字，我和高層打了半天交道，才終於突破難關進來這裡。這裡偶爾會發生這種事。」

一等書記官擦著額頭上的汗水。

「辛苦你了。」

吉田說，此時辦理完入境手續的乘客也依次點名離開了。

比吉田更早被叫到名字的仰木走到他身旁說：

「大使閣下，那我就先告辭了。」

仰木微微欠了欠身，卻難掩滿臉得意。不一會兒，吉田也被叫到了名字。他在一等書記官的引導下來到車道上，來接仰木一行人的海鷗車引擎發生故障，所有人都不知所措。駐莫斯科大使專用的日產總統車駛了進來，吉田他們早一步離開了機場。

飛機到達才三、四十分鐘而已，四周已經一片黑暗，感覺像是夜晚。隨著漸漸遠離機場，燈光越來越少，只看到兩側的白樺樹樹幹發白，一片陰鬱的景象。林間不時可以窺見的豆大橘色燈光，是國營農場農戶家所亮的燈。

一等書記官可能怕司機竊聽，一路上都聊著住在巴黎的知名日本畫家獲得法國國家榮譽軍團騎士勳章的事，吉田也聊著去參觀那位畫家工作室時的情況。

車子駛過凍成一片鉛色的莫斯科河，前方頓時出現了高樓建築和閃爍的街燈，頂著十字架的教堂金色屋頂和尖塔頂上閃亮的紅星也映入眼簾。把周圍像城郭般圍起的那一帶就是克里姆林宮，前方是紅場。

日本駐蘇聯大使館位於克里姆林宮西方五百公尺處，幾乎是伸手可及的距離，但莫斯科的道路以克里姆林宮為中心建成環狀，因此，必須繞過三角形的城郭才能到達。

車子從寬敞的阿爾巴丹路駛入狹窄的卡拉修努佩洛街，飄著太陽旗的大使館出現在一片十九世紀古色古香的住宅區中。

邊境警衛隊的年輕士兵披著外套，從門內側的崗哨站出來開門。

進入大門後，左側那棟似乎頗有來歷的兩層樓房子就是大使官邸，右側是公使官邸。隔著中庭呈L字形的就是大使館事務所，由於還是辦公時間，事務所內燈火通明。

「寺脇大使吩咐，等您到達後，先去官邸休息一下，大使夫人應該正在等您。」

一等書記官打算帶他去官邸。

「不，我先去向寺脇大使致意。」

吉田立刻說道。寺脇不僅是比他早兩屆的前輩，戰時他們在駐德國大使館工作期間，遭到英軍和蘇聯軍的猛烈攻擊時，曾經一起度過生死關頭。

在所有的駐外使館中，駐蘇聯大使館的規模僅次於華盛頓的駐美大使館，這裡的職員雖然人數眾多，卻缺乏活力，可以同時感受到一種神經質的緊張氣氛和公家機關的怠惰懶散。

吉田在一等書記官的帶領下，來到二樓的大使辦公室，看到身材發福、嘴邊留著小鬍子的寺脇大使站在樓梯口。

「歡迎你來啊！」

吉田行了一禮。

「受到你的邀請，我就真的上門了，希望沒有造成你的困擾。」

他雙手握著寺脇肥胖的手。

「我們是什麼關係，你還跟我這麼客氣。」

向來很照顧後進的寺脇豪爽地說完，請吉田走進辦公室，在沙發前面對面地坐了下來。

「我們有幾年沒有這樣私下見面了？」

「差不多七年吧！得知你接下駐蘇聯大使時，我高興得好像自己當上了大使。」

由於寺脇擅長俄文，一直在外務省和蘇聯、東歐各館的駐外使館工作，兩年前成為駐蘇聯大使。

「小平大臣上個月訪蘇的成果如何？」

吉田點了一支菸，向寺脇打聽小平外務大臣日前訪問蘇聯，向蘇聯方面說明令他們神經緊繃的日中恢復邦交一事，以及洽談田淵首相訪蘇行程的外交成果。

「中蘇關係持續惡化，蘇聯的柯西金總理對於日中恢復邦交追問了很多細節，但對田淵首相訪蘇似乎沒有太大的興趣，因為他們預料到日本的目的是要求歸還北方四島。」

寺脇大使嘆著氣說：

「雖然這也不是現在才有的事，但陪同小平外務大臣訪問時，我深刻感受到日本戰敗後，在外交方面是每況愈下。」

戰前，廣田弘毅、東鄉茂德和重光葵這些大名鼎鼎的外交官❼都擔任過駐蘇聯大使，日本外交曾經成為一世之雄，如今回想起來卻恍如隔世。

「對了，我一直想給你看一樣東西。」

「我會不會耽誤你的工作？」

吉田擔心地問。

「反正只是在要批示的文件上蓋章而已，不會有大礙的。這裡和華盛頓一樣，大藏、通產、農林、水產各省廳都派了工作人員，還有警察廳和陸海空的自衛官，以及研究蘇聯、中國問題的學者，經常為一些芝麻小事發生摩擦，讓人煩透了，你就讓我有機會偷懶一下。」

❼廣田弘毅（一八七八—一九四八）曾任日本首相與外務大臣，第二次世界大戰後被列為A級戰犯，處以死刑。東鄉茂德（一八八二—一九五〇）在二次大戰後，因身為外務大臣而被問罪，被列為A級戰犯，處以二十年徒刑，後病死獄中。重光葵（一八八七—一九五七）曾任駐英國、蘇聯、中國等國大使，戰後被判處七年徒刑，出獄後再度回歸政界，任外務大臣。

寺脇對吉田擠眉弄眼，從沙發上站了起來。當寺脇去一樓的庶務課拿鑰匙時，吉田向走廊另一側的房間探頭張望，發現所有人都把報紙攤在桌上，正神情嚴肅地在看報紙。

「他們在開報紙會議。這裡不容易掌握到各方情資，只能看黨報《真理報》、《消息報》和俄羅斯情報通訊社的消息，以及東歐各國、中國的《人民日報》，蒐集相關消息送回外務省。」

他留著小鬍子的臉上露出苦笑。

沿著彎曲的走廊，打開走廊盡頭的那道門後，發現裡面有一個灰色的長方形塑膠房間。

「這就是傳聞中的——」

吉田之前曾經聽說，歐美各國設製了這種塑膠房間對抗ＫＧＢ的竊聽，但親眼看到這個厚達十公分的硬質塑膠牆房間，還是有一種異樣的感覺。

走進塑膠房間，寺脇打開了通風扇開關，通風扇發出「嗡」的噪音。在寺脇的示意下，吉田在他身旁坐了下來。

「我們稱這個防竊聽的房間叫『金魚缸』，當八個人進來開會時，差不多二、三十分鐘，就會產生呼吸困難的錯覺，好像缺氧的金魚一樣張大嘴巴拚命呼吸，所以就幫這裡取了這個名字。打開通風扇後，會感覺稍微輕鬆一點，對保密防諜工作也有幫助。」

「但在這裡好像很容易頭痛。」

「沒錯，即使通風扇的聲音這麼吵，有些人在聽簡報時也會昏昏沉沉地打瞌睡，說起來實在很奇怪。對了，你這次回去作證的洩密案，事實真的像報紙上的起訴書所寫的那樣嗎？」

「應該八九不離十。」

吉田眨了眨大眼睛。

「如果類似拉斯特勃洛夫事件❽，是和防衛廳二期戰鬥機機種相關的機密洩漏事件還情有可原，但這次的事件很特殊，聽說當初是你查明了事件真相？」

「沒那麼了不起，我只是剛好看到了文件傳閱的簽名欄。」

吉田簡單扼要地把之前在國會發生的事告訴寺脇。

「原來是這樣。我記得當年在外務省的時候，《每朝新聞》那個叫弓成的記者曾經來採訪過我兩、三次。那個女事務官在首屆審議官辦公室工作時，我經常去審議官辦公室，覺得她在中央政府機關工作的女職員中格外性感，所以令我印象特別深刻。她不是和首屆審議官有一腿嗎？」

「我也聽說過這種傳聞，只是不知道真假……」

「你要在法庭上作證什麼？」

❽這是一九五四年在日本發生的間諜事件。當年，蘇聯駐日使館二等書記官拉斯特勃洛夫逃到美國大使館，尋求美方保護，搭美國軍機離開日本。日後發現，拉斯特勃洛夫是蘇聯內務省的陸軍中校，吸收日本人從事間諜活動。日本外務省有三名事務官因從事間諜活動而遭到逮捕。

寺脇說話向來不拖泥帶水。

「反正歸根究柢，外交談判是機密，我會堅持這一點。」

吉田把至今為止的審理情況簡單地告訴了寺脇後，沉默了片刻。

「和你一起在這個好像地窖的地方，讓我想起當年柏林淪陷時，我們躲進大使館地下的防空洞，躲避蘇聯軍的槍林彈雨。」

「金魚缸」房間外只有一盞燈，光線特別暗。

「那個中庭的防空洞是在里賓特洛甫外長特別關照下建造的，天花板厚達兩公尺，牆壁有一公尺厚，他保證即使用兩噸的炸藥也轟不開，但隨著戰況越來越激烈，我才發現炸彈除了會來自上方，還會斜向打進來，慌忙加釘了木板。」

寺脇也回想起當時的情況。

一九四五年四月——同盟軍以壓倒性的優勢摧毀了柏林市區，包括陸海空軍司令部在內的德國政府機關幾乎都撤往了南方。

雖然德國當局也要求外交人員離開柏林，遷往南方，但當時只有日本大使和泰國公使還留在柏林，其他國家的外交人員不是已經回國，就是去瑞士邊境避難。

日本大使在四月十日決定南下，但當德國投降時，如果佔領軍司令部留在柏林，必須有人留下來與司令部交涉。

參事帶領四名外交人員留在柏林，由於寺脇擅長俄文，所以二十六歲就當上了參事的輔佐。當時還是專員的吉田正在進修德文，和翻譯官、通訊官一起留了下來，在地下防空洞內見證了柏林淪陷。

希特勒自殺的四天後，蘇聯軍隊衝進了大使館。寺脇身為參事輔佐，擋在蘇聯士兵面前，要求他們立刻離開。

「這裡是日本大使館，有治外法權。日蘇之間有中立條約，並不是戰爭狀態。」

但在前線打仗的蘇聯士兵根本不知道大使館是什麼，大叫著：「日本是德國的同盟國，我們是來自史達林格勒，打敗德軍的最強大軍隊。」搶走了糧食、毛毯和大使館人員的手錶後，還要求他們把女人交出來。大使館內雖然有兩個女打字員，但因為之前就聽說蘇聯士兵對婦女的殘暴行徑，所以她們事先躲進了地下室裡的地洞，再蓋上鐵蓋，上面又鋪了地毯隱蔽，才讓兩人逃過一劫。

柏林淪陷兩週後，他們留下來的人集中在蘇聯指定的郊外營區，搭火車經由莫斯科被送去了西伯利亞。他們之前就從ＢＢＣ廣播聽說德國俘虜被送去西伯利亞強制勞動，雖然他們是第三國外交官的身分，但被押上蓋了遮蔽幕的火車時，還是很擔心會遭到拘禁。

幸虧中途沒有要求他們下車，兩週後到達了滿洲。五月時，終於跨越國境抵達新京（長春）。八月一日，從新京搭機回到羽田機場。

「我覺得呼吸有點困難，差不多該出去了。」

寺脇說道，吉田也親身感受到這裡被稱為「金魚缸」的原因，匆匆走出房間。

「你一下飛機，我就帶你來金魚缸，有點嚇到了吧？你先去官邸休息一下，七點我會帶你去莫斯科大劇院，今天晚上的劇目是『天鵝湖』。」

喜歡看芭蕾舞表演的吉田驚訝不已。

「女主角是誰？」

「妮娜・塞梅尼格。即使住在莫斯科，也很少有機會看到塞梅尼格跳的『天鵝湖』，你運氣太好了。」

居然可以看到正處於顛峰時期的女主角跳的「天鵝湖」！但吉田立刻恢復了理智。

「謝謝你的盛情邀約，但我即將以證人身分出庭，如果被人知道我去看芭蕾舞表演，不知道會被說什麼，我看還是以後再說……」

「你在說什麼？你也受到了這起事件的牽連，才會暫時被派去當ＯＥＣＤ大使，大家只會同情你，不可能有人說閒言閒語。」

寺脇對吉田的擔心一笑置之，要求剛好路過的事務官帶吉田回官邸，說自己三十分鐘後就會回去，然後上樓去了辦公室。

吉田跟著年輕事務官走出玄關時，有一輛車剛好駛了進來，下車的是吉田擔任美國局局長期間，曾經以北美一課課長的身分參加沖繩回歸談判的川崎參事。

「大使，好久不見。」

「對啊！好久沒見面了，你現在穿防寒大衣也越來越有模有樣了。」

吉田瞇起眼睛，看著身材高大、身穿防寒大衣的川崎。川崎沒有回答，微微地欠了欠身說：

「我聽寺脇大使說您今天會到，但因為要和蘇聯方面開會溝通，所以沒辦法去接您。」

「你參事的工作這麼忙，如果來接我，反而會讓我不知所措。我在出庭作證前，有兩、三件事要向你確認，你明天上午有空嗎？」

吉田親切的態度中難掩尷尬。

「如果有我幫得上忙的地方，請儘管吩咐，我都有時間。現在外面的氣溫不到零度，您還是坐車過去吧！」

說完，川崎為吉田開了車門，目送他離開。在旁人眼中，這兩位不久之前的上司與下屬之間的對話並無異樣，但他們的視線始終沒有交集。

雪花飄舞的黑暗街道上，只有克里姆林宮附近的斯維爾德洛夫廣場亮著燈光，人和車都聚集在此。面向廣場的是歌劇院、交響樂廳以及劇場。

燈火最輝煌的當然非莫斯科大劇院莫屬。白色的巨大建築物前人車雜沓，也有普通民眾的身影。在被冰雪封閉的莫斯科，去劇院欣賞表演是為數不多的娛樂之一。

劇院大廳的大水晶燈發出璀璨的光芒，櫃檯前大排長龍。人們換上帶來的鞋子後，把沾到雪和泥水的靴子寄放到櫃檯的隊伍令人不禁莞爾。

來到一樓區的座位後，吉田觀察周圍。可以容納兩千人的劇場以一樓區為中心，總共有五層觀眾席。以深紅色和金箔為基調的裝飾，令人不禁想到豪華絢麗的俄羅斯帝國時代。

他們的座位在二十五排中間的位置。

「就連巴黎歌劇院也自嘆不如。」吉田對隔著寺脇大使夫人而坐的寺脇說：「真不愧是寺脇大使，可以買到這麼好的座位，謝謝你邀我來。」

他克制著激動道謝。他知道是透過蘇聯國營的國際旅行社預約、買的票，但如果不是寺脇神通廣大，絕對不可能訂到這麼好的座位。

「看到你這麼高興，再辛苦也值得了。」

寺脇留著小鬍子的臉上露出笑容。一樓區周圍的二樓和三樓包廂內，住在南歐和美國、特地來莫斯科欣賞冬季藝術的富豪無不盛裝打扮，享受著開演前的時光。

「哎喲，又是那個女人──」

寺脇夫人皺著眉頭。吉田抬頭一看，發現仰木雅子一身鮮豔的桃紅色套裝，下半身的短褲特別短，努力展現穿著同色絲襪的美腿，但因為她個子矮小，感覺特別奇怪。她和在她身邊前呼後擁的那票人一起坐在交響樂團旁包廂的最前排。

「那裡是她的指定席，她每次都喜歡在開演前出現，吸引觀眾的目光。老公，你要小心點。」

「她捐的芭蕾獎勵金不是小數目，對日蘇文化交流有很大的貢獻，大使館拮据的財務有一半都是靠她張羅的。只要這麼想，就不會生氣了。」

寺脇絲毫不以為意。

廣播宣佈開演後，燈光暗了下來，鴉雀無聲的場內響起充滿哀愁的序曲，簾幕拉開了。燈光下，映照出像皇宮庭園般的舞台裝置。突然，號聲齊鳴，身穿民族服裝的男男女女熱鬧地翩翩起舞，慶祝明天即將迎接二十歲的王子挑選一位公主結婚。雖然每個人的服裝和舞蹈都不相同，在舞台上卻格外協調，每位舞者都在舞台上盡情彈跳。吉田立刻被俄羅斯芭蕾的真髓深深地打動了。

舞台上變成了傍晚的湖畔，背景出現了一群垂著頸子的天鵝，白色的天鵝彷彿隨著暮色降臨，恢復成年輕的女子，踮起穿著芭蕾舞鞋的腳尖，哀傷地起舞。

正在打獵的王子對著其中一隻天鵝準備拉弓，但猶豫了一下。王子的深情款款令觀眾席上忍不住發出一陣嘆息。演王子的角色不僅需要有精湛的舞技，還必須具備高雅的氣質。

一隻格外優雅、沉浸在悲傷中的天鵝出現在王子面前，王子忍不住為美麗的天鵝心馳神往。她正是女主角塞梅尼格。天鵝細長的手臂微微顫抖著，用全身訴說著被惡魔詛咒，變成天鵝的深沉悲傷和哀怨，隨著柴可夫斯基的名曲，漸漸進入芭蕾的極致世界。

俄羅斯芭蕾和巴黎的芭蕾有不同的感覺。豐富的藝術性令吉田陶醉其中，暫時忘記了即將在東京法庭上作證的沉重壓力。

與此同時，川崎參事手拿著伏特加酒杯，高大的身體坐在沙發上，正在看《消息報》。他從外務省被派來莫斯科已經一年了。剛來莫斯科的時候，他根本看不懂報紙，完全靠查字典看標題。隨著對蘇聯和東歐情勢有了深入的瞭解，目前基本上可以看懂報上的內容。

窗外靜靜地下著雪，室內暖氣十足，他只穿了一件襯衫。

他住在環狀道路內側第二條環狀路上的外籍人士專用公寓。這些公寓都是戰爭時，德國俘虜建造的房子，十分堅固，蟑螂和老鼠卻出沒頻繁，之前在美國住了多年的孩子一開始被嚇得慘叫連連，但也很快就適應了。

這棟公寓內只有川崎家是日本人，大部分日本人都住在離這裡稍微有一段距離的公寓區。住在莫斯科的外國人都被迫住進專用的外籍人士公寓，表面上由ＫＧＢ所屬的政府機構「烏波迪加」（駐外人員關懷部）提供各種生活上的服務，實際上卻是透過派去的女傭監視外國人的言行。

「老公，你不要一直喝酒，小心喝壞了身體。」

川崎太太端著盤子走了進來，盤中的蘇打餅乾上放了大顆魚子醬。

「真奢侈，是向索亞買的嗎？」

索亞是烏波迪加安排的女傭，她丈夫是曾經上過九次戰場的退伍軍人，因為在戰場上受了傷，如今是外籍人士專用餐廳的領班，可以用便宜的價格買到最高級的魚子醬。川崎把蘇打餅乾放進嘴裡，擔心地問：

「真好吃，但如果這個房間裝了竊聽器，不光是我們會有事，還會連累索亞吧！」

「我之前也擔心這個問題。今天索亞大聲地說她帶了魚子醬來，我忍不住用手放在嘴上，叫她小聲點。她若無其事地說：『你們家很安全，只有電話有竊聽。』還一臉沉思的表情說，週末要去辦公室報告，但根本沒什麼事可以報告的。」

「這搞不好是烏波迪加的計謀。」

「我覺得索亞是值得信賴的人，況且，不光是我們家，日本人家庭能有什麼值得報告的秘密？」

「那倒是。」

川崎苦笑著，再度看著坐在對面的妻子。她的額頭、鼻子、嘴唇和下巴都可以感受到她內心的堅強，但豐腴的臉頰透露出她內心的溫柔和平靜。

「妳要不要也來一點？」

川崎難得邀她一起喝伏特加，川崎太太接過杯子，喝了一口，皺起了眉頭。雖然伏特加無色無味，但酒精濃度很高。

「我記得吉田先生今天到莫斯科，你已經見到他了嗎？」

「嗯，傍晚回大使館的時候剛好在門口遇到他。今晚他和寺脇大使有應酬，明天要討論開庭的事。」

「他和你有什麼要討論的嗎？」

「幾乎沒有，只是方便他回日本後，向外務省解釋來這裡是為了和我討論。」

川崎冷冷地說完後，闔上了報紙。

「沒想到他一臉溫和，做的事卻那麼陰險。幸好這一年來都平安無事，但看你接到人事命令後來這裡，因為不熟悉工作而無所適從時，老實說，我一直提心吊膽，很擔心你哪一天會忍無可忍，一下子爆發出來。」

川崎太太說完，又喝了一口不太喜歡的伏特加，眉頭皺得更深了。

川崎在別人眼中是冷靜的分析官，凡事都有自己的定見，但其實他內心很熱血，也熱愛自己的工作，即使面對上司，也不會輕易妥協。

他的這種性格經常惹禍上身，在外務省工作的二十年期間，經常與上司意見相左，也不止一次發生正面衝突，幸虧每次都因為對方夠寬容，所以從來沒有和他計較過。

然而，吉田卻另當別論。

當沖繩回歸談判進入事務階段後，川崎之所以比平時更充滿使命感，是因為戰爭期間，他在學生動員時被分到通訊小組，竊聽到了美軍登陸沖繩的作戰情況。

昭和二十年四月，他在埼玉的大和田通訊隊竊聽了無線電，在沖繩地圖上記錄美軍部隊的移動和電信的方向。由於在竊聽期間一直對照地圖，所以他很瞭解沖繩的地形。同時，各艘美軍軍艦上的士兵透過連線，用望遠鏡找到日本兵和沖繩居民後，像玩遊戲般狙擊的談話也始終縈繞在他的耳邊。

當年，他立志進入外務省工作並不光是因為父親曾經是外交官，而是在學生動員時產生的正義感激勵了他，有朝一日，一定要從美國手上把沖繩拿回來。

雖然川崎身為北美一課課長參與沖繩回歸談判只是人生的偶然，但正因為他之前就有那樣的想法，所以，他不僅以嚴謹的態度參與和美方的談判，更很難得地以特考組官員的身分多次走訪沖繩，和當地居民喝著沖繩的傳統「泡盛酒」促膝長談，努力傾聽他們的心聲。

在談判中途接任美國局長的吉田卻對川崎很不以為然，川崎也曾經聽官房人事課長透露，吉田很想把他在其他局處的心腹部下調來當北美一課的課長，但人事課長向他咬耳朵說，在沖繩回歸祖國之前，會拖延這項人事調動。川崎心裡也作好了這樣的心理準備，沒想到在簽署《回歸協議》，只等十二月中旬國會批准之際，突如其來地收到了人事命令，得知自己接任駐蘇聯大使館負責總務的參事一職。

要求不會俄文的川崎接下掌管駐蘇聯大使館人員生活環境和福利保健的「總務總管」一職，未免太強人所難了，即使是懲罰性人事調動，也不至於如此吧！

川崎無法忍受這種毫無道理的人事命令，衝去吉田局長的辦公室。「莫斯科是個好地方，你對歐美國家已經有了概念，接下來好好瞭解蘇聯的情況。」看到吉田一雙圓眼睛露出心術不正的笑容這麼說時，川崎頓時喪失了反抗的力量，默默地前往莫斯科，接下了新工作。

在他來莫斯科的第四個月，發生了外務省洩密案。由於他當時擔任北美一課的課長，所以他作好了被追究責任的心理準備，也這麼告訴妻子。

幸好很快就查明了洩密來源，川崎只受到外務省的申誡減薪處分而已，但當他得知因違反國家公務員法遭到逮捕的是《每朝新聞》的記者弓成時，不禁極度震驚。

弓成在跑外務省線的記者中表現出類拔萃，雖然強人所難的採訪方式令川崎不敢恭維，但沒想到他利用女事務官拿到機密電文——雖然他覺得弓成為了採訪可能不擇手段，卻對將焦點集中在男女關係上的起訴狀感到不太對勁。

「老公，真的有密約嗎？」

或許是因為喝了點伏特加的關係，向來不過問工作的川崎太太淡淡地問道。
「像我這種坐冷板凳的，怎麼會知道？」
川崎說完，將視線移向窗外。紛飛的雪宛如鵝毛般不停地下著，擋住了他的視線。

※

弓成亮太拎著一個小旅行袋，孤零零地站在夜晚的月台上，風呼呼地吹，天空下著夾著雪的雨。他在等晚上六點五十分從小倉車站發車前往東京的臥鋪特快車「隼號」。
時序進入臘月後，平時只有關門海峽吹來的風造訪的月台，如今卻人來人往。
本來想回北九州的老家住十天左右，沒想到最後住了那麼多天。原本打算在故鄉找回初衷，尋找重新站起來的方法，最後卻一無所獲，只有更深刻體會到記者生命遭到扼殺的痛苦。
他不願意就這樣回東京。父親的公司為了迎接年底商戰忙得不可開交，公司的氣氛簡直已經有點殺氣騰騰，他卻幫不上忙，在父親和員工面前都覺得抬不起頭，只好買了回東京的車票，但其實他很想往回走。
「哎喲，這不是弓成青果的小老闆嗎？」
匆匆走過他面前的一個三十歲左右的男人停下腳步，抬頭看著弓成的臉。男人瘦小的身上沒有穿大衣，深色西裝的領口繫了一條白色蠶絲圍巾，一身俏皮的打扮。弓成一時想不起來他是誰。

「我是長谷川新吾，以前我爸曾經在下關受令尊的照顧。」

「喔，原來是你——」

長谷川的父親曾經是弓成青果的專務，他自稱是「大隊長」，幫了父親不少忙，也為進貨奔走。弓成終於想起眼前這個男人是長谷川的兒子。

「對了，我記得你爸說，希望你讀東京的大學，我寄了五、六所學校的入學簡章給你，還答應你去東京考試時可以住我家。」

弓成笑著糗他。

「因為我很羨慕你，所以很認真地考慮要讀大學，但後來發現自己不是讀書的料……給大家添了這麼多麻煩，最後沒有向我老爸說清楚就離家了，說起來實在很丟臉。」

新吾用手抓了抓用髮膠固定的頭髮，向弓成道歉。

月台上響起「隼號」已經抵達的廣播。

「你也要去東京嗎？」

看到他空著雙手，弓成心想應該不可能，但還是這麼問道。

「不，我是來送幾個平時很照顧我的客戶回東京。」

「你送客戶到車站，該不會在做旅館業吧？」

弓成看著當年那個理著平頭的淳樸高中生竟然有了如此巨大的改變，訝異地問。
「不，我目前幫人家照顧在小倉市區的一家酒吧。送客也是做生意的一環。」
新吾笑著遞上名片。名片上印著「三好興業株式會社　麗酒吧　小倉店經理」。
弓成把名片收進了口袋。
「——小老闆，」新吾突然鼓起勇氣似的說：「那起事件我在報上看到了，沒想到像你這麼厲害的人遭到逮捕、被告上法庭……實在太過分了。」
他接下來的話被對面月台上出發的列車聲音淹沒了。
「因為我在太歲頭上動土，但我並沒有後悔。」
「小老闆，希望你趕快搞定這件事。」
「才剛開庭而已，沒這麼快結束。」
「應該會判無罪吧？」
「當然，但必須用麻煩的法律手續來證明無罪。」
弓成說，這時「隼號」轟隆轟隆地駛進了月台。
「如果你被判無罪，我會為你慶祝，到時候你一定要回來。」
新吾的眼中噙著淚水。
「謝謝，那我走了——」

弓成拍了拍新吾的肩膀，走向列車。從博多出發的頭等臥鋪幾乎都滿了，弓成那個包廂的三個臥鋪都是從博多上車的乘客，已經拉上了簾子。

弓成坐在下層的臥鋪。座位上已經鋪好了潔白的床單，枕頭、日式睡衣和毛毯也疊得很整齊。發車鈴聲響了，列車轟隆一聲發動了。他看了一眼月台，發現新吾仍然站在月台上。

弓成微微舉起手向他道別，新吾用力揮手。

雖然無法馬上入睡，但弓成抽了半根菸，從口袋裡拿出威士忌喝了一口，換上睡衣後，拉起了簾子。

嗚、嗚的汽笛聲在寂靜的夜晚顯得格外哀傷。該如何排遣內心的這種痛苦？父親像往常一樣激勵他：「受點傷對男人來說是勳章。」但可以感受到他看到引以為傲的兒子負傷回家的心痛。

爸，對不起……弓成在內心向父親道歉，不知不覺中睡著了。

不知道過了多久，他感到一陣胸悶，渾身好像被勒緊了。他想掙脫，但有什麼東西用力纏住他的身體，讓他動彈不得。他痛苦不已，想大聲喊叫，有什麼濕濕黏黏的東西壓住他的舌頭，讓他幾乎無法呼吸。

呵呵呵……耳邊響起竊笑聲，弓成猛然坐了起來。那是夢，是三木昭子的怨念……弓成擦著腋下的汗水。

※

各家報社的司法記者聯誼會位於最高法院的兩層樓紅磚建築內。

這裡曾經是明治時代的大審院❾，以德國建築師所設計的新巴洛克風格莊嚴建築傲視群雄，但在戰爭期間，圓形屋頂和地板都遭燒毀，昭和二十四年進行修復工程時，在前方增設了車道。

從正門大廳左轉，走三十公尺左右，右側就是記者聯誼會。挑高的天花板、大理石走廊，室內是木質拼花地板，整棟建築都散發出莊嚴的感覺，用隔板隔開的各家報社辦公區在雜亂中洋溢著活力。

《每朝新聞》的司法組長率領的五名記者分別跑地方法院、最高法院和檢察廳。

其中，年紀最輕的記者齊田負責經常需要夜訪的檢察線，法院方面由比他資深的記者黑田每次去旁聽後，撰寫相關報導。

前輩記者寫了一篇報導，討論成為外務省洩密案中最大爭議點的三封電文內容，齊田看著這篇報導的預定稿，補充關於這起案件的知識。

❾大審院成立於一八七五年，是明治憲法中，居於最高地位的司法審判所，一九四七年廢止。

齊田之前在分社工作，經常跑警視廳，採訪了不少殺人案和大樓爆炸案，他一直認為外交文件都很費解。

然而，那三份電文如實地反映出美國只顧一國之私的強勢外交技巧，和日本只希望沖繩早日回歸的窩囊外交。

這種電文必須視為國家機密加以保護？抑或只是外務省官員為了明哲保身而核定成機密而已？……當齊田正在思考這個問題時，跑法院線的前輩回到聯誼會，在他旁邊的旋轉椅上坐了下來。

「前輩，我看了你寫的這篇報導，不愧是法律系畢業的你寫出來的文章。請問你專攻什麼？」

齊田問道。

「不要問記者這種蠢問題，你只要記得我專攻麻將就好。」

雖然很好強，但個性有點靦腆的記者石原笑著回答說。

「明天由檢方對前美國局長吉田進行主詰問。現任ＯＥＣＤ大使的吉田孫六，四、五天前已從巴黎總部回國了，以他的立場，不允許他像上次美國局北美一課首席事務官那樣一問三不知，所以我很好奇他到底會說到什麼程度。」

好奇心旺盛的齊田看著這位能幹的前輩。

「聽說他是個老狐狸，所以要豎起耳朵。剛才我在走廊上遇到那個民營電視台的記者──」
「就是原本在連續劇部門的那個人嗎？」
目前還有一、兩家電視台還沒有培養起像樣的新聞記者。
「對，就是他。那個記者氣鼓鼓地說，吉田為了這次開庭，用國家的錢瀟灑地搭頭等艙回來，如果還是實問虛答，把民眾當傻瓜，就絕對不放過他。」
石原覺得很好笑，點了一支菸。
「原來大使級的官員無論去哪裡都坐頭等艙。」
從來沒有出國經驗的齊田看著挑高天花板上的浮雕，想像著坐頭等艙的樣子。

❊

十二月十三日上午十點──
OECD（經濟合作暨發展組織）的吉田孫六大使站在證人席上完成了宣誓。
證人吉田當年擔任美國局長，是沖繩回歸談判的核心人物，在國會審議期間，也以政府委員的身分接受了在野黨的嚴厲質詢，卻全盤否認有這三份電文的存在，是眾人眼中的老狐狸。
吉田一臉溫和，衣著打扮透露出外務省官員特有的良好品味。森檢察官從檢方的座位站了起來，四方臉上充滿鬥志地走向他。

「你為了出庭，特地從巴黎總部回國，辛苦你了。」

檢察官一開口，就裝腔作勢地說道。

「首先，請你介紹一下進外務省後的經歷。」

吉田靜靜地點點頭。

「我在昭和十五年十二月被外務省錄用，十六年四月被派去德國，學了三年德文後，在柏林工作了一年。德國戰敗後，我回到外務省，一開始在條約局、終戰聯絡事務局，然後又回到條約局。之後，曾經一度被調去通產省。

「我回到外務省後，曾經在經濟局工作。昭和二十八年，在華盛頓的駐美大使館擔任一等書記官。」

之後，他又在外務省經濟局擔任英鎊區域課長，昭和四十一年去哈佛大學留學一年……擔任華盛頓的特命全權公使、外務省美國局局長等。吉田用輕描淡寫的語氣介紹了自己隨著日本戰前、戰後歷史發展，一路擔任主流中的主流職位的經歷。

座無虛席的旁聽席上，所有人都將目光再度集中在吉田身上。

森檢察官讓所有人對「證人是精通外交和經濟方面的專家」留下深刻印象後，輕輕地清了一下嗓子，終於進入了主題。

「你有沒有參與沖繩回歸的外交談判？」
「有。」
「是在你擔任美國局長之後嗎？」
「我在華盛頓擔任公使期間就或多或少參與了相關的工作，但當時大部分都是處理有關經濟方面的問題，回國擔任美國局長後，專門負責沖繩的談判問題。」
「所以，美國局是當時負責談判的主管機關嗎？在你擔任美國局長之後，有哪些項目是尚未解決的問題？」
「所有的大問題都還沒有解決。
「首先，條文本身還沒有出爐。除此之外，還有基地的整理與整合、對美軍支付的款項、基地以外設施的處理、美國人的權益，以及沖繩居民對美軍的請求權等許許多多的實質問題都還有待解決。」
「那我先請教關於美軍基地的整理縮小問題。日本方面提出了怎樣的提案？」
「簡單地說，就是希望美軍進一步減少基地的數量。一九六九年，佐橋首相與尼克森總統在華盛頓發表的共同聲明中也明確地提到，雙方針對不會減弱沖繩的戰略性地位達成了共識。因此，日本方面最初提出要達到和本土相同的模式，作為沖繩回歸的條件。
「但這並不是要求減少基地，而是希望沖繩基地的形態也能夠以適用《安保條約》或是地位協議的方式歸還給日本。之後，輿論認為如果基地不大幅減少，並不算是實質歸還，所以，我方也提出將不需要或沒有急迫需要的基地歸還給我方的要求。」

「在基地整理縮小問題上，那霸機場的問題是重點吧？」

「對，我方希望那霸機場可以用於民間機場，希望可以撤走駐留的P3（反潛巡邏機）以及一部分美軍飛行部隊。」

「美國方面的態度如何？」

「美國也十分理解日本方面的輿論壓力和心理，同意盡力協助，將不需要或沒有迫切需要的基地歸還給我方。」

「根據當時的媒體報導，美軍反對在遠東安全問題上增設比以前更多的限制，美國政府是在力擋參議院和軍方的反對下，與日方進行談判，事實的確如此嗎？」

「由於當時越戰正如火如荼地開戰，所以美國軍方曾經多次表示縮小沖繩基地很不合理。」

吉田一臉嚴肅地回答。森檢察官用力點頭，再度清了清嗓子。

「接下來，想請教一下關於財政的問題。具體來說，有哪些問題尚未解決？」

「美國為了建設沖繩的基地和軍用設施，在過去投入了相當數目的資金。因此，希望我方能夠支付一部分費用，比方說五億或是六億美元。」

「也就是說，美方提出希望日方用五億或是六億的價格，買下琉球電力公司、琉球自來水公司和琉球開發金融公司這三家國營公司，以及其他設施。日本方面當然也曾經在談判中提出無法支付這麼多吧？」

「對。關於這個問題，從很久之前就開始談判，在我回來接任美國局長時，雙方已經達成了基本的共識。」

「但對美請求權的問題一直到談判的最後關頭才解決，請你簡單說明一下是什麼問題。」

「以我方的立場來說，美國當初佔領沖繩時，曾經徵收大量土地，對當地民眾造成了危害。

「《舊金山和平條約》中第十九條已經表達了日本國民放棄請求權的立場，因此，法律上，在《和平條約》生效之前，美方對沖繩居民造成損害的請求權已經不存在。但是，美方在《和平條約》之前徵收的土地中，針對一九六一年六月三十日前歸還的土地支付了恢復原狀的慰問金。

「在沖繩談判之際，美方主張對於一九六一年七月之後歸還的土地，無法支付任何賠償金。我方強烈質疑這個主張實在太不合理，既然是在相同條件下徵收的土地，如果對一部方地主支付補償金，其他地主卻沒有，顯然有違公平原則。」

「這就是所謂的軍用地復原補償的問題吧？」

「對。」

也就是說，日方雖然放棄了所有的對美請求權，但復原補償費的問題是例外的小要求。

「美方對於日方主張是什麼態度？」

「美方在談判中指出，之前根據高級專員⑩第六十號告示，支付剛才提到的一定期間的慰問金時，曾經向美國議會承諾這是最後的補償，以後不會再付錢了，所以無法向議會請款。雖然他們很想支付這筆錢，但沒有財源。這就是美方的主張。」

吉田藉此暗示談判過程很嚴峻。

「沖繩回歸談判在戰後的日本外交上屬於大規模的談判嗎？」

「或許不該由我來說，但由於事涉日美關係，而且是透過和平談判，讓我國因戰爭而失去的一部分領土回到祖國，因此，的確具有重大的意義。」

吉田深有感慨地說。

「接下來，我想具體請教有關電文的內容。但我先請教一個問題，在外交談判過程中，如果內容公諸於世，會造成不妥嗎？」

「當然非常不妥，其中有很多理由。首先，由於還在談判過程中，雙方為了說服對方，必須你來我往地談很多次。在很多情況下，談判過程中的內容經常和談判的結果，或是說最後的共識有出入。」

「也就是說，有時候會用不是理由的理由說服對方，或表達一些甚至被認為是狡辯的說法，讓對方同意嗎？」

「也會有這種情況。如果在中途公佈，對方第二天可能就不願意坐上談判桌。」

「為什麼？」

「因為談判就是雙方在不公開的前提下進行溝通，而且，有些內容可能會造成侮辱對方國家的結果。除此以外，也可能讓第三國瞭解一些微妙的狀況，因此，談判必須以不公開為原則。」

「也就是說，外交談判的過程是在保密的前提下，雙方輕鬆溝通嗎？」

「就是這樣。」

「如果談判的細節遭到公開，就會影響談判的進行吧？」

「異議！檢察官一直在陳述自己的意見，顯然是在誘導詰問。」

大野木律師倏地站了起來，義正詞嚴地向審判長提出異議。

「我是在確認。」

森檢察官的四方臉上露出慍色。

「辯方的異議成立，檢方請改變詰問方式。」

審判長提醒道。森檢察官轉頭看向證人。

「你剛才說，會對第三國造成影響，主要是指哪些問題？」

⑩全名為「琉球群島高級專員」，是琉球群島美國平民政府的最高統治者，經美國總統核准，由美國國防部長任命現任將軍擔任，於一九七二年沖繩回歸的同時廢止。

「在沖繩談判中，這個問題尤其顯著，但在一般的談判中，第三國也會很關注談判的情況。也就是說，當第三國和日本進行相同的談判時，就會要求比照辦理或是提出更高的條件，因此，會虎視眈眈地關切談判國向日本政府提出了什麼要求，如果在談判過程中就曝了光，談判國就會覺得和日本談不下去了。」

吉田強烈主張外交談判是機密這一點。森檢察官聽到這句證詞後，拿起了那幾份電文。

「接下來，我想請教你個別的電文內容。首先是第一〇三四號電文，這是愛池外務大臣與梅楊駐日大使的會談內容。會談是在哪裡舉行的？」

「應該是外務省大臣辦公室隔壁的接見室。」

「有其他人參加那次會談嗎？」

「我身為美國局局長，列席了會談。除此以外，有條約局長、北美一課課長和條約課長，我記得還有另外一個人擔任會議紀錄。」

「從電文內容來看，你對核定為極機密有什麼看法？」

「這當然應該核定為極機密文件。」

「那麼，首先是ＶＯＡ（『美國之音』，美國對海外的短波電台）的問題。電文首先提到了愛池外務大臣告訴梅楊大使，首相和郵政大臣都同意讓ＶＯＡ有期限地繼續保留五年，但首相強調和ＶＯＡ配套協商的Ｐ３一定要撤出那霸機場，請問配套是指什麼意思？」

「這是在外交談判中經常使用的技巧。在要求對方讓步時，可以用我方在這一點上讓步，迫使對方必須同意這個條件的方式，將個別的問題配套協商，用這種談判方式獲得對自己有利的條件。沖繩談判中也經常採用這種配套的方式進行談判。」

「『配套』這個名詞經常使用嗎？」

「在外交上經常使用。」

「寫有這些內容的電文一旦公佈，會造成怎樣的弊害？請你先談一下ＶＯＡ的情況。」

「美方主張必須讓ＶＯＡ在沖繩永久經營下去，但我方提出五年後結束的要求一旦公佈，美方的一部分議員就會產生反彈，認為美國談判團太沒用了。相反地，從我方的立場來說，讓ＶＯＡ這種外國的電台繼續營運五年，也會遭到反彈。總之，會增加之後談判的困難度。」

「原來是這樣，但Ｐ３的問題公開後，是否造成了弊害？」

「當然。Ｐ３就是反潛巡邏機，美國海軍當然反對撤離那霸機場，再加上和ＶＯＡ作為條件交換，會對美國軍方造成刺激，認為有戰略性意義的事項怎麼可以和其他事混為一談。」

吉田指出極機密電文洩漏時可能發生的危害，證明了電文的「實質機密性」。

「其次是財政的項目。電文中提到，關於三二〇的問題，大藏大臣也在場，首相也表示同意。這是愛池外務大臣對梅楊大使說的話。三二〇是指三億兩千萬美元嗎？」

「是的。」

「這個金額是什麼時候決定的？」

「我記得是在五月中旬。」

「支付給美方的三億兩千萬美元有詳細的明細嗎？」

「在協議內容中並沒有列出明細，但三家國營公司的民生用設施是一億七千五百萬美元，勞務關係費用七千五百萬美元，再加上核武撤除費用七千萬美元。」

「勞務關係是指？」

「這是隨著沖繩回歸日本，向軍中的勞工支付的離職金。由於比照日本本國的薪資水準辦理，所以，大致估算出這個數字。」

「買下三家國營公司的一億七千五百萬美元和勞務關係的離職金七千五百萬美元，都有計算根據嗎？」

「有。」

「關於撤除核武的七千萬美元呢？」

「由於美方並未公開有多少核武以及撤除的方式，我方手上也沒有相關資料，所以無法詳細計算。」

「那七千萬美元是怎麼決定的？」

「剛才我也已經提到，美方光是不動產就投資了五、六億，也可能更多，再加上美方接受了我方提出撤除核武的強烈要求，所以從政治的角度判斷，七千萬美元應該是合理的數字，雙方最終也對這個數字達成了共識。」

吉田以「政治的角度判斷」一言蔽之。

「如果電文在這個時間點公開，被大眾知道三億兩千萬美元的金額，會造成什麼危害？」

「一旦正確的數字公諸於世，不僅我方會傷透腦筋，再加上美國正處於財政困難的狀態，日本在出口貿易中獲利十分理想。如果不知道其他詳細情況，只知道美方原本要求五、六億的金額被壓縮到三億兩千萬，應該會導致美國國會的強烈反彈。」

「另外，電文中提到，關於三億兩千萬美元的分配問題，日美雙方在充分溝通後，一致同意為了避免對國會說明出現落差，努力減少不必要的發言，以期和美方完全一致。請問這是什麼意思？」

「這是因為在協議中並沒有提到三億兩千萬美元明細，在向國會說明時，日美雙方都要特別注意，避免說錯金額的數字。

「由於日本是付款方，在向國會要求預算時，必須明確說出明細。但美國是收款的一方，對具體數字可能會漫不經心。於是，就可能會產生一些不必要的誤會，導致我方國會在預算審查時發生混亂，也會造成困擾。因此，雙方確認在解釋明細時不要發生差錯。」

雖然電文中可以明顯感受到日美之間有密約，吉田卻若無其事地輕鬆帶過。

「接下來是關於請求權的問題。電文中提到愛池大臣對梅楊大使說：既然貴方已經同意日本方案——日本方案是什麼？」

「與目前協議的第四條第三項的內容大致相同。」

「電文中又提到，梅楊大使說：美方能理解日本方面的立場，也感謝貴國在諸多方面為我方的財源問題著想，但因為之前已經向國會作出承諾，所以在請求權的問題上遇到了困難。這是指什麼？」

在提到支付給美方的款項中，美方使用了「財源」的字眼，強烈暗示了是由日本方面代為支付復原補償費，但檢方避重就輕。

「首先，站在美方的立場，他們知道必須支付土地的復原補償費，但在之前已經向國會承諾，先前那一次是最後一次。因此，即使他們想要付錢，也無力支付。

「但我方堅持，既然之前已經支付，如果這次不支付，有違公平原則。其次，關於梅楊大使提到我方為美方的財源問題著想，應該是指之前首相、大藏大臣和外務大臣共同商討時，同意了三億兩千萬美元的金額，他對我方的努力表達感謝。同時，我方對美方主張，即使他們一再聲稱沒有財源，但日方要付給他們三億兩千萬美元，因此不可能沒有錢支付。所以，美方最後不得不支付這筆錢。」

「但梅楊大使說，如果同意日本方案的第四條第三項，美國國會看到這種文字表述，一定會要求針對財源問題進行公開說明，屆時反而會造成日方的困擾。日方有什麼困擾？」

「我剛才也已經報告過，美方之前在國會中已經承諾，那兩千萬美元是最後一次支付慰問金，如果他們同意請求權的問題，就會在國會中遭到質詢財源從何而來。美國政府很可能從我方支付的三億兩千萬美元中去支付這筆錢，錢不分你我，只要有人付、有人收就解決問題了。但美方擔心，如果讓世人知道美方是從日本支付給他們的錢中支付復原補償費，可能會造成日方的困擾。」

「如果向國會這麼解釋，日本國民就會認為這筆錢是由日方支付的，所以會造成日本政府的困擾，是這個意思嗎？」

「正是這樣。」

「關於電文的下一句內容。電文中提到，美方又補充說：問題不在於實質，而是面子。請問美方是指什麼意思？」

「美方表示，雖然瞭解我方並不願意他們從日方支付的三億兩千萬美元中，撥款處理第四條第三項的請求權問題，但是仍希望我方協助他們做面子，使他們能夠順利支付這筆錢。換句話說，只要在表面上說得過去，美國國會也會答應撥款。」

「那時候還沒有決定要怎麼做吧？如果當時公佈這些內容，會造成什麼影響？」

「請求權問題直到談判的最後關頭都懸而未決，對於我方提出的最終方案，也就是第四條第三項，美方好不容易接受了一半，如果洩漏出去，後果不堪設想，美國國務院應該會施壓中止談判。至於在日本國內，也會引發反對聲浪，質疑政府居然用這種方式解決一部分沖繩民眾的正當權利，影響談判的進行。」

吉田一再重申洩漏機密會造成的弊害。

「我想請教關於第五五九號電文的內容。這份電文上寫的是條約局井狩局長與美國大使館史奈德公使在東京的會談結果，是不是？」

「是的。」

「當時，你人在巴黎嗎？」

「是的。」

「你在巴黎看到這份電文了嗎？」

吉田用力點頭。

「電文的內容是美方針對懸而未決的請求權問題有一項提案。」

「對。」

「內容是可以根據一八九六年二月制定的信託基金法，接受日本方面的提案。你們有沒有檢討那是什麼法律？」

「由於我當時人在巴黎，所以是事後才瞭解的。美國領事在國外接受外國政府支付給美國國民的款項後，成立信託基金，然後可以用這筆基金支付。」

「美方提出用這條法律解決在前面第一〇三四號電文中提到的面子問題嗎？」
「是的。」
「為了成立這個信託基金，美方希望由愛池大臣向梅楊大使遞交一份非公開書簡吧？」
「確有此事。」
「內容如電文中所說，日本政府向美方支付四百萬美元，協助美方為了支付慰問金所成立的信託基金？」
「是的。」
「美方提出，這份秘密書簡是美國政府內部向審計總署解釋時需要的資料，絕對不會造成日方的困擾。如果沒有這份書簡，就無法接受日方的提案。請問審計總署是什麼單位？」
「有點類似日本的會計檢查院⓫。」
「也就是說，要在書簡上聲明，日本支付的三億兩千萬美元中，有四百萬美元要轉入用來支付軍用地復原補償費所成立的信託基金，日本方面答應了這個要求嗎？」
「是的。」

⓫即負責檢查各單位是否妥善運用國家預算的機關。

「所以，美國政府就可以向國會解釋，這四百萬美元是由日方代為支付的。」

「當時條約局的井狩之所以會答應，可能是因為請求權的問題已經進入最終階段，日美雙方都希望盡快解決問題。因此，只要美方能夠答應我方提出的第四條第三項的文字內容，我方可能不得不在美國政府向內部說明時提供協助，顧及他們所說的面子問題。他覺得如果只是這麼寫，並不會對我方的立場造成不利。我方是基於正當條文中所寫的理由向美方支付三億兩千萬美元，至於他們要怎麼使用，不關我們的事。我相信他當時應該是基於這樣的想法。」

「那是愛池和羅傑德即將在巴黎舉行會談的前夕吧？」

「是的。」

「如果關於請求權的這些談判細節在當時公佈，會不會造成負面影響？」

「後果應該不堪設想。在那個階段，日方無論如何都要設法讓美方支付請求權的款項，美方也竭盡全力設法讓國會同意，一旦談判細節曝了光，原先已經接受我方條件的美方可能會惱羞成怒，擱置談判工作。」

「最後是八七七號的極機密十萬火急電文，記載了愛池大臣和羅傑德國務卿在巴黎的會談內容。你有看過嗎？」

「我應該在駐法國大使館發出這份電文前看過。」

吉田不置可否地點了點頭。

坐在正前方的本山審判長和左、右兩名陪席法官，面無表情地聽著吉田的證詞，但對於外務省徹底隱瞞的秘密主義留下了不良心證。

雖然成為這起事件關鍵的三份洩漏電文已經在國會曝光，報上不僅刊登了內容，甚至刊登了照片，但之前外務省在國會的委員會上，有意將外務省保管的文件與社進黨拿到的影本進行比對，卻遭到社進黨拒絕提供愛池與羅傑德在巴黎會談時的電文第一頁來做比對，所以外務省以此為由拒絕向法院提供文件正本，也不解除機密，只向法庭提供了另外兩份電文作為證據，第三份電文則以記載了概要的文件代替。

辯方要求提出第三份電文，由於檢方不同意，法院向內閣申請扣押電文，派了書記官前往愛池外務大臣的官邸。在刑事案審理過程中，主管機關拒絕提出相關公文時，法院向內閣提出申請也是史無前例的事。

然而，官邸對法院的回答卻很冷淡，表示負責保管文件者並非外務大臣，而是外務省文書課長，必須向官房長申請是否可以扣押，將交代官房長處理這個問題。

外務省對法院的回覆也同樣冷漠：

關於扣押本案文件一事將侵害國家的重大利益，根據刑事訴訟法第一百零三條的相關規定，不同意扣押。

照理說應該由外務省主管機關——內閣作出決定，內閣卻推給外務省官房長。由此可見，政府擔心這個問題進一步政治化。

這場審判中，政府高大的厚牆甚至阻擋了法院的法庭指揮權。

檢方針對吉田的主詰問繼續圍繞著愛池外務大臣的非公開書簡。

「最後，大臣有沒有寫那份非公開書簡？」

「大臣從巴黎回國後，認為不該寫這種內容的書簡。」

「綜合你剛才的證詞，日方私下代替美方支付軍用地復原補償費所需經費一事並非事實，是不是？」

「對，絕無此事。」

吉田斬釘截鐵地說。他在國會用謊言欺騙大眾，如今在法庭上也圓滑應對，堅稱外交談判是機密，極機密電文是國家機密。

當審判長宣佈畢庭後，旁聽席的人紛紛來到走廊，走向電梯。人群中，有一個人顯得神采奕奕。

他三十多歲，中等個子，不胖也不瘦。雖然時序已進入十二月，但他的臉曬得黝黑，棕色上衣和襯衫的搭配特別瀟灑。

等擠滿人的電梯下樓後，他搭下一班電梯從七樓來到一樓，走向角落的公用電話，電話旁沒什麼人。

「喂，我是鯉沼玲。對，剛才聽了前美國局長出庭作證。雖然好久沒看到亮太了，但我從旁聽席上看到他的樣子和以前沒什麼兩樣。什麼？他向來好強，在法庭上卻不得不坐在被告席上，我想他應該不想在那種場合見到我，所以沒有和他打招呼，就一個人離開了。我等一下去妳那裡。要怎麼走？八雲舅舅有告訴我大致的方向，但這陣子東京的變化太大了——」

他用瑞士製的卡達原子筆記下了路線。

鯉沼玲是由里子的表哥，和由里子同齡，兩人從小一起長大。目前是建築師的他長年居住在國外。

※

下午三點多，鯉沼玲來到位於世田谷區祖師谷的弓成家。

鯉沼玲站在客廳，打開面向庭院的落地窗，打量著傾斜的屋簷和大門通向玄關的通道。

「雖然這棟房子的設計不怎麼樣，但室內的佈置頗有品味，是妳的設計嗎？」

他問正在廚房泡茶的由里子。

「哪裡談得上什麼設計。來，坐吧！」

洋一和純二最近開始上書法課，還沒有從書法教室回家。

穿著玫瑰色針織套裝的由里子為住在國外多年的鯉沼玲泡了淡抹茶，和點心一起端到客廳的桌上。

「妳已經是兩個孩子的媽了，舉止還是如此優雅。那我就不客氣了。」

鯉沼玲坐正身子，雙手捧著織部燒的抹茶陶碗，按茶道禮儀，分三口半喝下。

「手藝精湛——」

他微微欠了欠身說道，然後，又用之前的輕鬆口吻說：

「我們有幾年沒見了？」

他那雙有著長睫毛的炯炯雙眼看向由里子。

「差不多有十年了吧！我記得是洋一第一次過七五三節⓬之後，玲哥，你還幫我們拍了不少照片。」

「沒錯。我記得亮太抱著小洋，一臉的滿足，不停地說，小洋和他好像是一個模子刻出來的。」

鯉沼玲回想起當年的事，忍不住笑了起來，由里子也跟著笑了。鯉沼玲的老家在葉山，從祖父那一代就和八雲家往來頻繁，他和由里子經常在親戚的婚喪喜慶場合見面，兩人讀同一所高中，瞭解彼此的個性，所以一下子就聊得很開心。

「我很高興今天能來。我之前去紐約的總領事館換簽證時，剛好看到日本的報紙，得知了這起事件。之前，《紐約時報》拿到了美國國防部的越戰相關文件並刊登在報紙上，和政府展開了全面對決，當時曾經熱烈討論『知的權利』。但這起事件因為有女人牽涉其中，所以有點似是而非，我突然很想瞭解妳的近況，一想到妳，就擔心得不得了，沒想到妳這麼有精神，實在太厲害了。」

他告訴由里子之前在國外時的擔心。

「會嗎？一下子發生了太多事，我覺得自己已經變成了老太婆。」

由里子落寞地笑了笑。

「妳千萬不可以這麼說，現在的妳比當年被稱為『八雲姊妹花』時更迷人，更有氣質——」

他正想繼續說下去，由里子制止了他。

⑫日本的傳統節日之一。男孩到了三歲和五歲，女孩到了三歲與七歲時，會在每年的十一月十五日到神社參拜，以感謝神明保佑之恩，並祈求兒童能健康長大。

「讀小四的洋一這一陣子好像突然長大了，之前安慰我說，媽媽還是盛夏呢！」

「什麼意思？」

「有一次，我和洋一在深秋的公園裡散步，看到秋風葉落的景象感到很淒涼，忍不住抱怨說，我討厭秋天，因為發生了太多事，我都變成老太婆了。他很認真地安慰我說，媽媽不是秋天，還是盛夏。」

然而，洋一那番話還有後話。他還說：「媽媽的人生並不是只是為爸爸而活的，所以，以後不要再這麼說了。」由里子想起幾個月前的深夜，她和丈夫談離婚時，洋一不知道怎麼會聽到了，突然和純二一起衝了進來，發瘋似的哭喊著：「我絕對不要爸爸和媽媽離婚！」難以相信幾個月後，他會說這麼懂事的話。那次之後，他們格外小心謹慎，不讓孩子們聽到夫妻的爭執，但想到兩個孩子敏感地察覺到父母的不和，不禁覺得心如刀割，也對孩子們感到不捨。

「怎麼了？」

看到由里子忍著淚水低下頭的樣子，鯉沼玲擔心地問。

「沒事。你最近在忙什麼工作？」

由里子改變了話題。

「我們事務所在雪梨都市開發比賽中獲勝了，我將擔任組長，目前算是在充電吧！」

鯉沼玲笑的時候，臉上有一個酒窩。他在讀高中時，就對車站、教堂和湘南海岸新建的遊艇碼頭很有興趣，立志將來要當建築師。讀大學時，進入當初還很少人就讀的建築系。在他大學畢業時，還是很難申請留學的時代，他輕鬆地申請到傅爾布萊特獎學金出國深造。畢業後，他按規定回國將學習成果回饋給日本，卻和日本師徒制色彩很強的業界格格不入，於是再度前往美國，曾經在紐約、波士頓、丹麥和哥本哈根的設計事務所工作，目前又回到波士頓，已經開始投入一些較大的建築項目。

「所以你會陪在葉山的父母住一陣子嗎？」

「我很想這樣，但因為要聯絡很多事，所以會住在東京的飯店。」

「那今晚要不要住在家裡？我老公開庭後，要和律師討論，傍晚之後才會回來，但他一定很高興看到你。芙佐子陪她婆婆去能樂堂了，我相信她一回家就會趕來這裡。」

「我很想留下來，但等一下看到洋一和還沒有見過面的純二後，今天就先告辭了。因為晚上我還和人有約——」

「太可惜了，你在東京住到什麼時候？」

「我十八號會搭澳航繞去雪梨，聖誕節就會回波士頓。」

「雪梨現在還是夏天吧！這麼短的時間內，在氣候完全不同的地方飛來飛去，你再不趕快娶個太太照顧你，以後就傷腦筋了。」

「由里子，我可不想聽妳對我說這種話。」

鯉沼玲的雙眼凝視著由里子。

「媽媽，我回來了！」

兩個孩子天真無邪的開朗聲音打破了尷尬的沉默。

※

翌日，十二月十三日——

《每朝新聞》律師團全員出動，在反詰問中，對外務省美國局吉田前局長展開了猛烈的攻擊。在團長伊能、副團長高槻進行反詰問後，大野木律師站了起來。大野木素有「反詰問高手」之稱，瘦高的身材穿著三件式西裝，一如往常地瀟灑。

大野木律師的舌鋒越發銳利起來。

「所以，愛池和羅傑德在巴黎的會談是針對《沖繩回歸協議》進行最後的磋商嗎？」

「的確是那個階段。」

吉田身為外務省官員的經歷十分完整，但不同於上一次檢方主詰問時的從容態度，此時臉上難掩緊張之色。

「可以認為巴黎的會談內容就是八七七號電文所寫的嗎？」

「但談話內容未必都記錄在那份電文上。」
「還談到了尖閣群島⑬的領有權問題嗎？」
「是的。」
「也討論了《回歸協議》的生效日問題吧？」
「是的。」
「還有請求權的問題，以及是否同意簽署協議的事，大致都如電文中所寫的項目，此外還有我剛才提及的項目以外的內容嗎？」
「差不多就這些內容。」
「那一次並沒有談到VOA（『美國之音』，美國對海外的短波電台）和P3（反潛巡邏機）的問題，因為在前一個階段已經談妥，所以並不是這個階段的主要議題吧？」
「既然電文上沒有提到，應該是這麼一回事。」
在橫溝議員出示電報之前，吉田在國會堅稱和巴黎之間的交涉都用電話溝通，完全沒有留下任何紀錄，如今卻隻字不提這件往事。

⑬尖閣群島為日本對釣魚台的稱呼。

「昭和四十六年十二月七日的眾議院沖繩委員會，以及今年三月二十七日、二十八日眾議院預算委員會上，當橫溝議員質詢這次的巴黎會談是否討論了請求權問題時，你身為政府委員卻答辯完全不記得，只談了P3和沖繩回歸日的事。」

「這未必代表我說了謊。」

「問題是根本沒有談到P3的問題，你明知道那根本不是主要議題，卻仍然如此答辯，請問是為什麼？」

「應該是根據我當時的記憶，這個印象比較深刻。」

「所以，你針對橫溝議員的質詢，故意做出錯誤的回答，請問是為什麼？」

「雖然在形式上是如此，但我個人對於請求權的問題並沒有特別關心。」

「十二月七日的沖繩特別委員會距離愛池和羅傑德的巴黎會談不超過半年，你卻忘了曾經討論過這個議題？」

「老實說，當時的確是那樣的狀況。」

「那為什麼特地列舉了並非主要議題的P3問題？」

「因為對我個人來說，P3是重要問題，所以印象特別深刻。」

「不，我問的並不是你個人的問題，而是在愛池和羅傑德的會議中，請求權問題明明是重要的議題，你卻說記不清楚了。這一點令人匪夷所思。

「這個問題之後再討論，接下來，我想請教關於沖繩回歸口程的問題。你曾經作證，在巴黎會談中，日本方面要求定為四月一日，但美方認為這原本是參議院的權限，如果得知日美雙方已經在行政上進行協議，將會強力反對，所以不能對外公佈討論了這個問題。這一點沒有錯吧？」

「一旦消息洩漏，將對我方的立場很不利。」

「但是，愛池大臣在巴黎會談後，告訴了隨行記者回歸日的日期。」

「應該是愛池大臣基於個人的政治態度和解釋進行說明。」

「這麼說，愛池大臣本身危害了高度的國家利益嗎？」

快如閃電般的反詰問令吉田不知所措，旁聽席上響起一陣笑聲。

「愛池大臣身為政治人物，我相信他是基於大臣的立場作出的判斷。」

「但你認為對外公佈這件事，會造成你的困擾，對嗎？」

「我們這些負責談判事務工作的人隨時都這麼想。」

吉田冷冷地回答。大野木律師走向證人席，遞出一份報紙的影本問：

「這是去年六月十日，巴黎會談翌日的《紐約時報》，你認為是機密，一旦洩漏，會讓你們的立場陷入為難的內容全都刊登出來了，你有看過嗎？」

吉田瞇起眼睛，似乎看不清楚。

「字太小了，我看不到。」

他打算藉此閃避問題。

「你看不到嗎？我早就猜到了，所以為你準備了放大鏡，請用吧！」

大野木律師從西裝口袋裡拿出事先準備好的放大鏡遞給吉田，法庭內立刻響起一陣哄笑。這是絕妙的法庭攻防技巧。

吉田對大野木律師的先發制人啞口無言，只能露出苦笑，用放大鏡看了報導內容。

「這應該是根據愛池大臣的說明所寫的報導內容，以我個人的立場猜想大臣的心境……」

「不，不必推測。在之後的愛池和梅楊會談中討論，將在《回歸協議》中引用一九六九年共同聲明第八項的廢核條文。這是當時的佐橋首相所希望，愛池大臣也瞭解吧！」

「你之前在作證中表示，如果得知有廢核條文，將刺激美國軍方，所以必須保密，在此之前，美國也從未提及到底有沒有核武。引用兩年前的共同聲明內容這件事也是機密嗎？」

「因為在條約中引用和在共同聲明中提出時，在法律上具有不同的意義，所以，美方很不願意我方引用該條文的內容。」

「姑且不談美方願不願意，你之前說，這會讓沖繩有核武這件事曝光，這是國家的最高機密。」

「沒錯。」

「但是，美國的報紙從很早之前就多次提到沖繩有核武，正因為有核武，所以必須撤除。」

「應該是從某種管道聽到這些消息後寫的，我方向美國政府確認，但對方始終堅持無法明確表達沖繩是否有核武的立場。」

「但是，你應該知道媒體有報導吧？這是一九六九年六月三日的《紐約時報》，是赫赫有名的記者漢瑞克．史密斯所寫的。」

大野木律師把報紙的影本放在吉田面前。

「我知道。」

「美國已經決定要在沖繩撤除核武。這一份報紙也極其詳細地討論了沖繩有核武的問題，你看過嗎？」

大野木律師出示了同年九月十一日的《基督教科學箴言報》的影本。

「我不記得我看過這篇報導，但我之前一再表示，無論報紙上怎麼寫，美國政府的態度和媒體的報導絕對不同。」

「剛才出示給你看的幾份報導內容並不是記者的主觀臆測，而是明確提到了消息來源，都來自美國國務院的高官。」

在昨天檢方的主詰問中，檢方強調外交談判的一切都是機密，一旦極機密電文曝光，就會導致嚴重的危害，證明電文的「實質機密性」。辯方則藉由反詰問證明電文的內容已經藉由日美的報章報導和政府首腦的談話，成為眾所周知的事實，根本不具有機密性。

但是，吉田的防衛絲毫沒有鬆動。

「無論報章雜誌怎麼報導，也不管政治人物怎麼表態，美國政府再三表示不願意在條約上提到核武的態度。」

「既然如此，為什麼會在共同聲明中提及核武的事？如果沖繩沒有核武，根本不需要畫蛇添足。」

「此舉是顧及日本國民的民族感情。」

「這是尼克森總統答應，所以才會發表這份共同聲明吧？」

「但有人並不這麼認為，所以美國軍方才會表示反對。」

「你在檢方的主詰問中證實，VOA繼續營運五年，但撤除P3是機密，甚至還誇張地表示，如果美國海軍得知這個消息，將破壞日美的協議。對日本政府來說，要保密到什麼時候？」

「到六月十七日，也就是簽署協議的那一天。」

「但是六月六日，佐橋首相向媒體記者公開表示，P3也會按照日方的要求撤除，所以佐橋首相也違反了國家公務員法嗎？」

旁聽席上響起了竊笑聲。

「我對於法律問題並不清楚，但把具體細節告訴記者，的確會造成我們事務人員的困擾。」

吉田始終不願正面回應。

弓成亮太坐在被告席上正視前方，不以為然地聽著吉田左閃右躲的證詞。

今年二月，弓成從負責跑外務省的霞之關記者聯誼會，調去負責執政黨國會線的永田町記者聯誼會時，時任美國局長的吉田曾經透過公關課長提出想設宴為他送行，詢問他什麼時候方便。弓成和吉田並不是很熟，而且，之前也沒有聽說過美國局長會為報社的組長設宴送行，就連擔任記者聯誼會幹事、很有威望的《讀日新聞》記者山部也不曾有過這種待遇，所以弓成當時滿懷納悶地前往赤坂的料亭。

料亭的包廂內，公關課長也在，負責炒熱氣氛。

弓成坐在背對著壁龕的上座。

「恭喜你榮升永田町記者聯誼會的組長，想必你離政治部長的職位也不遠了。」

吉田態度親切，語帶奉承地說。

「吉田局長，謝謝你平時的照顧，以後我們報社的年輕人還請你多多關照。」

弓成把杯中的酒一飲而盡，也回敬了酒。

「《每朝》的確有很多優秀的記者，但真捨不得你離開啊！」

吉田滿面笑容地說完，再度為他倒了酒。

「恕我反駁，完全看不出你有難過的感覺啊！」

弓成半開玩笑地笑著說。

「也許你說對了一半，因為每次打開《每朝新聞》都提心吊膽的，不知道哪天又被爆了什麼料。你離開之後，就可以高枕無憂了。」

圓臉上有一對圓眼睛的吉田露出乍看之下很純真的笑容。

「局長，你真會開玩笑，我才好幾次被你的裝糊塗搞得欲哭無淚呢！」

「因為工作的關係，有些事沒辦法說，還請你多體諒。各報的記者也都很討厭北美一課的人，只能請你們原諒。雖然不知道你都是從哪裡拿到內部資料的，你寫獨家報導還真是絲毫不留情，實在讓人佩服，或者說啞口無言。你和安西審議官交情很好，但審議官應該不至於口無遮攔地把什麼都告訴你吧？」

吉田抬眼看著弓成。

「我經常去找審議官，是因為我們都喜歡辯論，如果他願意向我透露獨家消息，我就不需要為了和《旭日》、《讀日》競爭，把自己搞得筋疲力盡了。」

「也許吧！但你寫了外務省內只有少數人知道的對美談判的相關報導，而且內容的可信度相當高，北美一課的人提到你就害怕，甚至懷疑你是半夜三更打開他們的抽屜，看了相關的文件。你不愧是記者聯誼會的王牌，採訪能力比其他人高明多了。」

吉田不斷向弓成敬酒，誇張地大肆稱讚，但似乎話中有話。

「我每次都在次長懇談會和局長談話後四處採訪，仔細蒐集每一條消息。哪一篇報導特別引起了你的注意？」

弓成假裝微醺，不經意地問道。

「不勝枚舉啊！對了，去年六月，你寫過一篇關於愛池大臣字據的報導，暗示由日方代為處理請求權的問題。相關人員看了那篇報導，簡直臉都綠了。」

吉田柔和的圓眼發出了銳利的光芒，他的眼神似乎在說：我心裡很清楚，只有看過特定資料的人才寫得出那樣的報導。

「喔，原來是那篇報導。雖然我很想瞭解相關的細節，但還是力有未逮。」

弓成把鮑魚放進嘴裡，故意裝糊塗問：

「我向來認為外交談判、國家機密和國家利益是不可分割的。局長，你身為外交專家，不知道對這個問題有什麼看法？」

「雖說我們是外交專家，但還是要顧及高高在上的政治人物的想法，根本沒有規則可循，這才是最困難的地方。等你去了永田町的記者聯誼會，務必要為我引薦一些對外交政策有定見的政治人物。今天就姑且不討論這些令人頭痛的問題，我來唱戰爭期間在柏林學會的唯一一首〈野玫瑰〉吧！」

吉田突然打斷了話題，用德文唱起了〈野玫瑰〉。雖然他唱得很好，但弓成對他暗示自己是看了極機密電文後寫了那篇報導，卻不願意把話說清楚的狡猾態度感到很不舒服——

大野木的反詰問正逐漸導向高潮，證明日美之間存在密約，由日方代為支付四百萬美元復原補償費。

「你擔任美國局長的期間，昭和四十六年一月之前對美支付復原補償費是由哪一個部門負責談判的？」

「大藏省，由柏田財務官和美國方面的肯迪斯財政部長，以及他的手下都克顧問負責談判。」

「當初從五、六億開始談判，最後把雙方達成共識的金額交到了外務省。」

「我不記具體的數字。」

「但你接手之後，應該瞭解大致的數字吧！」

「我記不清楚了。」

吉田再三強調他不記得了。

「你手上掌握的是國民的納稅錢，怎麼可能回想不起來？」

「但是，具體的數字都交由大藏省處理。」

「愛池和梅楊駐日大使會談中，這個問題應該是極其重要的問題。」

「所以我只記得三億兩千萬美元的數字。」

「之前的金額是多少？」

「我不記得了。」
吉田的回答越來越不自然，他不知道大野木到底掌握了什麼證據，內心感到不安。
「是三億美元吧？」
「我也不記得了。」
「在檢方的主詰問中，你說明了各項細目的數字，其中七千萬美元是撤核費的總數，並沒有詳細的細目。我沒記錯吧？這個七千萬是在哪一個階段提出的？」
「在決定三億兩千萬美元時，就決定了其中有七千萬美元是撤核費。」
「因為有多少核武、用什麼方式撤除是美方的機密，所以，完全不知道這個金額是怎麼算出來的吧？」
「……嗯，就是這樣。」
「除了收購有詳細細目的美方資產，以及支付在美軍基地工作者的退職金這些項目之外，什麼時候決定再加上這筆金額？」
「我不記得明確的時間。」
吉田的額頭上冒著冷汗。
「在決定七千萬美元之前，曾經是五千萬美元，難道不是在那個基礎上增加了兩千萬嗎？」
「我完全不記得有這樣的過程。」

「你背負著日本的外交，怎麼可能不記得？」

大野木厲聲問道。

森檢事表達抗議，原本的四方臉顯得更方了，大野木根本不看他一眼，對本山審判長說：

「庭上！異議！這是在威嚇證人！」

「這是對證人信用的彈劾，我不認為有問題。」

「辯護人，你對檢方認為你在威嚇有什麼看法？」

「我完全沒有威嚇。」

大野木用力搖頭。

「駁回異議，請繼續。」

本山審判長一聲令下，大野木律師站在吉田面前。

「請你回答，你身為沖繩談判的主管局長，怎麼可能不記得？你不可能記得三億兩千萬美元，卻不記得之前的數字，所以還是請你實話實說吧！」

「……」

吉田陷入沉默。

「你在作證前曾經宣誓過，你有義務說出真相。」

「庭上！異議！這是在威嚇證人！」

森檢察官表達強烈抗議，幾乎要從檢方席衝了出來。

本山審判長與右側的陪席法官交換了一下眼神後說：

「駁回異議，但本席已經宣佈過關於偽罪證的處罰，辯護人不必再度提醒證人。證人請回答大野木辯護人的問題。」

稍微恢復鎮定的吉田開了口。

「財政項目中的相關數字主要由大藏省負責談判，我們只是在最後階段，作為整體的一部分參與談判工作。而且，我當時還有很多其他的問題需要交涉，比方說，污水問題和基地縮小問題。」

「我沒有問你這些事，我是問你決定三億兩千萬美元這個數字的來龍去脈。」

「我已經說了，我完全不記得了。」

「所以，七千萬美元只是大致的數目，是不是之後加了兩千萬美元？」

「我也不記得了。」

大野木故意露出驚愕的表情。

「《回歸協議》第四條的對美請求權有法源依據吧？」

他改變了問話方式，吉田點了點頭。

「你應該對第四條第三項記得比較清楚，比方說，對方有沒有提出四百萬美元太高了，可不可以降為一半，或是用一百萬美元解決。」

「對方應該曾經提出過這種要求。」

「是嗎？但你在昨天作證時說，美方拒絕的理由是因為已與國會之間有所約定，因此無法支付任何軍用地的復原補償費，根本沒有談到最好降為一百萬或兩百萬。」

吉田拚命眨著眼睛，似乎知道自己中了大野木的計。

「所以對美方來說，根本不是減少為一百萬或兩百萬的問題，而是無法說服國會。」

「兩者都有，況且，也有財源的問題。」

「我相信你應該知道，美國的年度預算是兩千億美元。」

旁聽席響起一陣驚嘆。

「在兩千億美元中，四百萬美元根本是九牛一毛。美方是否要求，國會不願意付一分錢，如果日方這麼希望美國接受這個條件，那就由日本方面支付這項費用，在無法詳查的撤核費五千萬美元之外，再增加兩千萬美元？」

大野木律師質問是否為了避免民眾認為日本政府是用錢買回沖繩，所以才接受在對美支付總額的基礎上，加入這筆錢的要求。旁聽席上的所有人都屏息靜聽。

「應該沒有這回事。」

吉田強烈否認。

「伊能辯護人在一開始問了有關第四條第三項的問題，美方必須針對財源問題向國會進行公開說明，解釋第四條第三項的款項來自哪裡。」

「沒錯。」

「根據你的證詞，美方又補充說，問題不在於實質，而是面子。」

「是的。」

「美方在之後的會談，也就是井狩、史奈德會談中，要求日方配合他們對國會隱瞞談判真相，顧全他們的面子。」

「是這樣嗎？」

「簡單地說，根據你的解釋，因為美方之前已經向國會作出了承諾，所以只能用欺騙的手法使議會通過，並要求日方也在文字上配合。」

「應該就是這個意思。」

「請你看一下電文第五五九號的這個部分。」

大野木指出電文內容中畫紅線的部分給吉田看。

「在井狩和史奈德會談中，美方提出了三項提案。（一）復原補償費不能超過四百萬美元。（二）日方提出一份不公開書簡。（三）一旦遭到國會追究，將會這樣解釋。日本方面同意了（三）的內容。」

「電文的確是這麼寫的。」

「當時，不公開書簡的案文是另電發送的，你還記得嗎？」

「我記得。我們同意美方解釋為從三億兩千萬美元中撥款四百萬美元支付復原補償費。」

「不，電文中並沒有這樣寫，只寫美方將三億兩千萬美元中的四百萬美元轉入信託基金，日方對此表示同意，是不是這樣？」

「我方同意美方成立信託基金。」

「不，並不是這樣。雖然要成立信託基金，但要用對美支付的資金中撥款成立信託基金，日方對此表示同意。這就是不公開書簡的重點。」

吉田不置可否地點點頭。

「在井狩和史奈德會談中，對這份書簡達成了協議嗎？」

「並沒有達成協議，井狩局長針對這個問題請示愛池大臣。史奈德也因為這個問題超出了他的權限，所以要向本國請示。」

無論大野木律師怎麼逼問，吉田都巧妙地閃躲。

「再回到剛才的愛池和梅楊駐日大使的會談，愛池大臣說，三二〇無法順利解決，變成三一六這種不上不下的數字，很難對外說明，這是指對日本國會的說明吧？」

「是的。」

「是美方提出將三二〇分為三一六和四嗎？」
「以前美方就這麼提議。」
「美方是怎麼提議的？」
大野木乘勝追擊，希望可以證明存在由日方支付四百萬美元的密約。
「我們並不瞭解具體的狀況。」
「愛池身為日本的大臣，怎麼可能不瞭解狀況就說什麼『三二〇無法順利解決，變成三一六這種不上不下的數字，很難對外說明』這種話？外務省當然也應該知道對方的提案到底是什麼。你應該可以說出將三二〇分為三一六和四到底是什麼提案。」
法庭內響起不滿的聲音。
「這是……美國政府為了支付慰問金而成立信託基金時，由日本政府向美方支付四百萬美元。」
「所以這是檯面下交易的提案嗎？」
「如果我方接受這項提案，交付不公開書簡，的確屬於檯面下交易。」
「東京的井狩局長致電人在巴黎的愛池大臣，發出不公開書簡是美方同意的要件，對不對？」
「對。」
「但是，你說最後在愛池和羅傑德會談時，拒絕了這項要求。」
「當時還沒有明確說清楚。」

「雖然東京方面告知這是美方同意的要件，但是如果日本方面沒有明確回答YES或NO，第四條第三項就無法達成協議，成為懸而未決的事項。」

「是的。」

「根據你的證詞，最後決定不交給美方那份重要的書簡。」

「是的。」

「是誰在什麼時候通知美方的？」

一陣短暫的沉默。

「我記得……應該是我通知了史奈德，說我方無法提供那份書簡，井狩應該也通知了美方的相關人士。」

吉田面對重要的問題時不知所措，顯得進退維谷。

「我的詰問到此結束。」

大野木平靜得有點冷漠地結束了詰問。

接著，年輕的山谷律師一臉爽朗的表情站了起來。

「報告巴黎會談的電文中提到，基於不公開書簡有可能遭到公佈，必須在措詞上格外小心謹慎。愛池大臣沒有回答要不要給美方這份書簡，而是將重點放在文字的表達上。羅傑德國務卿認為，可以在表達上既符合美國的法律要件，也兼顧到日本的立場，所以，在那個場合也討論了文字的敘述問題。」

吉田點了點頭。

「所以，是以要提出不公開書簡為前提，重點討論了文字敘述的問題。」

「是的。」

「所以在巴黎的會議中，文字敘述才是重點，當然是以要提供書簡為前提，之後為什麼突然決定不給美方書簡呢？」

山谷律師緊咬不放。

「在那個階段，愛池大臣作出了這樣的結論。」

「你當時也去了巴黎嗎？」

「對。」

「所以，當時以提供書簡作為前提，而且巴黎會議是最終溝通的會談，之後發生了什麼重要的變化，導致日方決定不提供呢？」

山谷律師憑著年輕人的衝勁，直截了當地問。

「回到東京後，大臣說不可以提供那種書簡。」

「簽約儀式就在巴黎會談後不久，在這麼短暫的時間內，發生了什麼事？」

「我們經過仔細沙盤推演後發現，那並不是必須條件。」

「但是，你們這些事務人員不是對大臣說，這份書簡是不可或缺的嗎？在巴黎會談之前，東京不是發了一份以書簡作為條件達成協議的電文到巴黎嗎？」

「但實際上並沒有達成協議，所以電文起草者的敘述並不精確。」

他開始把責任推卸給電文。

吉田的證詞無法證明極機密電文是國家機密，在反詰問結束時，辯方逐漸掌握了優勢。

第九章

春日遙遙

除夕的下午，佐橋前首相位於世田谷淡島家中終於不再有前來歲末致意的賓客上門。石頭門柱上裝飾著巨大的門松⑭，顯得格外清爽。

不一會兒，一輛黑頭公務車停在佐橋家門前，十時警察廳長從車上走了下來。司機按了門鈴後，門打開了，在首相時代就擔任秘書的柏出來迎接。

「這麼晚才終於抽得出身——」

十時警察廳長雖然身形瘦削，但渾身散發出威嚴。

「不，現在這個時間反而更好。」

機靈敏捷的柏秘書帶著十時從寬敞的內玄關，走向相連的兩間會客室靠裡面那一間。佐橋家結合了日式和歐式風格，寬敞的走廊兩側分別有西式和日式的房間，將不同的賓客分別帶入不同的房間。

進玄關後的第一個會客室內，高布林織的厚布單人沙發排成橢圓形，和官邸記者室的感覺十分相似。後方的房間可以隔著寬敞的簷廊眺望庭院，有一種祥和的氣氛。

「你來了。」

佐橋前首相一身灰色直條紋西裝現身了。

「聽說上午賓客盈門，和擔任首相期間沒什麼兩樣，您會不會累了？」

十時起身，關心地問道。柏秘書事先和他聯絡，告訴他被田淵第二次組閣延攬入閣的文部、郵政和科學技術廳的眾大臣，以及卸任的大臣都會前來拜會。

「我還以為卸任之後，除夕總算可以清靜一下，沒想到還是失算了。」

佐橋五官明顯的大臉上露出得意的笑容。

「您還是像往年一樣，元旦晚上之後都在鎌倉嗎？」

佐橋擔任首相期間，每年都會從元旦那天開始，租用曾經是加賀藩百萬石前田藩主鎌倉別館的洋房住三天，由家人出面應付上門拜年的賓客。

「已經有很多人送來簽名板要我題詞，二日提筆之後，恐怕是一場硬仗。」

然後，他又說：

「昭和四十七年馬上就要過去了，你覺得這一年怎麼樣？」

「真是多事多難的一年，也讓您操了不少心。」

十時恭敬地欠身說道。

在這一年內，連續發生了多起前所未有的大型公安事件。二月下旬發生了聯合赤軍的淺間山莊事件；五月的時候，以色列的特拉維夫機場發生了日本游擊隊的機關槍掃射事件。尤其在淺間

⑭日本人過新年時，會在門口放一對松樹或竹子的新年裝飾，迎接年神。

山莊事件中，在最前線指揮的警視長和警視正因公殉職，令十時深感痛恨。他始終無法忘記在營救人質的翌日早晨，搭直升機視察現場時的無力感。

不知佐橋是否察覺了十時內心的想法，他抱著雙臂，凝視著庭院裡的樹木。

「對我來說，終於完成了就任當時承諾的沖繩回歸祖國的目標，但最後被《每朝新聞》的記者抹黑，實在心有不甘。那場官司還順利嗎？」

他雙眼發出銳利的光芒。

「應該算是順利吧！」

由於該案已經移交給檢方，所以他沒有多談。

「那個審判長是不是共產分子？聽說他和《每朝》的律師團沆瀣一氣，嚴詞質問外務省官員，還打算把擔任外務大臣的愛池找去法庭，要求他在法庭上說出與美方談判的經過。」

前佐橋派的愛池在田淵第二次組閣時擔任大藏大臣，在刑事案審理過程中，審判長以職權傳喚現任大臣到庭的確是極其罕見的情況。

十時眼鏡下方的銳利雙眼頓時變得柔和。

「由於沒有強制力，只要檢察官提出異議，應該可以阻止這種情況發生。雖然有人穿鑿附會地認為，那位審判長在法庭和外務省之間申請了專線電話，試圖讓不敢作證的年輕官員可以暢所欲言，並要求外務省拿出電文正本，是想在媒體炒新聞，但其實他是法律技術論方面的專家，在思想方面也完全沒有特定的傾向。」

十時拍胸脯保證。三位承審法官的人選決定後，他就收到了這三人的經歷、過去的判例和法務省的評價，本山審判長曾經參與聯合赤軍案的審理，十時認為他應該會公平審理。

十時難以理解佐橋在卸任後，仍然對這起官司耿耿於懷的原因。他不經意地指定自己在賓客已經離開的除夕下午上門，顯然有什麼事情要談，但十時完全沒想到是外務省洩密案的審判工作。

「除了審判長以外，是不是有什麼事令您對目前的審判感到擔心？」

「不瞞你說，我被提名為諾貝爾和平獎的候選人。」

佐橋原本不悅的臉頓時眉開眼笑。

「是嗎？恭喜您。提名您成為和平獎的候選人，可見是沖繩回歸的成就受到了肯定。」

十時第一次聽到佐橋獲得諾貝爾獎提名，所以在驚訝之餘，向佐橋確認。

「加納俊一郎為我積極奔走，認為用和平的方式讓在戰爭中失去的領土回歸祖國，是在世界歷史上留名的偉業。」

加納在擔任聯合國大使後，從外務省退休，目前表面上是外圍團體的理事長和外交評論家，但其實是特定政治人物的密使，積極活躍於世界政壇。

佐橋越來越健談。

「最困難的是諾貝爾和平獎的評審完全不對外公佈，加納對我說，如果可以讓他使用政府的專機，他可以去拜會歐洲各國的舊友，蒐集相關消息，但這件事可沒那麼容易。所以，目前只能由外務省的官房總務課把我的功績整理成一份資料後，寄到各駐外使館，利用大使的關係積極拉票。

「在這個節骨眼上，如果那場官司始終打不完，甚至把現任閣員傳喚到庭作證，會讓人誤以為政府在回歸這件事上有什麼見不得人的事，對我來說，實在是極大的困擾。」

佐橋大言不慚。

「那起事件目前已經移送到法庭，我能發揮的作用相當有限，但我會留意這件事，努力讓這件千載難逢的喜事成真。」

十時雖然嘴上這麼回答，但內心對曾經當了七年八個月首相的政治人物，仍然汲汲營營地追求名譽的執著感到很不以為然。

晴空萬里的元旦，弓成一家人喝了屠蘇酒⑮，吃了年糕湯慶祝新年後，去附近的神社進行新年參拜。

這幾年幾乎沒有全家一起做新年參拜，所以，洋一和純二穿上了新的深藍色小西裝、短褲以及及膝的白襪，興高采烈地走在父親兩側，不時回頭看著跟在他們身後的母親。早知道他們這麼高興，自己和丈夫應該穿和服的——由里子忍不住感到既高興又懊惱。

走過鳥居，參道的正面並不大，但可以看到神聖莊嚴的正殿白牆。隨著漸漸走近正殿，攜家帶眷的參拜客人潮越來越擁擠。當一家四口來到正殿前時，弓成從西裝口袋裡拿出皮夾，把紙鈔放進了賽錢箱，拍手後合掌參拜。兩個兒子模仿父親的動作，由里了也用力合掌。

弓成不知道在祈禱什麼，他合掌默禱了很久，直到被後面的參拜客擠到一旁，他才拉起左右兩個孩子的手離開。

「爸爸，你剛才在祈禱什麼？」

「祈禱你們和媽媽身體健康。」

弓成沒有多說什麼。

參道兩側設置了滿滿的攤位，好不熱鬧。

「爸爸，我想要鹹蛋超人的面具。」

「我要風箏。」

兩個兒子紛紛向他撒嬌。

「好，好。」

⑮在清酒中加入名為「屠蘇散」的草藥泡成的藥酒，日本人在新年清晨喝屠蘇酒，祈求一年無病無災，幸福快樂。

弓成請攤位老闆拿下展示的面具和風箏，讓兩個孩子挑選。洋一想買畫了巨人隊長嶋選手肖像畫的大風箏。

「爸爸，我們一起去逗子海邊放風箏。」

弓成一家決定在新年參拜後去逗子住一晚。

「但海風很強，我去問老闆有沒有問題。」

弓成把手搭在洋一肩上，向店員打聽情況。

「那個高個子的人好眼熟。」

「對，很像前一陣子報紙和電視上經常看到的那個報社記者。」

由里子聽到有人在背後竊竊私語。她很不希望在新年期間聽到官司的事，但丈夫面不改色。

「爸爸，我想打槍。」

那是用玩具槍射中獎品的遊戲。

「不可以玩這種遊戲。」

弓成責罵道，一家人踏上歸途。

一回到家，由里子立刻開始收拾行李。

「我還是留在家裡，你們回去好好玩一下吧！」

弓成輕聲嘀咕後，走回了客廳。由里子覺得前一刻的幸福頓時煙消雲散，心裡很難過，但還是強打起精神，思考著除了年菜以外，要做一些熱菜。

「爸爸說，他不去了。之前明明說好過年都會陪我們的。」

洋一嘟著嘴說。

「因為爸爸臨時有事情，這也是沒辦法的事。你不可以去吵爸爸，讓爸爸為難。」

由里子安慰著兒子，但又彷彿在這麼說服自己。

由里子和兩個孩子出門後，家裡頓時變得空盪盪的。

弓成把腳放進和室的暖爐桌下，再度翻開了早上看過的各家報紙。各家報社都在今年元旦增加了四頁，分別為四十八頁或五十頁，但頭版大多是對越南未來和平發展的論述，所以內容幾乎平分秋色。其中，只有保守的《經濟產業新聞》刊登了由社長署名的〈新年的主張　保護言論自由〉。

……媒體享受著前所未有的言論自由，但是，媒體的力量很強大，只要民主體制繼續持續，外界就不可能壓制這種自由。只有當媒體只懂得享受這種自由，忘記應有的社會責任時，才會徹底崩潰。

因此，去年對媒體來說，應該是一個危險的轉捩點。今年必須回到公正的言論和報導的原點重新出發。

那家報社向來順應政府的意向和論調，對於弓成的事件從頭到尾都持批判的態度。弓成雖然不會因此感到不悅，但在報社社長署名的這篇新年評論中，感受到強烈的意圖。

相較之下，《每朝新聞》——他翻遍了所有的報導，都沒有找到對於外務省洩密案發表見解的報導。去年年底，弓成接到年輕記者的聯絡，說打算根據至今為止的審理情況寫一篇解說報導，請弓成發表意見，並向他請教該如何寫。在那位記者採訪律師團後，弓成也委婉地強調了懷疑日美之間有密約的問題。

然而直到昨天，都沒有在早報上看到那篇報導。弓成以為可能挪到元旦當天的報紙，但張大眼睛找遍了所有版面，發現並沒有刊登。繼政治部長換人後，首席主編檜垣和其他主管也都在人事異動中被調離了原職位，聽說報社內部的反弓成勢力抬頭，但如果報導內容畏首畏尾，根本就失去了意義。

弓成喝著燒酒，用仙崎的紅白魚板和鯡魚卵當下酒菜打發時間。在政治部當了十五年的記者，他幾乎從來沒有元旦在家度過的經驗。

往年通常中午過後，他就會搭報社派來的車子，先去拜訪各大派系的領袖。這些大老一到元旦的晚上，就像事先約定好似的紛紛前往熱海或箱根的別墅、飯店度假，如果晚到一步，就可能吃上閉門羹。

之後，再去中等派系的領袖或是小派系中有前途的政治人物家裡拜訪。弓成只有在佐橋成為首相那一年去拜過年。佐橋位於淡島的家比小平家大，前往拜年的親戚、政治人物和報社記者都會被安排在不同的房間，年菜的菜色也有微妙的差異。佐橋夫人的細心張羅很受記者好評，雖然弓成並沒有親眼看過，但聽說佐橋家的廚房就像是料亭的廚房，流理台和烹飪台設置在中央，外燴的廚師在那裡大顯身手。

但弓成之後不曾再去佐橋家拜年，比起在政治理念上沒有共鳴的首相，他對於小平將外交視為重點的國家論更感興趣。

此時此刻，小平位於駒込的家中應該賓客盈門，比去年更加熱鬧。政治人物和報社記者按照到達的先後順序坐在大客廳內，無拘無束地把酒言歡。想到自己再也無法加入這種新年的熱鬧場合，弓成不由得更加落寞。

※

新年過後，東京的冬天更加寒冷。即使藍大不時從灰色的雲端露臉，也很快就縮了回去。

三木昭子瞥了窗外一眼，微微聳了聳肩，再度伏案振筆疾書。

遁世離群的三木昭子在中央線飯田橋車站附近的坂元法律事務所內靜靜地工作。這家位於公寓二樓，也同時兼為住家的法律事務所只有坂元勳一個律師，很少有委託人上門。坂元的妻子原本是這裡的辦事員，但因為三木沒有工作，所以從去年秋天開始在這裡打工。

「昭子，先謄寫明天一大早要送到法院的訴狀。」

有著一張富態臉的坂元太太對她說。在事務所內，為了避免身分曝光，所以用昭子稱呼她。

「我也是這麼想的，所以正在一邊拜讀律師的訴狀，一邊謄寫。日照權的問題真的很麻煩。」

坂元的字很有個性，再加上有許多陌生的法律專有名詞，所以抄起來格外辛苦。

「妳只是事務員，不必干涉內容。」

「是，我以後會注意。」

三木順從地道了歉，內心卻為自己只能整理和謄寫這些糾紛的資料感到不值。

坂元夫婦曾經多次提醒她要低調，因此，她把原本的短髮留長，也不再穿套裝，改穿毛衣加長裙。如今，她已經不敢面對自己在鏡子中的蠢樣子。

一切都是弓成亮太的錯。如果沒有發生那起事件，之前身為外務省第二把交椅的安西審議官在不久的未來，絕對可以升上第一把交椅的次長職位，自己身為安西審議官的事務官，每天可以投入工作，生活一定很充實，卻沒想到一時的意亂情迷會帶來目前這種結果，從此被推入萬丈深淵——

雖然和丈夫分居這件事令她如釋重負，但住在破舊公寓的窮困生活折磨著她的身心。

突然聽到一聲很大的聲音，門打開了，原本外出的坂元律師回到了事務所。

「今天特別冷。」

坂元律師縮著壯碩的身體。

「你回來了，差不多快大寒了。」

坂元太太接過他的大衣，掛在櫃檯旁的衣架上。三木放下筆說：

「你回來了，我馬上泡熱茶。」

三木走進用摺疊簾隔開的流理台，正準備換新的茶葉，櫃檯傳來女人的聲音。

「打擾了。」

接著，似乎有好幾個人陸續跟了進來。三木從摺疊簾的縫隙往外張望，發現是之前也曾經硬闖進事務所的「三木女士聲援會」的婦運人士。三木躲進流理台旁，看向坂元的方向。事務所內用屏風隔開的空間有一張大辦公桌，坂元已經坐在旋轉椅上。

「喔，妳們就是上次……」

坐在櫃檯的坂元太太態度傲慢地應對。

「我們相信今天一定可以見到三木女士，所以又上門拜訪。」

一位看起來像是帶頭的中年女人用強勢的口吻說，站在她兩側的幾個二、三十歲的女人巡視著事務所內。這個婦運團體的會長從戰前就投入女性解放運動，自從第一次開庭後，她們便成立了「三木女士聲援會」，每次開庭都去旁聽。

「很不巧，三木今天沒有來這裡。我之前也曾經告訴過妳們，她除了和坂元律師討論案情以外，並不會來這裡。」

坂元太太不慌不忙地說。

「不可能，那裡是三木女士的座位吧？」

一名年輕女子指著放在桌上的資料和筆說。

「那是我剛才坐的座位，妳們也看到了，這個事務所很小，除了我以外，不需要其他事務員。」

不知道是否累積了多年警官妻子的歷練，坂元太太不為所動。

「那讓我們見一下坂元律師。」

那個看起來像帶頭的女人斜眼看著掛在衣架上的大衣。

「律師正在忙重要的工作，妳們臨時要求會面，時間上恐怕不太方便。能不能請妳們改天再來？」

坂元太太也不甘示弱地回答。

「我是坂元。」

坂元打開屏風走了出來。

「既然妳們是知識分子，希望妳們懂得尊重別人的工作。請問有什麼事？」

坂元睜大充滿威嚴的雙眼瞪著幾個女人。

「我們帶來了支援三木女士聚會時的募款，和我們平時向公眾宣傳的小冊子與宣傳單，想直接交給三木女士，為她加油打氣。三木女士被男人社會的權力埋葬了，她的煩惱和痛苦是加諸在所有女人身上的不當誹謗。雖然三木女士在第一次開庭全面認罪後，提出不出庭的申請，但希望她不要這麼消極，應該落落大方地出庭應戰。」

帶頭的女人用洪亮的聲音口沫橫飛地說。

「這不可能。很感謝妳們支持三木，但她為了自己所犯下的罪深感自責，身心俱疲，不想見任何人，也希望世人趕快忘記她的存在。」

坂元不假辭色地搖頭拒絕。

「曾經在外務省擔任事務官的她真的這麼想嗎？我們認為政府是為了隱瞞自己的謊言，才在她和記者弓成的關係上大作文章，簡直就像是江戶時代，把私通的男女帶到法庭審問一樣。當局正是利用這種屈辱的方式阻止三木女士出庭，這是男人支配的社會中，當權者低劣的陰謀，我們絕對無法原諒。律師，請你說服三木女士，要鼓起勇氣出庭。」

「我不是說了嗎？這是不可能的事。」

坂元不耐煩地大聲回答。

「聽起來，你好像和外務省在背後聯手。」

那個女人歇斯底里地尖叫道。

「妳鬧夠了沒有！妳們嘴上說什麼女性解放，這樣也算是女人嗎！無論別人再怎麼安慰三木，她都無法從所承受的打擊中走出來。即使努力想要忘記，也一再被拉回冷酷的過去。希望妳們可以體諒她的心情，我目前最重要的工作，就是努力消除她想一死了之的想法。」

坂元的一番話讓那幾個女人安靜了片刻。

「律師，我們對你太失望了。」帶頭的女人肆無忌憚地說：「三木女士因為自我封閉，與世隔絕，可能不知道自己真正的敵人是誰。我們之後仍然會去旁聽每次開庭，把審理的真相告訴世人。」

「三木女士的問題是所有女人的問題，我們會繼續支持她。」

那幾個婦運人士憤然地說完後才離開。

坂元憤憤地瞪著砰地關上的門。

「可以了嗎？」

流理台那裡傳來三木的聲音，然後，她打了一個噴嚏。

「對不起，又給你添麻煩了。」

三木恭敬地道歉，接著對愁眉不展的坂元說：

「剛才我很想打噴嚏，好不容易才忍住。如果她們知道我就躲在旁邊，一定會暴跳如雷。」

三木忍不住呵呵笑了起來。

「妳真大膽，害我們提心吊膽。」

坂元太太很受不了地說。

三木為坂元夫妻送上茶。

「律師，我是不是該像她們說的那樣出庭奮戰？」

三木一臉嚴肅地問。

「事到如今，妳怎麼還在說這種話？沒想到妳會受到這些沒常識的人影響。」

坂元律師慌忙阻止她。

「我當然不是受她們的影響，況且，『三木女士聲援會』根本沒有考慮到我的心情，就擅自成立了，對我是很大的困擾。我只是基於自己的想法……總覺得一直躲下去，偷偷摸摸地過日子很沒出息。」

三木忍不住紅了眼眶。

「我知道妳很痛苦，但現在出庭又能怎麼樣？當初妳也同意坦承罪行、努力爭取減刑是最佳訴訟策略。之後還會訊問被告，到時候妳必須站在證人席上，如果妳有什麼想說的話，可以在那時候盡情表達自己的想法。」

坂元看到三木的眼淚，立刻手足無措起來，努力安撫她的情緒。前美國局長吉田的兩次證人詰問已經結束，下一次開庭將由辯方進行反證。如果三木在這個節骨眼輕舉妄動，很可能會打亂原本的計畫。

「身為被告，我能說的話有限，但我希望世人可以瞭解我的痛苦、我的難過。之後，無論別人怎麼指責我，我都心甘情願，也會彌補自己的罪過。」

「最近發生了什麼事嗎？我是妳的律師，妳應該坦誠告訴我。」

「不，沒什麼……」

「但是，妳的心境變化太突然了。」

「昨天《東洋週刊》記者說的那些話……」

「讓妳覺得不舒服嗎？」

「也不是這麼……」

三木停頓了一下。

《東洋週刊》的記者來訪時，三木躲到屏風後面，豎耳聽著他們的談話。

那名記者多次前往三木琢也位於千葉的家中，詳細採訪了事件的經過。他覺得越瞭解案情，越發現《每朝》和弓成對三木夫婦缺乏誠意，甚至可以說，三木夫婦是犧牲者。他希望可以讓這些情況公諸於世，但沒有採訪到身為事件當事人的三木太太，太缺乏說服力，所以他希望可以用三木夫妻對談的方式呈現報導。如果在第一次開庭後，始終保持沉默的三木昭子可以親口說出真相，將成為這個事件發生以來的大獨家，也會對新聞報導的未來投下一顆震撼彈。因此，那位記者上門請坂元律師幫忙聯絡三木昭子，他恭敬地低頭拜託後就離開了。

「妳不是也同意拒絕採訪嗎？」

「如果不是用和我丈夫對談的方式，我一個人接受採訪不行嗎？」

三木的淚水已乾，若無其事地問。坂元不知道她在打什麼主意，只好阻止她。

「在案件審理期間，無論任何方式的採訪都可能造成不良影響，太危險了。」

「是嗎？那我再考慮看看。」

三木說完，回到桌旁工作，但她的回答留下了想像空間。

※

築地魚市場附近的壽司店二樓，弓成和《讀日新聞》的記者山部難得見了一面。

「弓成兄，你不趕快回到第一線的話，永田町記者聯誼會整天都死氣沉沉的，所以我們打算在下一次出庭時，好好討論一下採訪和報導應有的態度。」

《讀日新聞》的山部將在辯方的反證階段打頭陣，之後，還將由《旭日》、《每朝》的政治部和經濟部記者站上證人席作證。

「真不好意思，為了我的事，讓你們在百忙中抽出時間出庭作證。」

弓成喝了一口山部為他倒的酒，欠身表達感謝。

「這並不是你一個人的官司，要利用這個機會好好談一下言論自由和報導方式的問題，這對每一個記者都很重要。我很期待可以在法庭上找到機會好好罵一罵檢方。記者除了殺人、放火和搶劫以外，做什麼事都不違法。」

山部把一塊鮪魚生魚片放進嘴裡，豪爽地笑了起來。

「那就萬事拜託了。對了，田淵第二次組閣已經結束，一切都順利嗎？」

弓成向山部回敬酒時問道。除了官司的事，他也很希望瞭解政界的第一手資料。

「他上台才半年多，目前還算是蜜月期，小佐田和其他一些喜歡搞政商關係的人已經開始蠢蠢欲動，金權政治的味道越來越濃，恐怕無法長期執政。」

山部憑著他特有的直覺斷言道。

「最致命的問題是首相嚴重缺乏治國方針。在目前的預算委員會上，因為北陸地區的土地開發問題受到在野黨猛烈的砲火攻擊，但這根本不是首相該插手的問題。我實在看不下去，所以跑了一趟目黑。」

「你說得對，角造先生怎麼說？」

「他的酒品越來越差，不僅聽不進我的忠告，還在怨嘆為了應付在野黨而疲於奔命。他把在野各黨比喻成小老婆，說以前同時周旋在四個女人之間時，只要給其中一個錢，另一個送皮包，另一個送和服，最後一個痛打一頓就可以搞定，沒想到這次四個女人團結一致，問題就變得很棘手。」

雖然山部和政界黑白兩道都很有交情，但似乎也對這件事感到不滿。他皺著眉頭，接連喝著酒。

「我希望利根川能夠多累積擔任閣員的經驗，日後扛起首相的重責大任。」

利根川雖然屬於小派系領袖，卻能於之前黨魁選舉中成為候選人，而且還在田淵和福出的決選投票中掌握了決定性的票數，成為對田淵得勝一事有所貢獻的年輕領袖。

他是擅長運籌帷幄的政壇黑手。

「利根川嗎？我對他有點——」

弓成偏著頭表示質疑。

「今天是為了你官司的事見面，你對我們記者的證詞可以放一百二十個心，但我對律師團的做法不太滿意。」

山部直言不諱。

「你對哪方面感到不滿？」

「關於律師團的證人申請問題。我聽大野木律師說，在我們之後，還會請幾位學者在法庭上談論外國的機密保護法和報導自由的實際情況，這一點當然很好，但是，你是被控違反國家公務員法的教唆罪，就應該將重點放在違反第一百條上。」

違反第一百條——指的是三木昭子的事。

「但是……」

弓成欲言又止。

「律師團的辯護方針太唱高調了，為什麼不在法庭上把到底有沒有教唆這件事說清楚？我在經常出入安西先生辦公室期間，也曾經見識過她的嫵媚，第一次開庭時看到她那種弱不禁風的樣子，我還懷疑自己看錯了。她根本不是那種對男人言聽計從的女人，卻裝得像可憐的有夫之婦。你應該告訴過律師團，那都是她裝出來的吧？」

「這些事就別再提了。」

弓成一口喝下了苦澀的酒。

「我是為了勝訴才和你談這些，聽說並不是只有你跟她有過關係，我目前正在詳細調查。」

「……」

「我能夠理解你不想傷害消息來源的心情，但如果你不說話，這個高深莫測的女人就會得寸進尺。要是不在法庭紀錄上留下任何證據，等於在法庭上自廢武功，除了瞭解她的人以外，誰都不會知道事實的真相。」

山部對弓成的沉默感到不耐，打了一個響指，又加點了酒。

＊

一月十九日第六次開庭的法庭上，《讀日新聞》的山部一雄站上了證人席。當他從容地就位後，大野木律師開始主詰問。

「請問證人，你目前是《讀日新聞》的解說部部長嗎？」

「是的。」

「請你簡單介紹一下進報社後的經歷。」

大野木律師的西裝胸前口袋插著絲巾，一如往常的瀟灑打扮。山部也毫不遜色，穿了一套英國的高級西裝，一看就知道是強勢的王牌記者。

「我在昭和二十七年開始進入政治部當記者，昭和三十五年後，被派到外務省記者聯誼會，昭和四十二年後，從外電部副部長升為華盛頓分社的負責人，昭和四十五年十一月回國，再度被派到外務省記者聯誼會，去年十一月接任了解說部部長的職務。」

「你在外務省總共有幾年？」

「前前後後總共有九年。」

「你採訪過的主要外交談判有哪些？」

「時間最久的是日韓邦交正常化的談判。其次是沖繩回歸的談判，我在華盛頓時就開始負責相關的採訪工作。」

「我想請教有關外交談判的採訪方法，日本的外務省會主動提供消息嗎？」

「會。」

「通常是用什麼方法？」

「會透過公關課發給我們一些資料和文件，除此以外，外務大臣在參加內閣會議後，原則上會舉行記者會。外務次長也會和記者聯誼會進行懇談或是舉行記者會。情報文化局會根據需要做簡報，當局長正在處理我們記者感興趣的問題時，也會於傍晚時與記者舉行非正式的懇談。」

「你說的非正式懇談，對記者來說是採訪，對方則是提供消息。通常是用怎樣的方式進行？」

「視高官的個性而定，某些官員說的內容有百分之九十九都不能公開，但也有人大膽地告訴我們實際情況，所以，每位官員的情況不同。雖說是非正式懇談，但並不是一字一句都不能寫入報導，總之，無法一概而論。」

「會不會提供一些要求你們不能公開的消息？」

「經常會有官員希望我們寫成報導，但不能公佈他的名字。有時候也會事先告訴我們相關知識，避免我們在報導時發生錯誤，所以，就會有條件地放消息給我們。」

「你曾經有過官員給你看文件，或是放在你可能看到的地方之類的經驗嗎？」

「有，曾經有官員以不能抄寫作為條件，給我看了十分鐘到十五分鐘的極機密文件。」

「是不是有官員曾經對你說，外交談判是機密，原則上禁止採訪談判過程之類的話？」

「採訪是我們記者的義務，外務省也知道很難拒絕我們的採訪，所以，幾乎沒有人對我說過『不要報導這場談判』這種話。」

「你曾經實際採訪過外務省希望保密的事項嗎？」

「有過好幾次。」

「是否可以請你以日韓談判為例說明？」

「我曾經拿到池內內閣時代，小平外務大臣與韓國中央情報部金鐘潔部長之間簽定的小平、金協議書。」

內行人都知道，山部比外務省更早參與了促進戰後斷交的日韓恢復邦交的工作。自由黨副主席率領自由黨實力派議員、外務省亞洲局局長組成了訪韓團，成功地進入了首爾，山部是專門跑那位副主席線的記者，因此也得以加入訪韓團。他發揮了運籌帷幄的本領，當外務省正式透過管道展開談判後，他和專跑小平線的弓成聯手，拿到了小平和金協議內容的獨家新聞。

大野木律師出示了《讀日新聞》昭和三十七年十二月十五日的早報頭版。

「這裡刊登了〈請求權處理　小平、金意向書內容〉的報導。這是你採訪後寫的報導嗎？」

「對，是我寫的。」

「小平和金意向書的內容完全沒有公佈嗎？」

「那是當初視為極機密的內容，我想應該是日韓談判的最高機密。」

「你可以簡單介紹一下協議的內容嗎？」

「說起來，是為了促進日韓邦交正常化的一種賠償，協議內容包括三億美元的無償經濟援助、兩億美元的有償政府貸款以及超過一億的民間貸款，相當於支付給其他國家的賠償金額。」

「這些內容之後有沒有出現在協議中？」

山部得意地點點頭。

「當時是極機密文件嗎？」

「對。」

「顯然，你用了各種正式或非正式的方式採訪了外務省的消息。身為採訪這些新聞的記者，為什麼要費這麼大的心血，在新聞戰中超越其他報社？」

「首先，報紙是商品，報導的即時性成為非常重要的要素。」

「因此，每一個報社記者都希望比其他報社更早報導真相，我們總是帶著某種熱情進行採訪、搶先報導，如果只是等待外務省公佈的官方消息，就永遠不可能報導國民有權利瞭解的談判經過。」

「況且，外務省負責談判工作的人往往都會有特定的政治意識形態，會因為個人的理念和政治立場，而將談判引導向某個方向。」

「可不可以根據你的經驗，具體談一下實際情況？」

「在沖繩回歸談判中，外務省負責談判的人之中，有兩、三位官員傾向於認為沖繩回歸日本時，應該保留核武，且可以讓政府自由使用，因為這樣對日本和亞洲的安全保障能有正面的作用。他們基於這種信念，一度將談判引導至那個方向，但當時以佐橋首相為首的自由黨主流和大部分輿論，都要求沖繩在撤核、與日本本島相同狀態的條件下回歸祖國，因此，那樣的談判過程在某種程度上已經違反了外務省的意圖，這必須讓全國民眾知道。在很多情況下，都會發生類似的問題。」

山部表達了隨時在第一線打新聞戰的記者的靈魂和見識。

坐無虛席的旁聽席上，包括媒體記者在內的所有人都豎耳靜聽山部的證詞，並深受吸引，對坐在被告席上的弓成蒙受的不白之冤感到憤怒。

辯方的主詰問結束後，就是檢方的反詰問。

山部打量著森檢察官，森檢察官也不甘示弱地挺起胸膛。

「我想請教關於外務省機密文件的問題，剛才你提到曾經在約定不能做筆記的情況下，看過十分鐘或十五分鐘機密文件，請問是外務省哪一個層級的官員？」

「課長級以上。」

「你後來有寫相關新聞嗎？」

「我記得很清楚的那幾次，都曾經報導了要旨。」

「請問對方為什麼明知道身為公務員，不得向外界洩漏消息，卻還是拿給你看？」

「基於和我之間私人的信賴關係。」

山部輕鬆地應對，憤憤地瞪著森檢察官。

「剛才，你也提到了非正式的懇談會，這也是基於報社記者和那位公務員之間的信賴關係嗎？」

森檢察官語帶挖苦地說道。

「應該是同時建立在信賴關係和不信賴關係的基礎上。」

「此話怎麼說？」

「如果只有信賴關係，就不會設下那麼多麻煩的約定。有時候記者會說，放心，我不寫出來，請你告訴我真相，對方就會願意說出來。有時候對方也會提出，只要記者不寫，他可以說出真相。所以，這種情況在某種程度上其實是一種不信賴關係。」

山部證實了記者和採訪對象之間微妙的心理戰。

「關於小平和金的意向書，是你採訪了這份極機密文件嗎？」

「是我。」

「你是向日本方面取得文件嗎？」

「我一定要說嗎？」

「不，你不必說出特定的人物，只要說是日本方面還是韓國方面就好。」

「日韓雙方。」

「應該是韓國吧？」

森檢察官緊追不捨。

「我不能告訴你，因為我要保護消息來源。」

山部露出無所畏懼的笑容，檢方的反詰問也到此結束。

※

庭院內的高大櫸樹終於吐出了嫩芽，寒冷中，可以感受到春天的腳步。

今天是星期天，大野木吃了遲來的早餐後，坐在客廳的沙發上翻開報紙。上國中一年級的女兒在隔壁房間彈奏的蕭邦小調裊裊傳來，妻子正在庭院陪小女兒玩。

他們夫妻倆都是律師，平時工作都很忙碌，即使假日，也總有一方要外出或是把工作帶回家裡，很少有時間享受一家和樂。

雖然報紙上每一個版面都刊登了國內外令人憂心的事件，但目前仍然算是太平盛世。

也許是因為自己這一代人出生在昭和初期，從小時候到日本戰敗的這段期間，都生活在動盪不安的時代，因此，他總是衷心期望兩個女兒可以在這個安樂的時代健康成長。

大野木收起報紙，抬頭仰望樹齡已經八十年的櫸樹，樹高應該超過二十公尺，這是當年搬來目黑柿之木坂時種的。樹根牢牢地在地下扎根，以不可動搖的力量向天空張開枝葉的這棵大樹，令他不時想起外祖父和父親的面容。

大野木正出生在東京的九段⑯。父親擔任大藏省銀行局特別銀行課課長時，在震撼政商界的帝人事件⑰中，被認為犯下了收賄罪，父親否認涉案，卻又因此增加了偽證罪的罪名。從他讀小學一年級開始的三年半期間，父親都因為官司沒有宣判而遭到收押。雖然母親告訴幾個孩子，父親去旅行了，但早熟的他從很小的時候就開始看報，所以對事件的內容略知一二。

二二六事件⑱發生時，父親仍然遭到拘禁。大野木當時就讀位於小石川的師範學校附屬小學，外祖父發現事態緊急，派車在中午就把他接回家了。

當時，外祖父是樞密院副議長，雖然不會在政治舞台上露臉，但在天皇決定國家重要事項時，都會扮演諮詢的角色，因此，家裡除了大型公務車以外，還有私家車。

那天他去上課時，沿途與平時沒什麼兩樣，但他回到九段的住家附近時，發現有很多年輕的下士官⑲全副武裝地走來走去。附近民宅前豎著榻榻米，以免遭到流彈波及。來到九段下時，發現砲門前排了十幾台高射砲，周圍有一百多個士兵。鵝毛大雪飄向高射砲和那些士兵，這時，一名士兵走向他們的車子，大野木嚇得發抖，以為他們要開砲了。

「發生什麼事了？」他膽戰心驚地問司機。

「少爺，快趴下！」

平時向來和藹可親的司機滿臉緊張地命令道，然後快速駛入小巷。

「二二六事件」是一群年輕官兵為了反抗軍部和政治人物的腐敗而引發的政變，但翌日就被視為叛軍遭到鎮壓，不戰而敗。

目前還來得及，立刻回歸原隊，抵抗者為叛國賊，你們的父母兄弟在為你們哭泣。

除了報紙以外，廣播中也不斷呼籲他們投降。雖然大野木在九段下經歷了可怕的經驗，但還是感到很難過。

⑯「九段」即現今的東京都千代田區西部地區。後文的「九段下」為東京都千代田區北部地區。

⑰一九三四年，帝國人造絹絲公司的股票買賣爆發出政商貪污疑雲，導致當時的齋藤內閣總辭。

⑱一九三六年二月二十六日，一千四百多名陸軍皇道派的青年軍官以政治改革為目的，殺害數名重要官員，佔領永田町一帶，翌日日本政府發布戒嚴。二十九日，天皇命令鎮壓，這群青年軍官大半被處以死刑，統制派得勢，日本軍國主義從此鞏固。

⑲下士官是位於士兵和士官之間的軍階，如曹長等職。

之後，擔任樞密院議長的外祖父和木戶幸一內大臣等人曾經努力壓制軍部急速傾向對美主戰論的氣勢，他們積極奔走，避免隨國際情勢的變化可能發生的戰爭，卻徒勞無功。

或許是因為從小目睹了外祖父的重責和哀嘆，所以他才會變成一個早熟的少年，對政治產生了興趣。

同時，他也受到了來自父親的很大影響。

父親在帝人事件中獲得毫無瑕疵的無罪判決，為他洗清了冤罪，得以回到大藏省復職，被派任駐北京的財務官。在盧溝橋事變時，他很擔心父親的安全，幸好父親平安回國，成為掌管戰爭期間國家金融的戰時金融金庫總裁。第二次世界大戰尾聲時，父親被派駐倫敦，瞭解世界情勢的父親知道日本並不具有足夠的國力投入戰爭，所以很希望戰爭早日結束。

外祖父很溺愛大野木這個孫子，但父親很嚴格。父親不光對家裡的孩子很嚴格，在出入家裡的大藏省年輕官員眼中，他也是一個嚴格的人，前外務大臣福出武夫，以及在沖繩回歸談判時擔任外務大臣、現任大藏大臣的愛池喜市都曾經被父親責罵過。

大野木進入舊制高等學校後，原本想考一高的文科，但遭到父親強烈反對，因為一高被認為充滿反軍思想，是陸軍的眼中釘，而且，文科更把徵兵制的年齡從二十歲提前到十九歲。

「你如果想考，就考其他學校的理科，因為你一輩子都會用到。」這就是父親反對的理由。

但大野木不希望一切都順父親的意，所以考進了一高的理科。父親對兒子不聽自己的勸阻感到怒不可遏，但是看到兒子已經漸漸獨立，就沒有再強迫他。

一高只有上午的課，新生的主要科目是英語、法語和德語，的確貫徹了反軍隊的教育方針。

昭和二十年三月的東京大空襲中，大野木的家也付之一炬。母親和幾個姊姊早就疏散了，所以很安全，但幾顆燒夷彈把房子燒得精光。大野木反而覺得心情暢快，認為自己終於長大了。

在此之前，許多房子都遭到空襲，他親眼看到很多人只能維持最低限度的生活，如今，自己家裡也同樣燒毀了，他不必再感到抬不起頭了。

沒有比燒夷彈的咻咻聲更討厭的聲音了，他覺得好像所有的聲音都向他聚集而來，之後還經常作噩夢。

住家遭到燒毀，他為終於和其他人一樣感到心情暢快，但三餐不繼卻令人痛苦不已。他經常感到飢餓，之後，不得不住進學校的宿舍。

暑假時，他回到父親暫住的房子，父親告訴他，八月十三日，日本將同意接受《波茨坦宣言》。

然而，美軍的轟炸機在十三、十四日仍然盤旋在日本上空，把東京燒得滿目瘡痍，無數死傷者被丟在路邊。他覺得如果現在死了，就是莫大的損失，得知文科比他年長一歲的學長在八月十四日從知覽的特攻隊基地起飛，在沖繩上空戰死的噩耗時，不禁黯然失神。

因此，當戰爭結束時，他從來沒有那麼高興過。終戰的幾天前，一個月光皎潔的夜晚，他站在被燒毀的家園前時，發現到處都是美軍的宣傳單，呼籲日本趕快投降。日本連首都的制空權都已經失去了，日本軍怎麼可能獲勝？他仰望月亮，握住拳頭，覺得日本太可恥了，痛恨自己為什麼生在這個國家。

「老公，山谷律師的電話。」

聽到妻子的叫聲，大野木終於回過神，接起了電話。

「不好意思，假日還致電打擾。」

電話中傳來山谷爽朗的聲音。

「你還在事務所嗎？」

「對，下次是伊東教授出庭，我剛擬完假設問題，會放進資料夾裡。明天我要搭一早的班機去札幌高等法院開庭，會有兩天不在東京，希望您抽空過目一下。」

「我會馬上看。對了，工作好不容易告一段落，要不要和你未婚妻一起吃頓飯？你熱心工作當然是好事，但是萬一婚事吹了，問題可就大了。」

大野木用開玩笑的口吻關心道。一個月前，有一個貌美如花的女人到法律事務所找山谷，山谷介紹說，那是他的未婚妻。

「律師，你不要嚇我。我已經請她等到這場官司的判決出爐再說。」

山谷雖然這麼說，但說話的語氣很興奮。大野木面帶笑容地掛上電話，和妻子一起坐在沙發上，兩個女兒也擠了進來。也許是因為非假日時很少有機會和父母互動，所以，兩個女兒想乘這個機會盡情和父母共享快樂時光。

三個月前的某個星期天，弓成太太上門向大野木坦承她打算帶著孩子與弓成分居時，大野木努力勸阻了她。他更加深刻地體會到，自己除了要保護身為被告的弓成亮太，更必須保護他們全家。

※

旁聽席上有許多法律界人士和法律系的學生，因為今天出庭作證的東都大學法學系的伊東教授曾經在英國和美國留學多年，對言論、出版自由的學問體系和判例方面的研究都是國內的先驅。主詰問由山谷律師負責。平時他都坐在第二排，今天開庭時，律師團長把前排中央的座位讓給了他。

三十歲的山谷律師神情緊張地等待開庭。他曾經上過伊東教授英美法的課程，前往密西根大學法學院留學時，還曾經請伊東教授為他寫了推薦信，是他尊敬的恩師。

在委託證人時，通常都是由每朝新聞社先進行禮貌性的拜訪，但大野木律師說：「山谷，你先去拜託一下。」山谷來到久違的母校法律系研究室，發現伊東教授的研究室和他在學期間一樣堆滿了書籍。他在光線昏暗的房間內告訴伊東教授對於這場官司的辯護方針，提出希望他以證人身分出庭的要求。想到伊東教授工作繁忙，山谷作好了遭到拒絕的心理準備，但伊東教授基於對昔日學生的溫情，爽快地答應了。山谷心存感激，決定要在法庭上問出對案情最有利的證詞，回應恩師的心意，他認為這才是對恩師的最佳回報。

一身深藍色西裝的伊東教授步入法庭，五官輪廓很深的方臉上戴了一付銀框眼鏡。片刻後，三名法官從正前方的門後現身，坐定之後，立刻宣佈開庭。

山谷律師向恩師深深地一鞠躬，伊東教授也對昔日的學生露出微笑。

「證人目前是東都大學法學系的教授，可不可以請你簡單介紹一下在大學的經歷？」

「我在昭和十八年從當時的帝大畢業，成為特別研究生。昭和二十三年，成為法律系副教授，昭和三十三年成為教授至今。」

「你的專攻是英美法，所以我想就英美法向你請教一些問題。請介紹一下你積極投入的研究領域或是主題。」

「我對英美公法以及英國憲法很有興趣，但在昭和二十九年去美國留學後，對於言論和出版自由，以及相關的問題，比方說隱私問題產生了濃厚的興趣。」

「請問你最近什麼時候在英國或美國從事研究工作？」

「昭和四十二年，我前往美國和英國進行了為時一年半的研究。」

「最近關於言論自由的問題，有人提出了『知的權利』。請問這個『知的權利』的概念是從什麼時候開始提出的？具體內容又是什麼？」

「『知的權利』這幾個字背後的思想，應該已經有相當悠久的歷史了。

「第一次世界大戰後，美國最高法院已經遇到了言論自由和意見自由的問題，但當時並沒有使用『知的權利』（the right to know）的字眼。

「在第二次世界大戰時期，才開始使用『知的權利』的字眼。一開始並非法界人士，而是媒體記者開始使用的。第二次世界大戰，尤其是之後的冷戰時期，媒體記者對於國際問題無法掌握充分的消息，主張有權利瞭解政府手上所掌握的資訊。

「之後，法界人士才開始從法律的角度分析『知的權利』這個問題。」

「在目前的階段，知的權利有什麼意義？」

「從法律的層面來看美國的『知的權利』，總結判例、學說和立法等所有的問題，總共有四個面向。」

證人作證有時間限制，伊東教授有一個半小時的時間，為了能夠在規定時間內說出具有說服力的證詞，山谷曾經多次造訪伊東教授的研究室，誠惶誠恐地請他進行了排練。山谷擦著額頭上的汗，要求伊東教授儘可能用簡單明瞭的方式解釋複雜的理論，恩師安慰他說，知道他身負重任，欣然應允了他的要求，將複雜的理論分成了四個層面來解釋。

山谷解開手錶放在桌上，繼續進行詰問。

「可不可以請你依次說明一下這四個層面？」

「第一個層面是在言論和出版方面，泛指言論自由、報導自由這些自由權在憲法上的地位，在美國，相較於其他權利，這些權利具有非常優越的地位。

「知的權利就成為這種權利的理論根據。以前，在彌爾頓（John Milton）時代就已經出現了言論自由，在十九世紀之前提到言論自由時，通常是指說話者的自由、書寫者的自由，廣義來說，就是意見表達的自由。進入本世紀後，言論自由逐漸變成了接收資訊者的自由，也就是普通民眾有權利知道所有的意見和所有的事實。知的權利就是言論自由的基礎，也是國民的自治、國民主權或是民主制度的本質。」

「請繼續說明一下第二個層面。」

「第二個層面和報導的自由有密切的關係。以前談到言論自由和出版自由，往往將重點放在意見表達的自由上，隨著逐漸進入資訊化的時代，瞭解意見固然重要，但瞭解足夠的判斷材料，有助於自己意見形成也非常重要。因此，報導自由就變得非常重要，作為理論根據的『知的權利』這種概念也逐漸受到重視。」

伊東教授用緩慢而洪亮的聲音闡述了人民必須有足夠的判斷資料才能形成自己的政治意見，知的權利和報導自由之間有密切而深入的關係。

「可不可以請你繼續解釋一下第三和第四個層面？」

「前面所談的第一、第二個層面是以憲法為基礎的想法，雖然一般稱為知的權利，但無法根據憲法立刻給予每個人具體的權利。

「因此，第三個層面就是以『知的權利』的想法為基礎，努力通過立法將這種權利具體化。目前，美國針對這個問題有很多討論，但許多州已經有了相關的法律，比方說，已經認同報社記者不公佈消息來源的權利。最受矚目的應該就是一九六六年關於資訊自由的法律。」

「可不可以請你簡單扼要地介紹一下這條法律的內容？」

「可以利用政府機關所掌握的資訊，這也是『知的權利』的中心思想。因此，藉由成立相關法律申請政府機關提供相關資訊，在法律上加以保護。這項法律受到很大的矚目，將國民知的權利充分具體化。

「根據這條法律，法院可以要求檢閱相關文件，或是廢除該資料不可公開的相關措施，或者是命令相關單位積極提供。在法律上，具體保障了民眾有權接觸行政機關判斷設為機密的公共資訊。」

由於這是日本社會還很陌生的「權利」，三位法官也都做了記錄，旁聽席上的法律相關人士和媒體記者也都仔細聆聽伊東教授的證詞。伊東教授在法庭一片鴉雀無聲中闡述了第四個層面，並介紹了美國的實際判例，當資訊公開與知的權利相結合時，即使隱私權因此受到侵害，在比較衡量後，媒體也不必負起損害賠償的責任。旁聽席上的民眾對美國如此重視「知的權利」感到驚訝不已。

接著，他又談論了政府關於機密核定的歷史。最早的機密保護相關法律是第一次世界大戰以前的防諜法，主要目的是為了保護軍事機密；第二次世界大戰後，與美蘇關係緊張的歷史背景有很大的關係。最後，伊東教授端正了姿勢說：

「政府很容易擴大機密核定的範圍。事實上，已經有人抨擊，目前核定為機密的文件中，可能只有一成左右可以在某段期間核定為機密。

「重點在於如何控制政府的機密核定，通常是行政機關根據自己的裁量核定，但問題在於其他部門，尤其是法院是否可以加以干涉。

「關於法院對於機密認定權問題，可以透過日本也曾經詳細報導的一九七一年《紐約時報》事件略知一二。聯邦最高法院認為法院對於那起事件中洩漏越戰相關機密文件有審查權，即使政府機關認為是機密，仍然明確判決法院具有審查權。

「日本通常用『新聞的公共性』這樣的字眼來表達，但也許每一個國民都具有『知的權利』。然而，現代社會只能仰賴媒體實現『知的權利』，媒體為國民的『知的權利』服務，具有某種公共的性格；媒體記者也用這種方式，基於某種職業地位展開採訪活動。因此，只要屬於正當業務的範圍，不能將媒體和一般民眾一概而論。美國最高法院也這麼認為。」

伊東教授簡單明快地表達見解後，又談論了英國的機密法制。

「你剛才介紹了包括英國的法制在內，以美國為中心的機密保護法制的情況，請問從這些判例和學說來看，你對我國的國家公務員法第一百一十一條有什麼看法？」

山谷看了看桌上的手錶，確認所剩的時間後，問及了本案的核心問題。

「刑事制裁的規定除了針對公務員以外，還擴及第三者這一點，不得不說它具有特異性。

「如果對照美國的判例或學說來檢視這條法律和規定，或許難免摻雜我個人的意見，但是聯邦最高法院的布拉克法官或是道格拉斯法官，應該會認為此舉違反了美國憲法修正案的第一條，所以根本是違憲。至於其他眾多法官會如何看待這個問題，或許每個人的意見並不統一，但從法界崇尚的漠然性理論⑳來說，我國國家公務員法第一百一十一條很不明確。

「我們不妨參考一下《紐約時報》事件中間派的觀點。史都華法官曾經說，如果公開機密會對國家安全造成直接或無法即時修復的損害，或許可以加以處罰。即使適用於媒體，檢方也必須證明直接對國家安全造成了即時、不可恢復的危害，只有能夠充分證明時，才能夠加以制裁。雖然無法實際瞭解哪一種情況佔的比例較高，大致是這樣的做法。」

伊東教授強調必須針對國家公務員法第一百一十一條進行限度解釋，支持辯方的主張。

⑳法律用語，行為人對於附隨結果表示歡迎或漠不在乎。

在之後的法庭上，由兩位大學教授闡述了法國、德國等國家在言論自由方面的學說和判例，辯方的詰問在二月下旬結束。

檢方申請做為證人的井狩前條約局長因為接任駐瑞士大使一職，有相當長一段時間無法調整日期回國，直到三月才暫時回國，出庭作證。

井狩前條約局長似乎在事先沒有和檢方充分溝通，雖然作證時措詞彬彬有禮，但經常出現答非所問的情況，似乎可以感受到他對檢察官的輕蔑。他和美國局前局長吉田在沖繩回歸談判中被稱為是車子的兩個輪子，但即使出現和吉田不同的證詞，他也不以為然，一味推說是「機密」。在反詰問中，大野木律師對他說：「這裡是法庭，不是國會。」嚴厲指責他在法庭作證前，曾經宣誓將本著良心，毫無隱瞞地說出真相，他也推說記憶模糊，顧左右而言他。他蔑視法庭的態度也嚴重影響了法官的心證。

井狩連續兩天出庭作證後，報導的專欄上提到，連檢察官也忍不住向熟識的司法記者抱怨：「他到底想怎麼樣？簡直把我們當傻瓜了。」似乎道盡了井狩出庭作證的一切。

❊

「來，再練習一次，妳作證時態度要更認真一點。」

國鐵飯田橋車站附近公寓裡的坂元法律事務所內，坂元律師和三木昭子在作為住家使用的房間內，面對面坐在桌旁，為即將到來的被告訊問進行演練。

去年十月第一次開庭時，昭子以身心耗損為由提出希望可以不出庭的申請，獲得法官的同意之後，就不曾再出庭。之所以決定再度現身法庭接受訊問，是希望可以獲得減輕量刑。

隔著和室窗戶的蕾絲窗簾，可以看到窗外護城河的景色，事務所和廚房之間的紙門和房門都緊閉著，在宛如密室般的空間內被問及和弓成的私情，室內漸漸充滿了淫穢的空氣，昭子已經忍無可忍。

「律師，訊問被告時會問得這麼露骨嗎？」

她撥了撥額頭上的髮梢，擦拭著頸上的汗。

「應該不至於，但凡事最好有備無患。我說過很多次，妳真正的敵人並不是檢方，而是同樣身為被告的弓成的律師團。妳全面承認了起訴事實，弓成方面全盤否定，所以，他的律師團一定會想辦法讓妳說出妳對弓成有好感，才會把機密文件拿給他的證詞。目前在五名律師組成的律師團中，有兩名年輕律師公然揚言，有自我意志的中年男女之間，怎麼可能發生女人成為男人傀儡、聽任男人擺佈的事。」

「他們是不瞭解我們這個年代的女人，才會說這種話。當時，我的確就像是受人操控的傀儡。」

「請妳更具體說明一下當時的情況，是以證人的身分回答。」

「……在發生這起事件之前，我曾經告訴我先生，來找安西審議官的媒體記者比之前我服務的長官多很多。當時，我先生提醒我說，男人是一種奇怪的動物，一旦和女人有了肉體關係，就喜歡到處吹噓。尤其是報社記者，特別喜歡吹噓，要我特別小心。罷工那天發生了意想不到的事，我腦筋一片混亂，之後也不時和弓成先生見面，但那是因為我擔心一旦拒絕他的要求，他就會把和我之間的事告訴我先生和安西審議官。尤其弓成先生經常在採訪時，順便陪安西審議官一起喝酒，我很擔心他會在那個時候說出和我之間的事。我每天都在緊張與不安中掙扎，也因此經常丟三落四，忘東忘西，以前從來沒有發生過這種事。」

昭子煞有介事地用作證的口吻說道。

「弓成曾經威脅妳，要說出你們之間的關係嗎？」

「他沒有用言語明確說過，但那種不由分說的強勢態度和威脅沒什麼兩樣。」

「可不可以請妳說得更具體一些？」

「他三不五時打電話來找我，用命令的口吻對我說：拜託了。每次在飯店一見面，就問我有沒有帶資料來。我是有夫之婦，每次和他見面，我都害怕不已，好像被五吋釘刺進了胸口。」

「你們在飯店沒有聊其他事嗎？」

「沒有。我們分別前往飯店，把文件交給他之後，就默默地上床，然後再各自回家。」

「對女人來說，這實在是很屈辱的情況，但如果只是把文件交給他，根本不需要去飯店，到處都可以找到避人耳目的地方。」

「……」

「不好意思，聽說妳和妳先生長期沒有夫妻生活，妳是正值中年的血肉之軀，或許並沒有察覺自己的情緒也不太穩定，所以才會去他指定的飯店。」

「你的意思是說，我也渴望和他見面？」

「我並不是這個意思。順便請教一下，你們通常是誰先去洗澡？」

坂元律師低沉的聲音和打量的眼神讓昭子忍無可忍，很不耐煩地打斷了他的話。

「這種事重要嗎？」

坂元律師看到昭子突然勃然大怒，不禁皺起了眉頭，走到窗邊點了一支菸。

「我也不想當面問女人這種問題，想要讓弓成的教唆罪成立，關鍵就在於誰先脫褲子。」

曾經當過警察的他不以為然地說。

「今天就先練習到這裡。總之，在法庭上很容易因為別人的誘導詰問而落入陷阱，所以一定要格外謹慎，維持證詞的一貫性。」

昭子從桌上拿起法庭進行被告詢問時用的模擬問答集，用力拉開拉門，正想要往事務所走去，卻突然看到坂元太太的臉。

「辛苦了，冰箱裡有點心，妳去吃吧！」
「謝謝，但我現在有點頭痛……」
昭子想到坂元太太一直在門外偷聽，感到怒不可遏，希望可以一個人靜一靜。坂元太太跪著挪到昭子面前，滿臉好奇地問：
「昭子，妳的心情應該很複雜吧？」
「什麼意思？」
「妳是真心喜歡那個叫弓成的記者吧？」
「我只是被他利用而已。」
昭子用冷淡的口吻回答。坂元太太卻自顧自地說：
「我聽說妳十九歲時就主動向比妳大一輪的三木琢也先生示好，覺得妳年紀輕輕的，就很大膽熱情，不過，我在想，妳先生有病在身，在遇到弓成之前，妳可能根本沒有談過戀愛吧？」
她目不轉睛地看著把頭髮綁在腦後、臉上也幾乎沒有化妝的昭子的眼睛。
「坂元太太，我不希望妳干涉我的隱私。」
昭子態度堅決地表現出拒絕的態度。
「哎喲！可能是因為這陣子都在練習出庭作證，妳有點歇斯底里，我不是不能瞭解妳的心情，但我老公也不想接妳這個案子，希望妳搞清楚自己的立場。」

向來笑容可掬的坂元太太頓時變了臉。

昭子的內心交織著惹惱了坂元太太的後悔和豁出去的想法，反正官司結束後，自己不可能在這裡久留。被警視廳釋放後，坂元夫妻的確很照顧她，但在這個只有夫妻兩人工作的小型法律事務所內的生活令她感到窒息，她的忍耐已經到了極限。而且，一天二十四小時都要小心謹慎，不能被人察覺，這種遁世離群的生活簡直太悲慘了。

剛才被坂元太太說中她對弓成是出自真心時，她因為屈辱和慌亂幾乎喪失了理智。當初和丈夫結婚，只是為了逃避自己家庭狀況的手段，她從來不曾有過心動的感覺。雖然不是完全沒有豔遇，但遇到來安西審議官辦公室的弓成時，才第一次讓她感到心動。罷工那天意想不到的發展改變了自己。既然弓成想要全力寫出好新聞，自己想助他一臂之力。只要能夠看到他綻開笑容，對自己說：「妳幫了我的大忙。」即使明知道把資料拿給他看是身為公務員不該做的事，仍然無法拒絕。自己從來不曾懷疑弓成的真心。

似乎有客人上門，事務所傳來坂元太太親切的聲音。當訪客向坂元太太打完招呼，開始跟坂元律師談話時，昭子才發現他是《潮流週刊》的記者松中。很少有記者來事務所採訪，即使偶爾有人上門，也幾乎都是想刺探一些低層次的八卦緋聞，但松中和那些人完全不同，很有禮貌，也很有見識。

昭子低頭抄寫，遮住自己的臉，卻在不知不覺中豎起耳朵細聽他們的談話。他們聊到之前札幌醫科大學教授進行了日本首次心臟移植手術，各大新聞都盛讚為一大壯舉，但其實是那位教授追求功名造成的醫療疏失，根本是殺人罪。之前的黨魁選舉中，在田淵和福出決選投票時，田淵派花了七億圓收買掌握了關鍵票數的弱小派系，報紙上卻隻字不提這件事，只是不負責任地大寫特寫新任首相。松中用平靜的語氣大爆新聞界的內幕。

昭子對松中很感興趣，忍不住翻出事務所內從事件當初開始蒐集的報章雜誌的剪貼內容。當報紙上一面倒地討論「知的權利」時，《潮流週刊》以〈知的興趣甚過於知的權利〉的絕妙標題，做了一系列批判報社的大特集，也嚴厲指責弓成的採訪方式。

「原來最近就要訊問被告了。」

事務所內傳來松中平靜而犀利的附和聲。

這個記者或許值得信賴——昭子內心產生了這種想法。雖然事件爆發不久後，《潮流週刊》曾經出現過〈在安西審議官面前放聲大哭的女秘書〉這種充滿調侃意味的標題，但她決定在這個記者身上賭一把，利用他擺脫目前一籌莫展的現狀。

昭子確認松中離開事務所後，按著太陽穴說：

「我去樓下的藥局買止痛藥。」

說完，立刻追了出去。看到記者松中站在七、八公尺遠的電梯大廳前，昭子跑了過去。

「這個給你……」

昭子遞給他一張摺成對半的便條紙。兩個人伸手可及的距離似乎讓松中有點不知所措，但一打開便條紙，他一雙明亮的眼睛難掩激動地說：

「我知道妳是三木昭子女士，所以不厭其煩地上門，但一直找不到機會和妳說話。」

「紙上寫的那個日期，坂元夫妻要去參加一個老鄉的法會，所以不在事務所，我有事想和你談一談，可不可以請你打電話給我？」

原來松中早就知道自己了，這件事更讓昭子堅定了信心。

「我也很想當面和妳聊一聊，所以在律師面前一直假裝沒有察覺妳是誰。我一定會和妳聯絡。」

松中向昭子約定擇日聽她傾訴。

第十章

明暗

弓成在十五層樓的每朝新聞社屋頂抽著菸。

七月酷熱的一天終於將要結束，在暮色蒼茫的這個時間，才吹來陣陣涼風，但眼下的風景在霧靄中顯得灰濛濛的。

剛才和律師團討論完一週後被告訊問的細節後，他送五名律師到地下停車場的車道。在稍微休息後，與編輯局副局長、政治部司前部長和社會部司法記者聯誼會的主編討論了開庭當天的版面內容。

編輯局正忙於趕製明天早報的內容，無所事事的弓成無法忍受這種遭到排斥的感覺，來到空無一人的樓頂上。

「弓成，你在哪裡？」

他聽到一個陌生的聲音大聲問道。回頭往門口的方向一看，發現赫赫有名的銷售局第一部長惠比壽穿著襯衫站在那裡。弓成之前從來沒有和銷售部長說過話，訝異地捻熄了菸，不知道他找自己有什麼事。

「如果你有事要找我，要不要去樓下談？」

弓成說著，走了過去。惠比壽那張像惠比壽神般的富態臉上流著汗。

「不，這裡說更好。剛才我去找了社會部的荒木部長，聽說終於要訊問被告了？」

「是啊——」

「聽說這次你會和那個女事務官一起出庭，不能錯開日期嗎？」

弓成不瞭解他的意思。

「難道你不知道嗎？如果報紙上同時刊登你和那個女事務官的照片，銷售量又會暴跌了。」

原來是這件事。弓成根本不想回答。

「你知道因為你遭到逮捕、起訴和審判的事，訂閱量少了五十萬份嗎？」

《每朝新聞》的訂閱人數在前年度上半年達到顛峰後，就開始一路下滑。但弓成聽說主要原因是因為訂報費大幅漲價，同時，和報紙專賣店之間的合約也始終沒有搞定。

「給你們添麻煩了，但我聽說訂閱量下滑和這次的事並沒有關係。」

他無法向利用自己的事件、把所有責任都推卸到自己頭上的惠比壽部長莫名其妙的態度低頭。惠比壽立刻脹紅了臉，氣鼓鼓地說：

「我還以為你吃了幾天牢飯，多少得了一點教訓，沒想到還以為自己是王牌記者。整個銷售部門都因為你的關係欲哭無淚。」

弓成沒有答理他。

「在你僱用五個律師，高談報導自由和國家利益的時候，報紙專賣店的人為了把被其他報紙搶走的讀者搶回來，將促銷用的啤酒券和洗髮精、鍋子、電扇等贈品裝在腳踏車後的車架上，從早到晚四處拜訪客戶。即使如此，拜訪一百戶人家，能夠成功找回三家讀者就要偷笑了。看到他們在這種大熱天四處奔走，累得連小便都尿血了，你不感到愧疚嗎？你打官司的費用就是靠他們的努力賺來的。」

「我知道。」

早出晚歸跑新聞的記者也經常累得尿血——弓成很想這麼說，但還是忍住了。

「既然你知道，就好好想一想有什麼方法可以避免和那個女事務官一起出庭，當作是你的補償吧！」

惠比壽部長說得口沫橫飛。

「這是不可能的事。如果你認為真的有必要，可以去找律師團談判。」

弓成的忍耐已經到了極限。

「如果我可以這麼做，就不會來找根本不想見到的你。自從我進公司以來，一直都在銷售部門努力工作，希望可以在前輩創造的五百萬訂閱量的基礎上更上一層樓，眼看著銷售量節節下滑，我真是坐立難安啊！」

惠比壽的臉上滿是汗水和淚水。

※

七〇一號法庭內響起冷氣機低鳴的聲音，目前正在針對被告弓成亮太進行主訊問。由每朝新聞律師團團長伊能律師進行。

有柔道段級證書的伊能身體十分壯碩，戴了一付與輪廓很相配的銀邊眼鏡，充滿律師團長的威嚴。

站在證人席上的弓成臉上出現了消失已久的精悍，自信滿滿，字斟句酌地表達自己的見解。同為被告的三木昭子一身素雅的短袖麻質套裝，坐在證人席後方的被告席左端。她一動也不動地坐在那裡，長長的頭髮垂了下來，遮住了她憔悴的臉。從她緊握著手帕微微顫抖的樣子可以察覺她內心的起伏。

媒體記者坐在旁聽席的最前排，三木琢也坐在記者後方探出身體。他的臉龐比之前更瘦了，凹陷的雙眼卻發出異常的光芒。

「——昭和四十四年決定了沖繩回歸的大框架，開始著手條文化的作業。在早期的階段，我就已經聽說美國方面的兩大方針：一是駐沖繩的美軍基地機能維持現狀，其次是沖繩的施政權歸還之際，不會對美方造成新的負擔，也就是避免任何金錢支出。因此，我特別關心談判的發展，希望可以如實加以報導。」

弓成談及拿到電文之前，他身為報社記者對談判的感想。

「所以，你透過三木女士拿到了昭和四十六年五月二十八日愛池與梅楊會談的電文，當你看了之後，發現哪些是已經報導過的、哪些又是有報導價值的內容？」

「如果從正在採訪中、已採訪或已報導的觀點來說，最令我感興趣的當然就是對美支付款項與對美請求權的問題。」

「可不可以請你根據電文說明一下？」

「恕我直言，支付給美方的三億兩千萬美元只是一個總數，然後再寫上適當的項目，也就是說，根本沒有計算的細目。很早之前，美國方面就向大藏省財務官提出要求，表示美方在沖繩投入了五億美元的設備投資費用，在沖繩回歸時，希望日方支付相同的金額，也方便他們向國會說明。表面上，從五億美元減少為三億兩千萬美元是經過高度政治協商後作出的決定，但其實一開始的總額就是三億兩千萬美元，所以才會在電文中出現『避免不必要的發言』這句話，我對這一點產生了極大的興趣。」

弓成停頓了一下，指著伊能律師出示的電文影本斷言說：

「在這個階段，已經決定三億兩千萬美元中，對美請求權的四百萬美元由日本向美方提供財源，也就是代替美方支付這筆錢。」

「你看了電文之後，認為對美支付的款項中包括了四百萬美元，美方以此為財源，同意了請求權的問題嗎？」

「是的，我認為其中充滿了玄機，透過電文，整體瞭解到實際上是由日本提供相同金額的財源，也就是相當於第四條第三項的四百萬美元。所以，是藉由日本方面支付的款項，同時解決對美請求權與對美支付款項的問題。」

伊能律師聽了弓成的證詞，用力點頭後，又出示了另一份電文。

「這也是你透過三木女士拿到的吧？」

他出示了五五九號電文——井狩和史奈德的會談本。

「是的。」

「你看到這份電文後，有什麼感覺？」

「與剛才的愛池、梅楊會談有關，美方在條約的文字上遇到了困難，於是就找到了一八九六年制定的信託基金法，表示可以答應日本方面的要求，但條件是需要愛池的秘密書簡。」

「之後，你又拿到了八七七號——愛池和羅傑德在巴黎會談的電文吧？」

「是的。」

「你看了之後，有什麼特別的想法？」

「愛池外務大臣的隨行記者團傳回來的報導認為，美國不可能自發性支付第四條第三項的賠償費，可能不得不放棄對美請求權，但我之後收到消息說，愛池外務大臣在會談後的記者會上公佈，美方接受了自發性支付的條件，我就知道他們已經套好招了，原本不願意提供秘密書簡的日方已經在原則上表示同意。」

當時，《每朝新聞》派了年輕記者清原參加愛池大臣的隨行記者團。那一年氣候異常，六月的巴黎仍然很冷。弓成回想起清原住宿的克里昂飯店鋪著大理石的房間特別冷，他接連打著噴嚏，打政治部的專線電話報告會談情況時的激動語氣，一切彷彿是昨天才發生的事。

伊能拿下銀框眼鏡。

「你拿到這些電文後，是否根據其中的內容，寫了有關沖繩回歸談判的相關報導？」

他的訊問重點已經從採訪轉移到報導內容。

「我在六月十一日早報頭版，第一次提出了日本方面代為支付這筆款項的質疑。」

「那篇報導是寫四百萬美元的問題金額已經確定嗎？」

「是的。我在報導中提出質疑，雖然美方承諾自發性支付四百萬，但財源是由日本代為支付。」

「你在六月十八日的早報上也寫了相關報導，但並沒有直接把電文內容寫出來吧？」

「並沒有。」

「是有什麼顧慮嗎？」

「最大的原因就是一旦直接公佈電文，別人就可能在我的採訪範圍內鎖定消息來源，我必須保護消息來源。

「還有另一點，這也是我一直在煩惱的問題。雖然我必須保護消息來源，但到底該如何報導第四條第三項的檯面下交易？沖繩回歸是國家的重要大事，身為跑外務省線的記者，我希望可以看到沖繩順利回歸，但也同時想揭露條文中的虛假和欺騙。

「我每天都在摸索，尋找是否有方法兩全，最後選擇在國會的預算委員會公佈。以時間點來看，這也是質詢密約疑雲的最後機會。」

弓成說出了他苦思良久後作出的選擇。

旁聽席上突然一陣譁然，因為三木琢也憤憤地咒罵了一句：「根本是在狡辯。」

本山審判長喝令：「肅靜。」旁聽席頓時安靜下來。

伊能律師又問了兩、三個問題後，重新戴上眼鏡問：

「關於透過三木昭子女士拿到電文一事，你有什麼話要在這裡表達嗎？」

「在意見陳述時，我也已經說過，我絕對不是為了採訪而有計畫地接近三木女士。我也從來不曾在三木女士拒絕的情況下，強迫她把資料帶出來。我希望在這裡把這兩點說明白。」

弓成明確表達起訴書中所寫的用強迫手段教唆的罪狀並非事實。

「你和三木女士的私人關係是在什麼時候結束的？」

「昭和四十六年九月底。」

弓成簡潔地回答。他跟隨當時的田淵通產大臣、福出外務大臣前往華盛頓、聖克里門採訪日美貿易會議，出差十天回國後不久，他們就分手了。

伊能律師點了點頭，神情嚴肅地問：「請你談一下出庭至今的感受。」

「檢方雖然申請了相當人數的外務省官員出庭，但這些官員都以國家利益為由隱瞞事實真相。相關大臣即使在國會做出了明確的答辯，在法庭上卻堅稱外交是機密，不願意作證。關於密約疑雲的核心問題，也以不記得為由迴避作證，或是公然作出虛偽的證詞。

「正因為這樣，我們記者才深切感受到採訪工作多麼重要，我們的工作可以讓國民瞭解真相。」

他嚴詞批判了外務省官員，並強調了報導的重要性。

主訊問結束後，由檢方進行反訊問。

森檢察官的四方臉上泛著紅暈，花了很長時間訊問支付給美方的三億兩千萬美元中是否包含了四百萬美元，弓成很有耐心地回答。不知道檢方是故意還是事先沒有做好充分的準備，對《回歸協議》缺乏定見，也不願意聽弓成的說明。

弓成在證人席上小心翼翼地回答，同時突然對自己在《沖繩回歸協議》簽署儀式後所作出的判斷產生了動搖。那時候他看完電視上的衛星實況轉播後，終於下定決心，向政治部司部長、檜垣首席主筆報告了對第四條第三項的美國自發性支付賠償費的質疑，並出示了三份電文。當時，就連向來冷靜沉著的司也驚嘆：「這是最頂級的獨家大內幕。」甚至連曾經是霞之關記者聯誼會赫赫有名的檜垣也心情振奮地說：「我第一次看到這種文件。既然有這麼確鑿的證據，可以在頭版寫一篇大獨家。」但弓成感到退縮了，因為他內心有另一個自己，為了保護三木昭子，強烈制止他這麼做。

如果當時鼓起勇氣，在頭版寫一個大獨家，不知道現在會有怎樣的結果？

雖然他為這件事費了很大的心思，但和三木昭子也在三個月後分手了。他去美國出差回國，當工作告一段落後，相隔半個月前往審議官辦公室時，安西剛好離開不久，於是他說：

「那我改天再來吧！」

因為山本事務官剛好不在座位上，他便向昭子咬耳朵問：

「今天可以見面嗎？」

「我們以後不要再見面了。」

昭子的回答讓他不知所措，但在那個場合不方便多談私事，於是，他就在一樓東側的公用電話打電話給昭子詢問理由，昭子只說了一句：「我已經決定了。」

他擔心昭子發生了什麼事，無法在不瞭解原因的情況下就和她分手。兩天後，昭子終於答應「短時間」赴約。

東京車站丸之內出口旁的車站飯店二樓，有一家與飯店建築風格相同的古典酒吧。吧檯設置在面對車站內挑高空間的窗前，下方充滿了出發和抵達的人的喧譁，交織著相遇的喜悅與分離的哀愁。

弓成和昭子默默地低頭往下看。

弓成又點了一杯雙份蘇格蘭酒，昭子面前放了一杯琴湯尼。當服務生把蘇格蘭酒放在弓成面前時，他又問了一遍和剛才相同的話。

「既然妳先生和安西審議官並沒有察覺，為什麼突然……請妳告訴我原因。」

「我不是說了嗎？你從美國回來的幾天前，官房總務課突然發了一份通知，要求我們嚴格注意文件管理。之前我用快遞寄了文件給你，所以接到那份通知後很緊張。」

「之後有沒有發生什麼異常的狀況？」

「沒有，但時機太巧合了。」

「那我以後也要特別小心，但我並不是因為那些文件才和妳見面的。」

弓成被昭子漂亮厚實的耳垂飄來的香水味所吸引。雖然為了逃避對妻子由里子的愧疚，他總是告訴自己，是為了拿文件才和昭子見面，但他想見昭子的心情沒有半點虛假。

昭子看著盛著琴湯尼的纖細酒杯，沒有說話。

「我知道妳很怕被別人知道，既然官房總務課已經發出這樣的通知，我不希望妳有危險，以後我們見面就不要再談工作的事了。」

弓成看著窗外，訴說著內心難以克制的情感。

「我的心意沒有改變，但如果少了工作的交集，我們不可能持久的。」

「我們交往不是才三個多月而已嗎？」

弓成努力說服她。

「雖然我把文件帶出來很有罪惡感，但能夠對你工作有幫助的喜悅更勝於這種罪惡感，我相信你應該可以體會到。」

「我當然知道，所以很珍惜和妳之間的關係。」

「如果你我只是一般的交往，根本不可能持久。我先走了——」

昭子直視著弓成的眼睛，千言萬語都凝聚在她那雙水汪汪的眼中。弓成看到她已經下定了決心，點點頭，只能目送她的背影離去。

他坐在吧檯椅上，看著窗外。

在車站內來來往往的人潮——那是人生的縮影。弓成被嚴重的失落感擊垮了。

森檢察官執拗地進行著反訊問。

「被告，你請三木把相關文件拿給你看的動機之一，是基於報社記者特有的競爭心，想要在和其他報社的採訪競爭中獲勝嗎？」

森檢察官一臉陰險的表情問。

「對我們記者來說，這是理所當然的。但是，如果我對回歸談判沒有任何疑問，或許就不會拜託她了。」

「你拿到本案的電文影本後，除了自行判斷以外，有沒有和上司商量是否應該報導？」
「有。」
「最後為什麼作出不報導的結論？」
「最大的原因就是要保護消息來源。」
「你在筆錄上說，你五月二十二日要求被告三木拿電文給你，她馬上就答應了。」
「是的。」
「三木沒有絲毫的猶豫和遲疑嗎？」
「是的。」
「你是不是把手放在她肩上，看著她的臉，一次又一次拜託她？」
森檢察官的問話中充滿不懷好意的殘忍。
「完全沒有這種事。我向三木女士解釋了目的，她也從來沒有拒絕過。」
弓成在回答時顧慮到坐在被告席上的三木昭子的心情。
「兩天後，也就是二十四日，你拿到文件的那天上午，打電話給了三木。總共打了幾次電話？」
「一次。」
「你記不記得打了兩、三次電話，要求三木務必要幫你的忙？」
「沒這回事。」

「你有沒有在三木的桌子上放紙條，上面寫著『萬事拜託了』？」
森檢察官無禮地問道。
「當時並沒有。」
「那你什麼時候曾經遞這種紙條給她？」
「只有在通知她地點的時候。」
「比方說春日經濟研究所嗎？」
「對，紙條上寫了見面的地點。」
「你在第一次開庭的意見陳述中說，你和三木之間的特殊關係是個人問題，與採訪沒有關係，真的是這樣嗎？」
森檢察官露出嘲諷的冷笑。
「關於這個問題，我已經說過了。」
「你認為她為什麼會答應把文件帶出來給你？」
「可能是因為我每天都去安西審議官辦公室，彼此都很熟了，讓她感到放心的關係。」
「所以你很有自信，認為只要你開口拜託，三木就會答應嗎？」
「因為我們之前就很熟了。」
「如果你是因為彼此關係很熟才拜託她，難道沒有想過直接拜託安西審議官嗎？」

「對我們記者來說，不管審議官或事務官都一樣，都只是採訪對象而已。」
「我是在問你，既然你和安西審議官的關係不錯，應該也可以拜託他給你看一下機密資料，作為你寫報導時的參考。」
「當時我對機密文件並沒有太多的瞭解，只是希望三木女士可以提供某些值得參考的資料。」
「罷工那一晚之後，你們又在五月二十二日發生了第二次關係，你立刻要求她拿文件給你。對一個男人來說不是很難以啟齒嗎？你還真說得出口。」
森檢察官的問題越來越露骨，似乎刻意讓人對「特殊關係」留下深刻印象。
「和三木女士聊天時，我發現她對相關情況都很瞭解，所以就順勢拜託她了。」
「三木沒有拒絕嗎？」
「我很尊重對方的選擇，從來沒有強求過，也從來沒有用強迫的方式施壓。」
弓成努力告誡自己要冷靜，他的回答削弱了森檢察官的氣勢。森檢察官氣鼓鼓地問：
「所以你們的特殊關係，只是逢場作戲嗎？」
「我沒有必要回答這種問題。」
「當男女之間有特殊關係時，通常都是女人比男人在社會和家庭中的處境更加為難，你是不是利用了三木的弱點？」
「這個問題剛才已經問過了，況且你根本搞錯了問題的重點。」

面對檢方一次又一次不懷好意地重複相同的問題，弓成終於忍無可忍地加以反駁。森檢察官咬牙切齒，旁邊的資深檢察官制止了他，自己起身發問。

「你跑外務省線的時候，在報社內部拿過幾次獨家報導獎？」

資深檢察官的問題有點出乎意料。

「不計其數，但我覺得回答這個問題沒有意義。」

「有沒有意義不是由你決定的。在報導那些獨家新聞時，有沒有讓消息來源曝光？」

「沒有。」

「你當初是基於怎樣的想法把文件交給社進黨的橫溝議員？」

「兩者有什麼關係？」

「你以前使用過這種完全沒有約定任何條件，透過他人把文件交給根本不熟的國會議員的方法嗎？」

「異議！」

大野木律師厲聲打斷了他的問話。

「檢方對辯方的異議有什麼意見？」

本山審判長問。

「這和本案並非不相關，而是有重要關係。」

資深檢察官挑了一下淡淡的眉毛。

「有什麼關係？」

繼大野木之後，律師團中最年輕的西江律師也問道。辯方在事前溝通時決定極力避免檢方問及橫溝議員的問題。資深檢察官露齒一笑說：

「如果辯方認為與本案無關，請解釋一下為什麼被告三木坐在這裡？」

然後，他故意看向低頭坐在被告席上的三木昭子，旁聽民眾也跟著望向她。三木感到無地自容，緊握著手帕顫抖不已。

「三木女士是因為檢方不當起訴才會坐在這裡。」

西江白淨的臉上迸發出怒氣。

「同意辯方的異議，請檢方改問其他問題。」

本山審判長作出了裁決。檢察官點了點頭，沒有繼續追問下去。

「你是用什麼方式保管本案的電文？」

「這是我私人的問題，我認為沒必要回答。」

「那我問一下一般的情況。當你從重要的消息管道拿到寶貴資料時，是以記者個人的判斷加以保管，還是保管在報社？」

「我也不認為有必要回答這個問題。」

面對和案件本身無關的問題，弓成用強硬的語氣回答。

檢方的訊問幾乎沒有觸及國家機密的核心問題，始終圍繞著起訴書中所寫的有關下半身的低劣問題。

接著，由本山審判長親自訊問。

「被告，你第一次請被告三木拿文件給你時，要求她拿哪些文件？你儘可能正確地描述一下。」

「我記得當初請她挑選與沖繩回歸談判相關的文件。」

「你有沒有預料會是怎樣的文件？」

「當時並沒有想那麼多。」

「有沒有說過要被告三木拿愛池和梅楊會談的相關文件？」

「有。」

「當時有沒有特別說什麼？」

「不，並沒有特別說什麼──」

「你在檢方的筆錄上提到，有特別叮嚀要請求權相關文件。」

「因為我認為在雙方的會談中，這是很重要的議題，所以並沒有另外特別要求。」

本山審判長對於井狩、史奈德會談和愛池、羅傑德會談也問了相同的問題。

「起訴書上提到你要求機密資料、機密文件，你在拜託她的時候有沒有提到『機密』的字眼？」

「我沒有提到『機密』的字眼，當時並沒有特別指定，但之後也許……」

弓成停頓了一下，似乎在回憶，右陪席法官探出身體，直視著弓成問：

「所以當被告三木拿電文給你時，你有感到意外嗎？」

從第一次開庭至今，這是右陪席法官第一次親自發問。

「沒有感到意外，只覺得我果然沒有猜錯。」

「也就是說，你看到愛池和梅楊會談的電文時，發現上面記載的事項很接近你的懷疑嗎？」

「對，我之前就認為日本政府代為支付這筆款項，從電文的脈絡來看，和我的猜測不謀而合。」

「所以完全符合你的猜想？」

「是的。」

法官訊問結束時，不知道是不是因為人太多導致冷氣功能不佳，法庭內突然變得很悶熱，弓成也因為緊張的關係流了滿身的汗。

連續的雷聲震得法庭的玻璃窗吱嘎作響，在異常的氣氛中，三木昭子在下午開庭後，站上了證人席。

她在麻質短袖套裝領子上戴了一個小型珍珠胸針，一身拘謹的裝扮，神情看起來比上午更加疲勞。

坂元律師緩緩地站了起來。

「第一次開庭時，妳也是在這裡陳述的。」

「是的。」

三木輕輕點頭。

「當時，妳陳述了全面承認起訴事實的意見，之後有沒有改變想法？」

「沒有。」

「妳或許會被判有罪，妳作好了心理準備嗎？」

「是的。」

「妳對之前的行為有什麼反省嗎？」

「因為這起事件，給照顧我多年的外務省長官和我丈夫帶來了很大的困擾，我為此深感歉意，並深刻反省。」

「妳以前的同事，過去也是安西審議官辦公室事務官的山本勇先生現在人在哪裡？」

「聽說他退休，離開了外務省。」

三木語帶哀傷地回答。

「我聽說妳經常嘆息自己為什麼做出這種事。」

「對，現在回想起來，真的覺得是一失足成千古恨。」

「妳的意思是因為大意才會發生這起事件嗎？」

「是的。」

「妳在遭到逮捕的幾天後就遭免職，妳是在哪裡收到人事命令的？」

「──在警視廳。」

三木用手帕掩著嘴，似乎在壓抑內心的激動情緒。她的哀傷令始終用好奇目光看著三木的旁聽民眾忍不住產生了憐憫。

坂元律師成功地營造了三木值得同情的印象後，繼續訊問。

「遭到解聘後至今，妳是靠什麼生活的？」

「我先生有房子出租，目前靠房子的租金和我在坂元法律事務所打工的薪水生活。」

三木說出了事先練習的答案。

「妳在我的事務所打工時，我有沒有監視妳的行動或是禁止妳外出？」

「沒有。」

「妳外出的時候曾經有婦運人士來到事務所，拿來一些希望妳在法庭上奮戰的宣傳單和為妳募的款，不知道妳對此有什麼看法？」

「我和她們的想法不太一樣，也透過你把募款退還給她們了。」

「妳目前最大的希望是什麼？」

「希望這場官司早日結束，世人早日把我遺忘，我可以過平凡的生活。」
三木嚴肅地回答了坂元律師希望法官可以達到酌情減刑目的的訊問。
接著，森檢察官站了起來。
「在上午開庭時，被告弓成說和妳感情很好，除了你們之間的親密關係以外，妳對他有特殊的感情嗎？」
「雖然他一再這麼強調，但我聽了感到很納悶。他只是出入外務省高官辦公室的大牌記者，我對他並沒有特殊的感情。」
她的態度和前一刻深感悔恨的柔弱態度有著微妙的不同。
「可不可以用一句話形容一下被告弓成？」
「和其他記者相比，我覺得他很可怕。」
「被告弓成一直聲稱你們感情很好，是不是指他去安西事務官辦公室時，妳的態度都很親切？」
「對，因為他每次問我安西審議官在不在辦公室時，我都會很親切地回答。」
她回答的態度好像能幹的事務官。
「妳丈夫是怎樣一個人？他對於妳的行為——」
「庭上，異議！被告的丈夫坐在旁聽席上，我認為不適合訊問這個問題。如果要問，必須採取相應措施，讓三木女士可以在自由的立場上表達意見。」

大野木律師基於道德上的考量，提出了異議。
「三木，剛才森檢察官問妳的問題，妳丈夫在或不在，對妳的回答內容有影響嗎？」
本山審判長問。
「沒有影響。」
三木回答得很乾脆。
「那就請妳回答。」
「外子個性耿直、拘謹，他深愛著我，再加上我出門工作的關係，所以，他對我的日常行為的關心超出了正常程度……也許是因為他覺得我出門在外很危險，所以會詳細打聽和調查我在外面的行為。」
聽到「調查」這兩個字，旁聽席上的人開始有了一些聯想。
「當妳晚歸時，妳先生會抱怨嗎？」
「當然。」
三木明確承認了丈夫對她的愛。
「所以，妳先生並不知道妳和被告弓成之間的特殊關係嗎？」
「對，我很小心謹慎，不讓他察覺。」
三木昭子全盤承認了起訴書的內容，檢方幾乎沒有問題要問。

本山審判長注視著三木問：

「妳當初為什麼會把井狩和史奈德會談資料交給被告弓成？是他特別指定的嗎？」

「我記得他好像有向我提過，史奈德公使來到日本，可不可以給他看一下會談的資料。」

「他在拜託時，有沒有提到『機密資料』這幾個字？」

「……我記不太清楚了。」

三木第一次含糊其詞。

「我有幾個問題想要請教。」

戴著銀框眼鏡的《每朝》律師團長伊能猛然站了起來。

「妳是在五月二十四日第一次把電文交給弓成先生，當時的地點是弓成先生指定的嗎？」

「……這……因為弓成先生打電話說要和我見面，卻一直沒有指定地點。我擔心會引起坐在對面的山本事務官的懷疑，就說出了之前去過幾次的新大谷飯店的酒吧。」

雖然檢方一再強調弓成用強硬的態度教唆，伊能律師卻成功地加以反擊，當初是三木指定了見面地點。

「八月下旬，弓成先生去美國出差期間，妳用快遞寄了資料給他。請問妳寄了幾次？」

三木的表情歪曲起來。

「一次。」

「不，不止，正確地說，是兩次。」

「是嗎？」

三木很快恢復了鎮定，冷靜地回答。

「是弓成先生拜託妳的嗎？」

「我想應該是。」

「弓成先生有告訴妳美國的收件地址嗎？」

「我記得是這樣。」

「那妳為什麼向《每朝新聞》的政治部打聽？」

三木無言以對。

「我問完了。」

伊能結束後，法庭為眼前意想不到的發展騷動起來。

三木昭子垂頭喪氣地坐回後方被告席角落，似乎想離弓成越遠越好。

「三木女士，要不要幫妳叫醫生？」

坂元問。三木用力搖頭，用手帕捂著臉，但她根本不像是真的在哭。

弓成似乎看到了隱藏在三木昭子體內的魔性。

※

盛夏的湘南海岸到處都是來海邊戲水的遊客和五彩繽紛的海灘傘。

弓成遠離家人，獨自在松樹的樹蔭下躺成大字。雖然他戴著大墨鏡，還把寬簷草帽蓋在臉上，但刺眼的陽光還是滲進眼中。

被告訊問終於在日前結束了，他好不容易擺脫了緊張，很想安靜地過日子，但今天在兩個孩子的央求下，由里子開車帶一家人來到湘南海邊。

由里子的妹妹芙佐子夫妻以及姊妹倆的表哥鯉沼玲都在海邊玩水。

一行十人游了一會兒後，坐在海灘傘下喝冰涼的檸檬水，幾個孩子都樂壞了，纏著平時很少陪他們玩的父親。芙佐子的丈夫是醫生，平時都很晚才回家。幾個孩子在海灘傘下玩了一陣子之後，又跑去海邊玩耍，由里子和芙佐子互相擦著防曬乳，在泳裝外披了件衣服。自從弓成出事之後，芙佐子的丈夫就很注意弓成的健康，但是他向來沉默寡言，於是剛從雪梨的都市開發現場回來的建築師鯉沼玲成了話題中心。

弓成感覺格格不入，獨自找了一個無人的地方躺下來，昏昏沉沉地睡了一下，前一刻才被熱醒了。

「亮太，原來你在這裡睡午覺。」

頭上響起一個聲音，弓成拿開草帽一看，發現是鯉沼玲。不知道是不是剛去游過泳，他緊實的手臂和胸毛上滴著水珠。

「太陽快曬過來了，小心中暑。」

濃眉大眼的鯉沼玲雙手放在據說是在義大利買的花稍泳褲上，面帶微笑地對弓成說。

「你不用管我，我在自得其樂。」

弓成不耐煩地打斷了他。

「這怎麼行呢？難得一家人出門，你怎麼可以自得其樂？小洋和小純因為你不陪他們玩，覺得很無聊，所以剛才我帶芙佐子妹妹的三個孩子和你的兩個兒子，一起去海裡玩了一下。」

「什麼？去海裡玩？」

弓成猛然坐了起來，草帽和墨鏡都飛走了。

「他們還是小學生，你不要亂來。」

弓成基於父親的保護本能大聲責備。鯉沼玲聳了聳肩，在他身旁坐了下來。

「你不必擔心，由里子妹妹也一起下水了，那兩個比較小的孩子一跳下水就被阻止了，由里子看著他們。他們早就已經游完了，現在正在撿貝殼呢！我們從小在湘南長大，熟悉水性，身體自然會瞭解潮流和水深。」

鯉沼玲若無其事地說，弓成忍不住火冒三丈。

「你們熟悉水性，也只是你和由里子、芙佐子三個人而已。況且，你不是在雪梨忙著都市開發嗎？居然有空一起來海邊玩。」

弓成挖苦道。弓成只有在和由里子的婚禮與洋一第一次過七五三節時見過鯉沼玲兩次，而且一開始就看他很不順眼。雖然他跟由里子同年，彼此很熟，但居然在自己這個丈夫面前開口閉口都叫「由里子妹妹」，這種神經大條程度讓人不敢恭維。

鯉沼玲對弓成的挖苦絲毫不以為意，仰望著積雨雲翻滾的天空說：

「這麼熱的天氣，我也不想回日本，但因為國際玻璃展在晴海舉辦，我是來找雪梨的大廈要使用的建材。我向來認為建築是機能和文化的融合體，所以對建材十分講究。」

鯉沼玲身為建築師，曾經在歐美各國的設計事務所累積了很多經驗，目前是波士頓一家設計事務所的建築師，曾經多次參加國際競標。他自由奔放，投入自己熱愛的工作，渾身散發出男人的魅力。弓成忍不住對他產生了嫉妒。弓成因為這起事件被戴上手銬、留置在拘留所，人格受到嚴重摧殘後，自信和積極早就喪失殆盡。

「亮太，要不要一起去八雲舅舅家吃晚餐？我相信他一定會很高興。」

「我不去了。」

弓成立刻拒絕。鯉沼玲沉默了片刻。

「你真差勁。」

他突然開了口，好像狠狠地甩了弓成一記耳光。弓成怒目相向地反駁：

「不關你的事，不需要你插嘴！」

「是嗎？每個人都應該體諒別人，其實我大概能理解發生在你身上那起事件的本質，但這和由里子妹妹承受了一輩子難以癒合的傷，以及你的岳父、岳母在暗中流淚是兩碼事。而且就算他們希望你能對此事有所交代，你也應該先去八雲家向他們道歉。你卻沒有這麼做，一切都丟給由里子妹妹去處理，我不知道你是不負責任還是膽小鬼，總之，我對你徹底感到失望。」

鯉沼玲的一雙大眼充滿怒氣，他說完想說的話後，起身離開了。弓成恍然大悟，從他不尋常的態度中感受到對自己的責難和對由里子的不捨。

「爸爸，你快來打西瓜。」

洋一跑了過來。或許這一年來，他這個父親幾乎無暇好好觀察兒子的身體，現在才發現兒子好像突然長高了，感覺不像是小學五年級的孩子，但修長的手腳感覺很可愛。

「好，爸爸一棒就可以把西瓜打成兩半。」

弓成撿起掉在旁邊的草帽和墨鏡，握著兒子的手，沿著冒著熱氣的海灘，走向妻兒等待的海灘傘。

❊

秋日的陽光照進了《每朝新聞》的高階主管會議室內，副社長、主筆和編輯局長正在聽取三名律師團律師的報告。

九月十七日，檢方已經具體求刑，一個月後的昨日和今日是辯方的最終結辯，庭審程序已經結束。自從去年十月第一次開庭至今，歷經了整整一年的庭審。

「明年一月三十一日將會判決，這是一場沒有前例的高難度官司，但你們代替本報社表達了應有的主張，我們對此深表感謝。」

政治部出身的副社長向伊能、高槻和大野木道謝。坐在副社長兩側的主筆、編輯局長也紛紛低頭表達感謝，他們是為這起事件引咎辭職的久留和牧野的繼任，因此和這起事件之間有一點距離。

「從第一次開庭至今總共開了十七次庭，不知道各位對判決有什麼看法？」

在《每朝新聞》的黃金時代赫赫有名的副社長雖然個子不高，但一雙細長的眼睛炯炯有神。

「我們自認為這一仗打得很漂亮，但問題是判決沒有下來，誰都不知道結果，所以也不能太樂觀。」

律師團團長伊能小心謹慎地回答。

檢方在九月的論告求刑時，對前事務官三木昭子具體求處十個月徒刑，求處弓成一年的徒刑，不難看出檢方對弓成的嚴厲態度，對三木則手下留情。

伊能律師看著正前方的副社長說：

「我們在這場官司最大爭議點的密約問題上已經百分之百獲勝，審判長似乎認為採訪雖然是記者的正當業務，但採訪方式上似乎有違倫理，因此，會如何反映在判決上就……所以，我才會說也不能太樂觀。」

副社長一臉悵然地摸著下頦。

「果然是這樣。但從我們記者的角度來說，如果不教唆就根本沒辦法採訪，若果真因此遭到判刑的話，就是大問題了。大野木律師，你說對嗎？」

「你說得完全正確。不正當的機密不僅不應該受到保護，而且在弓成拿到電文時，電文內容幾乎已經是眾所周知的事實，用違反國家公務員法加以處罰這件事本身就有問題。辯方在審理過程中，一直強調這一點。」

手拿原子筆的大野木點頭表示同意。

在五位律師組成的律師團中，曾經當過檢察官的高槻律師在男女問題上的想法最保守，他偏著已有許多白髮的頭說：

「雖然不能說是不當教唆，但不能否認，弓成的確利用了和三木事務官之間的男女關係，當然，這與檢方強調的心理壓迫和強制是兩碼事。我相信法官也發現三木對這段冒險的戀愛樂在其中。」

和開庭之前的準備時期相比，他的想法軟化了許多。

「但我們在法庭上極力避免與三木女士正面交鋒，這一點應該受到了肯定。」

大野木內心帶著自負說道。《讀日新聞》的記者山部和同業的律師都認為，如果不針對三木的異性關係加以攻擊，證明她並不是男人的傀儡，很可能在官司中敗下陣來，但律師團認為不能這麼做。

「三木女士的賠償費問題會由年輕的律師出面去談嗎？」

副社長問。三木的律師坂元曾經多次在法庭上指責，三木因為弓成遭到外務省懲戒免職，生活陷入困頓，《每朝新聞》除了支付一百萬作為眼前的生活費以外，完全沒有展現任何誠意。但在官司期間討論賠償費的問題，可能引來不必要的猜疑，所以《每朝新聞》的律師團始終沒有採取積極的行動。

「關於這件事，目前已經結審，不需要再有什麼顧慮，我會負責與坂元律師交涉。」

大野木接下了這個任務。

「那我們就放心了。我會交代總務局長，那就萬事拜託了。」

副社長再度欠身道謝。一切都由副社長主導，主筆和編輯局長只是在一旁附和。

三位律師要回法律會館參加發表會，他們一離開，一直欠身道謝的副社長立刻露出不悅的表情，看著編輯局長問：「弓成有沒有什麼表示？」

「您的意思是……？」

編輯局長沒有繼續說下去，似乎在揣測副社長的心思。主筆機靈地問：

「副社長是在問辭呈的事吧？他有沒有遞辭呈？」

「不，目前還沒有……」

「他總不能一直休假吧！無論判決會出現什麼結果，都必須處理他的出處進退問題。」

副社長的言下之意，就是要乘這個機會解決弓成。

「但是以他的個性，他會乖乖遞辭呈嗎？必須找一個適當的人把鈴鐺掛在貓的脖子上。」

編輯局長一臉為難的表情。

「假設他獲判無罪，硬逼他辭職的話，工會恐怕不會善罷甘休，同時也要顧及當初和我們一起聲援『知的權利』的他報立場。《旭日》、《讀日》等競爭報社的記者也都在法庭上挺身作證，聲援弓成。」

他的態度也猶豫不決。

「但如果不在一審判決後處理，就會錯失解決他的機會。無論這場官司誰輸誰贏，檢方和被告都不可能接受判決，一定會上訴到最高法院。《每朝》已經因為訂閱量下滑造成經營不振，不可能讓弓成一直留在報社。我知道會有一番風波，但不妨說服他主動辭職，只要是他自己的意思，別人也沒什麼好說的。」

副社長冷酷地表達了報社的態度。

新宿京王飯店四十五樓的酒吧，可以眺望漆黑夜空下，像寶石般璀璨的都心夜景。

「那就是東京鐵塔吧？白天的時候，只覺得是很粗陋的鐵塔，但現在覺得好美。」

三木昭子喝了一口淡琥珀色的側車雞尾酒，難掩沉醉地說。她穿著一身粗呢套裝，深V領胸口上掛的南洋珍珠鍊墜宛如融合了肌膚顏色般，發出妖媚的光澤。

《潮流週刊》的記者松中穿著一身剪裁合身的西裝，坐在她對面，面前放了一杯略帶藍色的琴蕾雞尾酒。

他們看起來和周圍在燭光前相依相偎、竊竊私語的情侶沒什麼兩樣。

「早知道妳這麼喜歡這裡，我應該早就帶妳來的。」

松中露出沉靜的笑容說道。

「這家飯店剛開幕，引起很多討論時，我和弓成先生曾經搭計程車經過。我隨口嘀咕了一句，說很想進來看一看，他卻很不耐煩地打斷我說『以後再說』，讓我覺得很掃興。」

三木把雞尾酒拿到嘴邊，呵呵笑了起來。

「原來有這種事，這件事充分反映了你們之間的關係，我可以寫在報導中嗎？」

松中仍然面帶沉靜的笑容問道。

「沒問題啊，因為這是事實嘛！」

她用纖細的手指抵著染成粉紅色的臉頰，點了點頭。

「新年過後，三十一日就要判決了，妳會不會緊張？」

「我已經全面認罪，沒什麼可以失去的。而且這五個月來，我經常和你見面，把內心的想法一吐為快，也終於擺脫了以前的那分寂寞感覺。」

「對，我記得第一次見到妳時，妳滿臉愁容。」

松中俯視著夜晚的街道，回想起之前造訪坂元法律事務所離開後，三木從後面追了上來，遞給他一張小紙條，上面寫著坂元夫妻出門的日期。

一直想趁坂元律師不注意時，找機會接近三木的松中，作夢都沒有想到三木會主動和他接觸。他難掩激動，但還是忍不住揣測她的真正用意，因為通常處於緋聞漩渦中的女人，不可能主動接近惡名昭彰的《潮流週刊》。

松中十分小心謹慎，為了方便三木從事務所溜出來，他們約在離坂元法律事務所不遠的大馬路旁的咖啡館見面。

當咖啡送上來時，一身樸素打扮的三木低著頭，用幾乎聽不到的聲音說：

「為被告訊問進行的演練已經讓我忍無可忍了，檢方和律師團真的會問誰先脫內褲、誰在上面這種事嗎？」

「不可能啦！坂元律師只是假設最糟糕的情況，做好萬全的準備，以免妳到時候會在證人席上不知所措。姑且不論檢方，對《每朝》的律師團來說，妳是他們的消息來源，他們應該不至於傷害妳吧？」松中安慰道。

「那就好……如果繼續進行這種演練，我就要發瘋了。在被告訊問後，我想辭去坂元事務所的工作，但一時又找不到其他工作……」

三木說著，用手帕掩著嘴啜泣起來。松中很擔心其他客人以為是他把年長的女人惹哭了，覺得坐立難安。

「我很希望能夠幫妳安排工作，但我只是一個週刊記者……我能做的事，無非就是向妳瞭解無法在法庭上陳述的事件全貌，將之公諸於世。」

松中委婉地說出了內心話。三木的一雙淚眼看著咖啡杯不發一語，然後，終於抬起頭說：

「其實我那天叫住你，正是為了這個目的。」

她一改前一刻柔弱女人的表情，露出下定決心的美麗臉龐。松中對她的堅強感到有點畏縮，但確信她背後沒有人在操控。那天之後，他們瞞著坂元律師每週見面一次，之後減少為每個月見兩次面，讓三木話說從頭。三木說話條理分明，可以直接寫成文章。

當他確信自己掌握了超乎原本預料的大獨家時，立刻向總編報告，就連曾經身經百戰的悍將總編也驚訝得愣住了。松中在持續採訪時，很擔心消息會傳入進出編輯部的獨立記者耳中，照常進行每週特集報導的採訪和寫稿工作。

松中最擔心三木被其他雜誌搶走，但他真心誠意地對待三木，努力贏取她的信賴，再加上三木也決定只讓一家雜誌報導自己的事，所以他們之間始終保持良好的關係。

「你的稿子應該已經寫好了吧？」

三木喝完杯中的雞尾酒，眼神中帶著沉醉，看向松中。

「對，接下來就看在什麼時機刊登，或許還會稍微修改一下，但無論做出怎樣的判決，內容都不會改變。下個星期我會拿給妳做最後確認，到時候，可能要拍幾張照片。」

「會有攝影師和你一起來嗎？」

「不，採訪妳的事在編輯部的內部還是機密，所以由我幫妳拍照。我的攝影技術很高段，所以請妳放心。我們已經見過這麼多次面，我知道從哪個角度可以拍出妳的獨特氣質。」

「那我要好好打扮一下囉？」

三木語帶雀躍地問。松中說：

「我想拍出妳擁有『外務省第二把交椅的事務官』這種罕見頭銜的感覺，所以不需要特別——」

接著，他面帶笑容地說：

「等日期決定後，我會盡快與妳聯絡。因為要拍照，所以不能像以前一樣約在咖啡館見面，要找一個不容易引人注目的地方。今晚我會叫計程車送妳回家，妳可以再喝點雞尾酒，讓心情好好放鬆一下。」

「我家在厚木，坐計程車太遠了。」

之前，松中每次都從咖啡館送她到最近的車站。

「我知道，但難得一次，沒有關係。妳有點醉了，我送妳回去。」

「啊？」三木在燭光下露出動搖的表情，但松中一臉嚴肅地叫來服務生，又點了續杯的酒。

松中不僅查清楚三木昭子的住處，還拿到了她的戶籍謄本，做好了萬全準備。他叫計程車送她回家，只是想瞭解她住家附近的情況。

深夜的東京越來越璀璨。

＊

昭和四十九年的新年過後，在距離判決日還有一個星期的深夜，弓成盤腿坐在書房的桌後瞑目靜思。

兩坪多大的書房內放了一張從臥室搬來的床，加上堆滿了開庭資料和平時閱讀的書籍，空間變得很狹小，散發出一股淡淡的寂寥。

雖然房內有暖器，但這裡儼然是一個失去溫暖的房間。平時他總是獨自喝燒酒到深夜，今天只有在晚餐時喝了點酒而已。

妻兒已經入睡了。除了嚴冬的寒風不時吹得遮雨窗發出咔答咔答的聲音以外，家中寂靜無聲。一想到判決的事，弓成雖然早就作好了「人為刀俎，我為魚肉」的心理準備，但還是心神不寧。

在判決出爐之前，他希望找機會和由里子溝通。他從昨天就在努力找機會，洋一和純二兩人在學校上課的時候，他數度用眼神追隨由里子的身影。雖然他們生活在同一個屋簷下，但或許因為夫妻之間很久沒有好好交談了，他始終找不到機會。

明天一定要找機會說。弓成下定決心後，把桌上的東西統統挪到兩側，打開硯台蓋子，緩緩磨著墨，重複著單調的動作，心情也漸漸平靜了下來。

磨好墨之後，弓成抽出壓在資料下方的信箋，用小楷筆蘸取足夠的墨汁，開始揮筆。

辭呈。因個人生涯規劃——雖然他不願意用這種老掉牙的理由，但除此之外，找不到適當的字眼。

他在日期欄留空，確認墨汁乾透後，摺成三摺，裝進白色信封。

這是他久經煩惱與思考的結果，照理說，應該不會再有任何躊躇，但是當他寫完之後，覺得千頭萬緒湧上了心頭。他在學生時代就決定要當報社記者，進入報社後，也認為這是自己的天職，全心投入工作，沒想到當記者工作越來越得心應手之際，卻要寫辭呈。為此，他深感挫折。

「老公，你還沒有睡嗎？」

拉門外傳來由里子的聲音。因為由里子已經很久沒有這麼晚來找他了，所以他忍不住問：

「發生什麼事了？」

他把裝了辭呈的信封放進抽屜裡。拉門稍微打開了一條縫，身穿睡袍的由里子一臉擔心地探頭進來。

「天氣這麼冷，你這麼晚還不睡，小心感冒。我煮了葛粉茶，你喝一點暖暖身體，早點睡吧！」

由里子說著關上了拉門，將放在托盤上還冒著熱氣的葛粉茶遞給他。

「謝謝。」

弓成接過托盤，認為現在正是和由里子談話的好時機。

「妳坐吧！」

由里子將一堆報紙推到旁邊，坐了下來。

「關於判決，律師認為會被判無罪，但判決沒有下來之前，誰都不敢預測。」

弓成看著葛粉茶的熱氣說道。

「是嗎……？但我相信你會被判無罪。」由里子語氣堅定地說。

「不管判決的結果如何，折磨了妳這麼久，我深感抱歉。」弓成真誠地道歉。

「我記得妳之前在整理這間書房時，發現了機密資料，還曾經問我有沒有問題。」

由里子點了點頭。案發一年前左右，她在擦拭書架上的灰塵時，一份蓋了機密章的文件從資料夾裡飄落，掉在榻榻米上。她正準備把文件放回原本的資料夾時，發現並非只有兩、三份機密資料而已，不禁感到擔心，不經意地向弓成打聽了一下。

「當時，我雖然斥責妳不要干預我工作，但現在回想起來，當初應該虛心聽妳的意見。」

「我的確不應該過問你工作的事，但當時只是有一點擔心……沒想到事態會變得這麼嚴重……你是因為政治因素而遭到逮捕……」

向來表現得很堅強的由里子，說話聲微微顫抖著。弓成很想擁妻子入懷，撫摸著她的肩膀，卻無法伸出手，由里子也沒有撲進他的懷裡。他體會到自己和由里子之間出現了裂痕。

「除了判決以外，我還有另一件事想告訴妳。我打算辭去《每朝新聞》的工作。」

他告訴由里子，但沒有提及放在抽屜裡的辭呈。

「為什麼？你天生就是記者，是不是報社方面說了什麼？」

「不，目前還沒有人說什麼，但既然三木絕對會被判有罪，我就必須為此負起責任。」

「是嗎——？」由里子難過地嘀咕道。

「當記者是我唯一的生存能力，辭去記者工作後，我真不知道該如何生存。我不希望因為自己的選擇而連累妳，期盼妳可以過自由的生活。」
弓成努力用平淡的語氣說道。
「想到洋一和純二，我還沒辦法作出這麼痛苦的決定。」
由里子雖然為了兩個兒子著想，打算和弓成分居，但她更害怕因此破壞了一家人的感情。
「妳考慮一下。即使三十一日判決出爐，若對結果不滿意，我會提出上訴，檢方應該也有相同的打算。這場官司還有很長的路要走，我不想讓妳一直成為被告的妻子。」
由里子聽到丈夫堅定的語氣，不禁對他的未來感到擔憂，但她卻無法打破那令人難以靠近的凝重沉默。
「你早點休息吧──」
房內只剩下弓成一人，他終於忍不住潸然淚下。

＊

判決前夜，《每朝新聞》的稿子都已經陸續進來，為第二天的判決做好準備，大部分都是社會部記者寫的稿。社會部和整理總部攜手合作，無論弓成被判有罪還是無罪，都可以加以因應。
司法記者聯誼會的記者齊田正在報社租用的飯店房間內叼著菸，心神不寧地走來走去。

一個星期前，組長命令他寫一篇與判決有關的軟性新聞登在社會版頭條。硬性新聞部門㉑由每次都去法庭旁聽的副組長負責，而且他又經常參與精通法律的律師團討論，是別人難以取代的記者，但由於事關重大，更何況是自家報社的記者接受判決的官司，因此，刊登在社會版頭條的報導通常都由獨立記者撰寫。

「你說要寫法庭內外的情況，但到底該怎麼寫？」聽到組長的命令時，齊田不知所措地問。

「把你的感受如實寫下來就好。」

組長說得輕鬆，但自從那天之後，齊田就感受到沉重的壓力。他對政府和當局在這起事件中所扮演的角色產生了反感，但對於弓成的行為和報社的應對也無法全面贊成，因此，即使弓成被判無罪，他認為也不能在報導中高調地大肆慶祝。

到底該從哪一個角度落筆？不同於硬性新聞，軟性新聞需要結合記者的觀點。他絞盡腦汁，苦思惡想，在判決的三天前，他甚至暗中希望審判長病倒，導致開庭延期。

到了判決的前一晚，他還是不知道該怎麼寫，審判長也沒有病倒。

平時他抽菸並沒有抽得很兇，但他苦思了半天，仍然不知道該怎麼寫這篇報導，手上的菸也一根接著一根地抽，當他回過神時，才發現狹小的雙人房內煙霧瀰漫，兩個菸灰缸裡都堆滿了菸蒂。

門把突然發出喀答的聲響，門打開了。今晚和他住同一間房的獨立記者愛甲跑完夜晚的採訪行程回來了。

「怎麼回事？這麼多煙？」愛甲納悶地問。

「不好意思，我來開窗戶。」

齊田打開了位於報社後方的這家飯店窗戶後，愁眉不展地說：

「不瞞你說，上頭叫我寫關於弓成先生判決的報導，我不知道怎麼寫。」

愛甲在事件發生之前，就是在司法記者聯誼會多年的資深記者，他在四月一日的人事異動中成為獨立記者。弓成因違反國家公務員法遭到逮捕的當天晚上，愛甲被司法記者聯誼會組長找去徵詢律師團人選的意見時，齊田剛好就在旁邊。

「既然是因為違反國家公務員法遭到逮捕，就不能以檢察官出身的高槻律師為中心，如果《每朝》不積極爭取『知的權利』，根本沒辦法打贏這場官司。」

愛甲表達個人意見後，推薦了精通這方面的法律理論、在法界赫赫有名的優秀人才大野木律師，以及和大野木同一家律師事務所的山谷律師。

齊田第一次聽到「知的權利」，也第一次知道這是與憲法第二十一條言論自由相關的關鍵字，因此他在這位景仰的前輩面前，忍不住說出了自己的苦惱。

㉑日本的報紙或雜誌內，政治、經濟和財經部門為硬性新聞部門，娛樂、藝文部門為軟性新聞部門。

愛甲關上了窗戶，問齊田：「你對弓成事件有什麼看法？」

愛甲溫文儒雅，即使對年輕的記者，用字遣詞也很親切。

「這起事件的本質是沖繩回歸問題所衍生的密約問題，弓成先生為了讓民眾瞭解真相所進行的採訪具有正面意義，但在採訪過程中的男女關係，以及最終無法保護消息來源的結果，對記者來說很不利。雖然弓成先生是本報的記者，但我們在這個問題上不能假裝視而不見。」

他戰戰兢兢地說出了內心的真實想法。

「你可以根據這些想法寫報導。」愛甲平靜地點點頭。

「但這麼一來，會不會變成在批判《每朝新聞》？」

「即使出現這樣的結果，也是無可奈何的事。」

「明天上午十點開庭，假設正午結束，報導必須出現在晚報的早印版上。即使開庭結束後立刻衝出法庭，用電話報稿，時間也很匆促。如果報導內容批判《每朝新聞》，在編輯局引起問題，就會變成開天窗，或是趕不上早印版。」

齊田把內心的擔憂一古腦兒地說了出來。愛甲在床邊坐了下來，解開領帶。

「即使你在報導中指出《每朝新聞》的問題點，我認為也不至於會被抽稿，但萬一發生這種情況，你因此遭到處分或是降職，做為記者，也就值得了。況且，如果你受到處分，我恐怕也會一起被調職吧！」愛甲輕描淡寫地說。

這就是所謂的當局者迷吧！自己太幼稚了。雖然這起事件發生時，組長就告訴他：「不必在意報社的立場，用平常心採訪就好。」之後，他去法庭旁聽，也參加了關於言論自由的演講，隨著時間的流逝，對「本報社所發生的事件」這件事產生了過度的自我意識。寫出自己的信念——聽了愛甲的話，他終於認識到這一點。

✻

一月三十一日，外務省機密文件洩密案判決的這一天，審判長本山拓提前離開了位於阿佐谷的住家。

在早晨的強風吹拂下，小雨中夾雜的雪打在臉上，十分疼痛。他在妻子的目送之下，走到玄關，司機急忙下車，走過來為他撐傘。

本山戴著黑框眼鏡的雙眼露出溫和的笑意，右手拎著裝了判決文的公事包，走入司機為他撐起的傘下時，瞥了一眼圍牆上的鐵絲網。除了洩密案以外，他還是聯合赤軍案的承審法官，杉並警察署為了防止可疑分子入侵，特地在他家加裝了鐵絲網，並增加夜間巡邏頻次。

幾天前的某個晚上，讀高一的兒子的同學上門，不小心迷路了。好不容易到他們家門口時，立刻被兩名員警制住，兒子的同學大叫：「本山，救命啊！」結果左鄰右舍都聽到了，令人哭笑不得。

本山一坐上車，立刻問：「天候不佳，路上會不會塞車？」

從阿佐谷到東京地方法院不能走高速公路，只能行駛普通道路，通常需要三、四十分鐘。

「今天是月底，即使遇到塞車，您指定提早出門，九點左右一定可以抵達。」

司機估算了一下後回答。以前曾經發生過遇到連續追撞車禍，差一點無法及時在十點開庭之前趕到，結果只好用車上的無線電呼叫警車開路的情況。

本山將公事包放在身旁，對於短短一年三個月就宣判深有感慨。

由於本案是違反國家公務員法的案件，最高刑責為一年，所以當初決定由一名法官審理的獨任庭來承審，但鑑於是史無前例有關國家機密與「知的權利」的案子，臨時決定改由三名法官審理的合議庭審理。至於哪一個庭分到哪一個案子的事件分配，會按照受理的先後順序進行，以期公平。

合議庭內通常同時審理幾十件案子，形式上，法官都是獨立工作，不分上、下，平等地交換意見，最終由多數決做出判決。本山在所屬的第七庭內，與左、右陪席法官的意見都很一致，對於能夠審理這個無前例可循的案件都感到十分振奮。他每天在家裡閱讀從地上堆到天花板的龐大資料至深夜，並且與另外兩位法官充分交換了意見。

律師團在審理過程中正面討論了機密問題，其中有許多值得傾聽的意見。檢方也驍勇善戰，除了出庭的檢察官個人的力量以外，更可以感受到檢察總長所率領的檢察體系團結一致，維護國家威信的決心。

本山在審理這起案子的過程中絲毫沒有鬆懈，尤其在證人詰問時，為了對檢辯雙方提出的異議做出正確的判斷，必須隨時集中注意力，仔細聆聽詰問內容。這個案子充滿了其他案子所沒有的緊張感。

案子在去年結審後，他與經驗豐富的右陪席法官和剛滿三十歲的左陪席法官多次合議，幸好三位法官的意見沒有出現分歧，作出了一致的判決。本山陸續完成了判決理由，如今他的心境宛如明鏡止水。

沿途沒有遇到塞車，上午九點，本山的座車駛入了東京地方法院的正門。

本山拎著沉重的公事包，搭電梯來到三樓的法官辦公室。通常判決書在判決前一天就會交給書記官，開庭當天，坐上法庭的審判長席時，判決書就會放在面前。但這一次因為本山想要仔細推敲幾個地方，所以昨天帶回家修改。

第一庭到第二十六庭的辦公室在三樓的走廊兩側，本山所屬的第七庭位於走廊盡頭。推開辦公室的門，發現左、右陪席法官已經面對面坐在鐵製辦公桌後，司法見習生也坐在其他的桌旁。或許因為今天是深受全國矚目的大案子的判決日，辦公室內充滿著不同於平時的緊張氣氛。

本山審判長從公事包內拿出厚厚一疊判決書，交給另外兩名法官。他在昨晚推敲的地方貼了附箋，右陪席法官向他點點頭後，接過判決書，翻開了那一頁，畫著紅線的公文紙上是滿滿的鋼筆字跡。在判決文完成之前，他們曾經數度花上很長的時間合議，充分交換意見，所以清楚記得文中的每字每句。

在兩名陪席法官過目時，本山審判長望向窗外。雪已經融化了，對面法務省的紅磚建築佇立在冰冷的小雨中。

不一會兒，書記官來通知五分鐘後開庭。本山審判長和另兩名法官分別從置物櫃中取出黑色絲質法袍，套在西裝外，沿著不同於進辦公室時的後方專用走廊走向電梯。走廊的窗戶面對日比谷公園，窗上貼著反光紙，防止外人窺視法官的身影。這裡的專用電梯外人無法看到，只有地院相關人士、遭拘留的嫌犯和法警才能搭乘。

三名法官在七樓走出電梯，沿著專用走廊來到七〇一號法庭後方的合議室，細長狹小的房間內沒有窗戶，只亮著日光燈。

隔著通往法庭的厚門，可以聽到旁聽民眾的嘈雜聲。

「起立！」法警的聲音準時於十點響起。本山審判長與左、右陪席法官眼神交會後，打開了那道門。從合議室來到法庭，視野頓時變得開闊，可以感受到旁聽席上的熱氣。

三木和弓成坐在被告席上，兩個人之間有三公尺的距離。

本山審判長坐下後，溫厚的表情頓時嚴肅起來。

「兩位被告請上前，站在發言台前。」

一身深藍色西裝的弓成率先站在證人席前，身穿黑色洋裝的三木也踩著無力的腳步，隨後走到證人席前低著頭，和弓成之間保持一公尺的距離。這是第一次開庭後，他們首度一起站在證人席上，但兩個人之間的距離似乎越來越大。

事件發生至今一年十個月，從第一次開庭至今一年三個月，以前所未有的速度迅速審理完畢。法庭上，檢辯雙方出示各自的證據，針對民主國家的機密是什麼、該如何實現「知的權利」這兩個沉重的議題，展開了辯論。這場官司到底會如何判定？旁聽席上充滿緊張的寂靜，所有人都屏氣凝神地等待著這一刻。

「主文。

「處被告三木昭子有期徒刑六個月，自判決確定日起緩刑一年。

「被告弓成亮太，無罪。」

法庭內響起本山審判長的聲音，頓時打破了緊張的寂靜，震撼了整個法庭。

無罪——弓成努力克制著內心的激動。

森檢察官抿著嘴，《每朝新聞》律師團的五名律師神情嚴肅地望向審判長的方向。

本山審判長與左、右陪席法官交換眼神後說：

「判決理由很長，兩名被告可坐下。」

兩名被告分別坐回原來的座位。

「先宣讀被告三木昭子的判決理由。被告弓成，其中也有與你相關的事項，請仔細聽好。」

審判長看著弓成的眼睛，提醒他注意後，開始宣讀判決理由。

「首先是國家公務員法第一百條第一項〈機密洩漏罪〉中『機密』的定義，以及外交談判與以上機密的關係——」

本山審判長停頓了一下後，才繼續讀了下去。

「這裡所謂『機密』的定義，應解釋為實際值得作為機密加以保護的事項，也就是具備尚未公開的『非公開性』、有必要加以保密的事項。

「國家公務員法的目的，在於確保公務能以民主和有效率的方式加以運作，因此，必須解釋為一旦該事項洩漏，將對公務運作產生重大危險性。」

接著，本山審判長談及外交談判中會談的具體內容和實質機密性——

外交談判必須顧慮到第三國的立場和國際情勢，更需要適時實現國民整體的正當利益，同時，也必須充分維持雙方的信賴關係。

以締結條約和協議為目的的外交談判在簽約前，談判內容必須保密，這是國際慣例。如未經雙方同意而洩漏會談內容，有可能喪失對方國家乃至其他國家的信用。

本案中三份電文的內容均為沖繩回歸談判最終階段首腦級會談的具體內容，因此屬於機密文件，被告三木洩漏的行為違反了國家公務員法第一百條。

被告弓成的律師團主張三份電文的內容大部分已經由日本和美國的媒體加以報導，已是眾所周知的事實，核定為機密只是形式而已，但本院認定三份電文具實質機密性。

然後，本山審判長開始宣讀判決被告弓成無罪的理由。

「首先是教唆的意義和成立要件。」

他改用抑揚頓挫的語氣——

國家公務員法第一百一十一條的教唆罪係指慫恿公務員下定決心執行洩漏機密行為，該公務員產生執行的決心並加以執行的危險性的行為。

本院雖不認為被告弓成執拗或強行執行上開慫恿行為，但認同利用與被告三木的肉體關係進行慫恿，被告弓成的行為符合教唆的構成要件。身負公共使命的媒體記者，違背採訪正道的行為必須受到社會的譴責。然而，採訪對象沒有限制，記者想要採訪正確消息的熱忱和職業意識也在可理解範圍。被告弓成與被告三木之間的關係可在倫理上受譴責，但法律無法介入，因此，被告弓成的行為在手段和方法上雖缺乏正當性，但考慮其他各種情事（比方說，法益的比較衡量），其程度無法判斷為非正當性行為。

如果採訪行為被視為教唆洩漏機密的可罰性行為，雖可促使外交談判有效進行，卻削弱了藉由報導進行民主控制，媒體無法完成身負的公共使命，導致採訪活動萎縮，反而有損國家利益。

本案的沖繩回歸談判是全國民眾關心的大事，被告弓成的行為並無對談判有效進行造成重大、且不可恢復的不良影響的危險，電文內容已經由日、美的報紙在某種程度上加以報導，從實質機密性並不高的角度來看，被告弓成的行為並無上開危險性。

審判長花了兩個小時的宣讀終於結束。

法院承認了沖繩密約的確存在，認定電文具有實質機密性，判處三木有罪。同時，將機密保護和採訪自由進行比較衡量後，勉強判處弓成無罪。

「畢庭！」

隨著法警一聲令下，媒體記者紛紛跑向記者聯誼會內各家報社的電話。以報導、採訪自由為優先的判決，代表各報團結一致展開的「知的權利」運動獲得勝訴。

「弓成，等一下見。」

向來衣冠楚楚的前政治部司部長從已經空無一人的媒體席上，向弓成投以祝福的微笑。雖然弓成之前和他合不來，但在事件公諸於世前，檢警曾經請他到案說明消息來源，他始終都保持緘默。弓成的這起事件給司帶來了很大的困擾。他向目前擔任論述委員㉒的司點頭致意，然後走到三木昭子的面前。坂元律師用銳利的眼神阻止他靠近三木，但他在本案進入審理後，第一次面對三木昭子沒有化妝的憔悴面容。在三木不知是挑釁還是輕蔑的強烈視線下，弓成退縮了。

弓成在地方法院和律師團一起開完記者會，與報社公關人員一起回到報社後，獨自走進編輯局。編輯局內剛好響起通知晚報最終版截稿時間的鈴聲，位於編輯局中央的整理總部正在進行換稿等最後的調整工作。

「前輩，聽到你獲判無罪，真是太好了。」

在弓成離開之後，從外務省調到永田町記者聯誼會的清原起身跑了過來，似乎已經等了弓成很久。自從弓成尊敬的首席主編檜垣離開後，其他同事都對弓成敬而遠之，兩位主編也只是基於禮貌說：「太好了，晚報的頭版和社會版都大篇幅地報導了無罪判決。」似乎只是在為《每朝》的清白感到高興。

「弓成——」

編輯局長在辦公桌後大聲叫道。由於政治部長不在，弓成必須先去向他打招呼，他對清原說了聲：「你先回去記者聯誼會，我們有空再慢慢聊。」

接著，他走到編輯局長的辦公桌前。

「我相信會勝訴，報社也保住了顏面。」

㉒論述委員即專為報社寫社論和時事評論的人。

編輯局長充滿知性的窄臉上露出滿面和藹的笑容，瞥了會議室一眼，率先起身走了過去。弓成可以感受到編輯局內假裝漠不關心的所有人都同時在背後看著他們。

在只放了一個菸灰缸的單調會議室內，兩人面對面坐了下來。

「我剛才接獲消息，田淵首相對於這個判決表示尚可接受。另一名被告適用於公務員法，你的行為是採訪活動，這是很符合常理的判決。」

編輯局長原本負責經濟新聞，高層賞識他的精明圓滑，拔擢他成為牧野的繼任人選。他一開口就告訴弓成他打聽到的即時消息，弓成內心也鬆了一口氣。

「你可能想暫時休息一陣子，對未來有沒有什麼打算？」

編輯局長巧妙地改變了話題。

「我之前滿腦子都是判決的事，未來的事還……」

「是嗎？副社長在擔心你的未來，認為不妨在勝訴之際離開報社，另謀可以充分發揮你能力的高職……」

被迫執行為貓掛鈴鐺這項艱鉅任務的編輯局長有點心虛地說著，抬眼看著弓成。弓成對這種明顯在逼迫他辭職的態度感到屈辱，忍不住咬牙切齒。想當年，他自認為少了自己，政治部就無法運作，所以才早出晚歸地拚命工作，沒想到離開這個職場不到兩年，已經人事全非。

「我已經準備了辭呈。」

弓成說著，從西裝的內側口袋拿出白色信封遞給編輯局長。在判決當天，帶著辭呈出門是一件多麼痛苦的事。

編輯局長從用蒼勁有力的毛筆字寫著「辭呈」的白色信封內拿出便箋，看了內容後說：

「弓成，你真了不起。事件發生後，報社內有不少人對你冷眼相看，相信你受了不少委屈。今後希望你可以在不受拘束的立場充分活躍，即使檢方上訴，《每朝》和你是命運共同體，也會藉由報導繼續全面支持你。」

編輯局長可能大大地鬆了一口氣，立刻用開朗的語氣說道。

「麻煩您了。」

弓成行了一禮後，轉身離開了。

他故意用緩慢的步伐經過編輯局中央，走向置物櫃，仍然感受得到背後有很多充滿好奇的目光注視著他。

插入小鑰匙，打開置物櫃的門，裡面空空盪盪的。之前當記者時，置物櫃裡總是掛著一套喪服，以備不時之需。在之前的長假期間，他整理了置物櫃裡的衣物和資料，把記者證和出入國會的徽章裝進牛皮紙信封，小心翼翼地放在上層。想到一旦歸還後，自己就不再是記者，失去了頭銜，也失去了所有的保障，他的腿一軟，被推入萬丈深淵的恐懼湧上心頭。

「前輩——」

背後傳來清原擔心的聲音。弓成猛然回過神，趕緊露出鎮定的表情。

「你還沒走嗎？可不可以麻煩你幫我把這個還給庶務課？」

他將牛皮紙信封遞給清原。這個最後的拜託似乎有點淒涼。

「這……」

「我已經向編輯局長遞了辭呈，我對你充滿期待。」

「怎麼會這樣……昨天，安西先生出發前往華盛頓接任駐美大使。」

清原說道，試圖阻止弓成辭職。駐美大使是外務省最高官位，通常是曾經擔任過事務次長的人才能晉升到的最高榮譽職位。而安西沒有當過次長就能直接升任駐美大使，這人事安排應該是由小平外務大臣強力促成的。聽到這個消息，壓在弓成心頭的罪惡感稍微減輕了，但在感到鬆了一口氣的同時，對於自己周圍的人紛紛擔任了重要職務更產生了一種孤獨感。弓成沒有對清原多說什麼，大步離開了編輯局。

❊

大手町車站內的便利商店前面擠滿了準備去公司的上班族，這些人潮都是要購買今天早上上市的《潮流週刊》。

週刊封面上大大地印著「外務省機密文件洩密案　『我的告白』三木昭子」的標題。昨天才剛判決，今天各大報的早報上都刊登了《潮流週刊》的大篇幅廣告，民眾在還沒被放在商店前面的廣告吸引前，就紛紛前往購買了。

《潮流週刊》的記者松中豎起大衣的領子，欣賞著眼前的景象。

從去年初夏開始，他花了半年多時間，發揮了極大的耐心，小心謹慎地持續採訪三木昭子，寫完報導後，與總編和主編三人屏息等待刊登時機的努力終於有了回報。松中回想起這段如履薄冰的日子。在今天之前，他隨時都提心吊膽，擔心三木昭子會改變心意，也擔心不知道什麼時候會被其他雜誌搶先報導。雖然松中曾有多次做獨家報導的經驗，三木卻讓他絲毫不敢鬆懈。

這本在他眼前一本又一本飛速售出的雜誌樣本，前天深夜才從印刷廠送到雜誌社，除了社長和總編專用以外，印刷廠還多送了幾本。總編把仍然散發出油墨味道的樣本放在松中的桌上，難掩欣喜地說：「幹得好！這次絕對可以賣得一本不剩！」由於剛截完稿，編輯部內只有幾個年輕的記者，聽到總編的聲音，才知道自家雜誌社掌握了大獨家，個個都激動不已。

總編一聲令下，刊登了近來罕見的十頁獨家手記的當期雜誌，印量是平時的一點五倍，發行量增加到一百萬本。由於週刊無法輕易再版，因此，決定印量也是一項重要的關鍵。

那天晚上，他們在新宿的串烤店舉杯慶祝，激勵士氣。早印版在昨天送到時，松中忘了宿醉的頭痛，上午就前往三木琢也位於市川的家中拜訪。

「現在還可以修正嗎？」

松中遞上還沒有刊登廣告的早印版，琢也毫不掩飾臉上的不悅，盯著妻子身穿俐落套裝的半身照看了半天，然後才開始看內容。他比當初開庭時更瘦了，顴骨突出的蒼白臉上漸漸泛起紅暈。當他看完後，眼淚撲簌簌地流了下來。

「你寫得很好，也終於可以還她真相了。」

他由衷地向松中道謝。

接著，松中又前往飯田橋的坂元法律事務所。坂元一看到封面，立刻露出驚愕的表情，用手指蘸著口水迅速瀏覽了一遍，看完之後，嘆著氣說：

「你果然是一個很厲害的記者，我完全沒有察覺到你在採訪她。」

松中為多次上門拜訪，卻沒有為採訪一事事先徵求他的意見致歉。

「不，我不能責怪你。這份手記正是無法在報紙上呈現的事件真相，對我來說，也是很好的紀念。」

坂元律師向他道謝。三木昭子沒有上訴，判刑已經確定，坂元律師已經和這場官司沒有瓜葛，發自內心地為這份可以流大傳後世的手記感到高興。

松中在寫這份手記時，原本作好了挨告的心理準備，沒想到三木的丈夫和律師雙雙向他道謝，他的內心終於湧起了完成工作的充實感。

二月一日，車站便利商店的店員在刺骨的寒風中，解開新送來的《潮流週刊》的繩子，為書架上補貨。

松中曾經多次修改、補充手記的內容，那篇手記中的一字一句都浮現在他眼前。

他終於恢復了鎮定，靜靜地回味著全文。

外務省機密文件洩密案

等待判決以及離婚之際——

我的告白

三木昭子

兩年的光陰，彷彿帶走了我人生所有的一切。

假如我沒有被捲入震驚社會的所謂「外務省機密文件洩密案」，現在應該仍然是外務省極其平凡的女事務官，每天去霞之關上班，忙於整理資料和接電話。在外務省內，大臣、次長或是外務審議官的秘書都稱為隨侍秘書，如果沒有發生這些事，我現在仍然是「隨侍秘書」之一。

案發當時的上司安西審議官如果升為次長，我就成為次長的隨侍秘書，但也可能成為接任的新審議官的「隨侍」秘書。

不，不要再去想這些事了。這種空虛的想像想再多也無濟於事，即使被別人說成是愚蠢女人的感傷，我也無話可說。即使我現在仍然眷戀外務省，認為那是我「引以為傲的職場」，又有誰願意相信？我深深傷害了自己眷戀、引以為傲的職場，這已經是眾所周知的事實，我也因此受到了法律的制裁。

我的軟弱是這次事件的肇因。然而，這並非所有的原因，有一股更惡劣、更卑劣的力量假借「知的權利」之名困住了我。我無意為自己辯解，只是我希望利用這個機會，帶著向上帝懺悔的心情，把發生在我身上的可怕事實，連同我的軟弱一起說清楚。

我在十多年前認識了《每朝新聞》的記者弓成亮太，從第一眼見到他，我就覺得他是一個可怕的人。因為他渾身散發出一種咄咄逼人的感覺。在當時「霞之關記者聯誼會」的記者中，只有他和外務省高官的交情最好。

當時，外務省增設了外務審議官的職位，我成為首屆審議官的隨侍秘書。首屆審議官把中途聘用的我培養成一個合格的女性隨侍秘書。

這次的事件發生後，出現了一些風言風語，說我和那位首屆審議官之間有曖昧的私情。這不是事實。在外務省內，之前也曾經出現過這種傳聞，但我對首屆審議官有的只是尊敬與好感而已，他也把我當成女兒一樣照顧，他的兩位千金都已經出嫁，所以內心有一種失落感。偶爾在假日時，他會帶我去聽音樂會，或是請我吃飯，每次都教我一些用餐禮儀和交響樂的知識。在首居審議官卸下次長職務，升任駐歐洲的大使後，每星期仍然會寫兩封信給我。雖然別人以為是「情書」，但其實信中大部分都是要求我幫他處理一些私人的事。在他赴歐洲後寄來的某一封信中曾經提到「妳為我做的所有工作，對我來說宛如寶石」，這句話至今仍然令我難以忘記。

不久之後，我成為安西審議官的「隨侍」秘書。搬到新的辦公大樓後，弓成就開始頻繁出入審議官的辦公室。

當他來到辦公室時，我對他說：「請稍候。」然後打算詢問安西審議官是否願意和他見面，但他強勢地說：「不用了。」自顧自地走進了審議官辦公室。事實上，我發現安西審議官和弓成特別談得來，所以即使覺得弓成盛氣凌人、唯我獨尊，但仍然告訴自己：「不得怠慢他。」我只是因為工作的關係對他比較親切，弓成似乎誤認為這是我對他示愛。

我絕對忘不了弓成邀約我那天的事。昭和四十六年五月十八日，因為罷工的關係，我平時在霞之關搭的地鐵停駛了。

其實，這並不是弓成第一次「邀約」。那天之前，他不止一次地對我和另一位男同事說：

「平時經常承蒙你們照顧，改天請你們吃飯。」

然而，他從來沒有請過我們吃飯。我和同事經常開玩笑說：

「他是在開空頭支票。」
五月十八日，那張支票終於兌現了，他卑劣的「招待」也改變了我的命運。
罷工的那一天，弓成像往常一樣來到審議官室，問我和同事：
「你們是不是沒辦法搭車回家？」
我的同事說，他沒有關係，建議弓成送我一程。最初我拒絕了，但最後還是同意他送我到有樂町或東京車站，我可以在那裡搭國鐵回去位於市川的家。
弓成要先回記者聯誼會。我等了很久，都沒有接到他的聯絡，於是覺得後悔，早知道就自己走路回去了。到了七點左右，才接到他的電話，說車子已經等在東側大門了，那是每朝新聞社特約的計程車。當我到東側大門後，弓成也現身了。
「給你添麻煩了，請送我到有樂町或東京車站。」
我對他說道。車子在外務省前左轉後，駛向護城河的方向，沿途都在塞車，車子卡在車陣裡，幾乎動彈不得。
「我今天沒吃午餐，肚子餓了，不如先去吃飯吧？」
他突然輕聲說道。
「改天吧！」
我怕對我同事不好意思，所以拒絕了，但弓成很堅持。

「擇日不如撞日，我就今天請妳吃飯吧！」

我們在有樂町前的十字路口下了車，走進一家他熟識的餐廳，點了肉類的套餐和生啤酒。不知道是不是因為喝了酒的關係，他突然對我輕聲細語：

「妳是一個很有魅力的女人。」

現在回想起來，那是「惡魔的呢喃」。

「我第一眼看到妳，就很喜歡妳。我每天去外務審議官辦公室，其實是想見妳。妳真的很有個性，已經讓我欲罷不能。」

只要冷靜思考一下，就會覺得這些奉承話很肉麻，但當時聽到他說我很有個性，的確感到有點飄飄然。

然而，我是有夫之婦。我丈夫對我的作息很嚴格，也很嚴厲，即使他平時沒有說什麼，但他會隨時記錄我回家的時間和回家時有沒有喝醉。我很想早點回家，但弓成提出：「再去喝一家。」然後攔了一輛計程車。

結果，我們去的地方既不是酒店，也不是酒吧，而是在住宅區附近的飯店。那時候，我為什麼沒有堅持要回家？即使現在後悔，也已經為時太晚。當時在弓成的呢喃和酒精的攻擊下，我的心情十分複雜，已經六神無主了。

我在不知不覺中走進了飯店的房間內，當時的感覺很奇妙，自己好像已經不是自己。那時候，我突然想起自己剛好是生理期，頓時不安起來。對於正值生理期的擔心和羞澀，令我的思緒混亂達到了極限，我鼓起勇氣對已經性致勃勃的他說：

「我今天剛好是生理期，請你諒解。」

我說話的態度十分恭敬，連我自己都感到意外，但弓成鎮定自若地說：

「即使是生理期也沒有關係。」

一切都結束了。我們根本沒有時間回味「愛的餘韻」，因為我擔心會被我丈夫發現，急急忙忙離開飯店，弓成為我攔了計程車，然後遞給司機一張五百圓紙鈔說：

「送她一程。」

我覺得心裡很不舒服，也覺得「這點錢根本不夠我坐到家裡」。唯我獨尊的弓成根本不懂得體諒他人。

當我回到家時，早就已經過了凌晨十二點。我丈夫還沒有睡，只說了一句：

「怎麼這麼晚？明天還要上班，早點睡吧！」

從我丈夫說話的語氣，我覺得他已經察覺發生了什麼事。

翌日，弓成打電話到我辦公室，約我下一個星期六見面。因為旁邊有人，所以我支支吾吾的。弓成利用我不方便說話，堅持一定要和我見面，於是我指定了見面地點，以便立刻掛斷電話。

星期六下午兩點，我如約前往新大谷飯店的酒吧「卡布里」和弓成見面。他說：「先離開這裡。」我們在飯店門口坐上計程車。
「我們去橫濱吧！」
他脫口說道。我很少去橫濱，還傻傻地以為「今天要去橫濱中華街吃飯」，心裡一陣雀躍，沒想到出發後，他又自言自語地說：
「現在去橫濱好像太晚了。」
然後又改口用堅定的語氣說：
「那去澀谷吧！」
結果，我們去了和罷工那天的同一家飯店。一進房間，他就迫不及待地在我耳邊說：
「見到妳太好了。」
他像之前那樣，用誇張的甜言蜜語令我神魂顛倒。我的意志不夠堅定，再度失身於他。
當我們準備離開時，弓成露出略微嚴肅的眼神，說有事要拜託我。
「我的記者生命可能維持不久了，我快完蛋了。妳可不可以私下把送到安西那裡的資料帶給我看？」
說完，他雙手合十地做出拜託的動作。我頓時如夢初醒，大聲叫著：
「我做不到！」
但弓成沒有放棄，他用手摟著我的肩膀，一次又一次地說：「拜託，拜託妳啦！」

他又說：「拜託啦！妳就當作是幫我的忙。我絕對不會給外務省或安西添麻煩，只是在寫稿時參考一下，我看完之後，會當場還給妳。」

他完全不聽我的解釋，我擔心如果拒絕他的要求，可能無法離開那家飯店。「拜託啦！」他執拗地在我耳邊呢喃，我終於用力點頭。

星期天，我心情沉重，滿腦子好像結滿了蜘蛛網。星期一去上班時，果然接到了弓成的電話。

「妳帶文件來新大谷飯店，我會坐公司的車子到入口，妳搭計程車跟在我的車子後面。」

弓成像往常一樣強勢地命令我，我只得乖乖從命。那時候，我已經不是愚蠢而已，而是變成了夢遊者。我把必須呈給安西審議官的文件悄悄帶去了新大谷飯店。

我發現了弓成的座車，按照他的指示，搭計程車跟在他的車後。車子開到四谷附近時，才坐上弓成的車。車子繼續往前開了一陣子之後，我們下了車，走進一家位於大樓地下室的酒吧。

「妳帶來了嗎？」

他傲慢地問道。我把文件交給了他，他俐落地看完之後，又默默地還給我。那次帶去的資料中似乎沒有他需要的內容。

從那天之後，我的命運就被弓成玩弄於股掌之上。他隨心所欲地遠距離操控我，我迷失了自我，每天都魂不守舍。

弓成每天都打電話給我，而且，每次都趁安西審議官不在的時候打來。他每次在電話中都不由分說地簡短命令：「拜託囉！」但是，我難以忍受背著別人偷偷把資料帶出去的不道德行為。我已經知道弓成當初邀約我的意圖了，很害怕接到他的電話。

然而，弓成這個人根本不會體諒別人的心情，每天都打電話命令我：「拜託囉！」或是在我桌上留紙條，內容和電話中說的話完全一樣，只有三個字「拜託囉」。

弓成通常會把我帶去的資料當場還給我。我們有時候會約在飯店見面，有時候會叫我送去位於赤坂的春日經濟研究所。

只有一次，他要求「文件借我一晚」，離開春日事務所時，把資料帶回家了。事後我才知道就是引發這起事件的「愛池和梅楊關於沖繩問題會談」的機密資料。他第二天就把文件還給了我，但我想他應該留下了影本。

自從我帶文件給弓成後，他對我的態度大為改變。即使在飯店見面時，也從來不對我說甜言蜜語，只是很公事化地和我上床，然後翻閱我帶給他的文件，幾乎沒有交談就各自離開了。我上了他的當。

我努力想要向他確認，但並不是確認他是不是愛我，而是他知不知道要求我做的「犯罪行為」是多麼嚴重，我在他眼中到底算什麼？我知道他是為了外務省的資料才和我上床，如果可以，他根本不想和我上床。即使如此，我還是主動邀他帶我去新宿的京王飯店，因為我記得以前有一次他指著剛建好的高樓飯店說：「那就是京王飯店。」我說想去看看，沒想到他的回答很冷淡。

「好，以後再說吧！」

昭和四十七年三月，我終於在報上看到了「外務省機密文件洩密案」的報導。

有一天早晨，我先生把報紙遞給我說：

「外務省發生了大事。」

我忍不住嚇了一跳，那不是我給弓成看的文件嗎？我急忙聯絡弓成，但始終聯絡不到他，只能在家裡等他的電話。凌晨兩點時，我才終於接到他的電話。

向來桀驁不馴的弓成在電話中有點慌張。

「是我的無心之過，我很擔心妳，妳先辭去外務省的工作。」

我跳了起來。

「我辦不到，我要照顧我先生。」

因為我生病的丈夫還需要依靠我柔弱的臂膀。

「我們報社不會虧待妳的，政治部長已經採取行動了，也會為妳準備離職金。」

我掛上了電話，情緒很激動，就把事情的來龍去脈告訴了我丈夫。我丈夫很鎮定，反而安慰我說：「事到如今也沒辦法了。妳先寫辭呈，一五一十地向安西審議官報告，聽從他的指示。」

第二天，我去外務省後，向安西審議官和盤托出。審議官看著天花板說：

「都怪我，不應該讓弓成接近妳，因為他從我這裡得不到消息，所以才從妳那裡下手……」

在安西審議官說話時，我始終看著窗戶。當時，我的腦海中閃過了「自殺」的念頭。

我在安西審議官的指示下主動赴警視廳說明。去警視廳之前，我又打了一通電話給弓成，想確認他的想法。弓成聽說我要去警視廳到案說明，嚇了一跳說：

「即使我辭職，也會幫助妳。妳對警方說，妳只給了我那三份文件，都是在外務省拿給我的，我們只有在有樂町吃過一次飯而已。」

我真的太糊塗了，又聽了他的話，在警視廳接受偵訊時，一開始按照他的指示說了，但這種謊言很快就被識破了。

「三木女士，妳來到這種地方還想著袒護別人。即使妳相信別人，對方也未必會為妳著想，人都是自私的。」

警視廳的人語氣平靜地訓諭我。我痛恨自己又聽了弓成的話，更無法原諒要求我說謊的弓成。第一次開庭時，我才見到弓成，他對著審判長向我道歉。他既然可以在那種地方道歉，為什麼不在鬧得滿城風雨的時候來向我道歉？

弓成和每朝新聞社道歉都只是為了替自己脫罪，在報紙上表達「遺憾之意」也是為了這個目的。為什麼不向我道歉？為什麼不保護我？無論在事件發生時或是在事件之後，他們從來沒有表示過任何的誠意。

我丈夫說，在媒體口中，我是「消息來源」。照理說，媒體必須徹底保護「消息來源」，弓成非但沒有保護我，還要求我在警視廳接受偵訊時說謊。弓成和《每朝新聞》能夠體會我當時哇地一聲哭出來，說：「刑警先生，對不起，請原諒我說了謊。」時的心情嗎？我這個身心都極度耗損的可憐「消息來源」，離開拘留所後就住進了精神科病房，我已經喪失了活下去的動力。

多虧坂元律師夫婦在我走投無路時救了我，我才能苟活到今天。

這次的事件對我們原本已經陷入谷底的夫妻關係帶來了更不幸的影響。我丈夫和我決定離婚。其實，我們之前曾經多次考慮離婚。我和我丈夫都是病人，當初是因為相互疼惜才會結婚，但因為我丈夫的病情嚴重，靠房租無法維持生活，我才會在他朋友的介紹下進入外務省工作。

當我的丈夫身體狀況稍微好轉後，他開始熱中於某件訴訟案。我丈夫生性耿直、做事規矩，凡事都要徹底追究到自己滿意為止，因此，他完全忘記了我的存在。他的這種態度引起了我的不滿，我有時候會和朋友一起在外面喝酒，也有時會晚歸。

這次的事件發生後，我很感謝我的丈夫。雖然他有病在身，卻無怨無悔地支持我，我們的生活比以前更加充實，也忘記了之前曾經想要離婚的事。

但是在審判過程中，《每朝新聞》的律師在辯論時，說了讓我丈夫難以忍受的話，多次暗示是我在養我丈夫。我丈夫十分震怒，為了男人的面子，他不得不決心和我離婚。

當我丈夫向我提出離婚時，我說不出話。我和他的婚姻生活終於畫下了休止符。弓成和《每朝新聞》摧毀了我最後的避風港，我將孤獨地走完我的下半生。

最後，我深切地向外務省所有的人和社會大眾道歉。

（完）

——這是該週刊對昨天在法庭上被判無罪的弓成和媒體所做出的猛烈判決。

※

自東京搭臥鋪夜車「隼號」抵達小倉車站的弓成亮太拎著一個行李袋，走出了剪票口。從關門海峽吹來的二月寒風呼嘯吹過車站，宣傳本地特產的明太子旗幟被吹得啪答啪答作響。弓成不經意地抬頭一看，發現這裡也在售報亭的明顯位置貼著刊登了三木昭子手記的《潮流週刊》廣告。

弓成大步走了過去，走向計程車招呼站。

三木的手記對他造成了不小的衝擊。事件發生當時，《潮流週刊》就對他抱有偏見，持續以八卦的方式報導這起事件，但沒想到他們拿到了三木昭子的手記，並在無罪判決的翌日上市——

無論三木昭子怎麼怨恨自己，都是自己必須一輩子背負的心靈枷鎖，但是，這份手記卻充滿謊言、誇張和對自己的怨恨。在百忙中抽空的約會的確經常在趕時間，但三木要趕著回家也是原因之一。雖然彼此都知道是成年人的私密情事，卻仍然不可自拔地被對方吸引，每次見面都難分難捨，沒想到在自己去美國採訪回國的數天後，三木主動提出以後不要再見面了。由於不明就裡，自己受到了很大的打擊。

他很想質問三木，無論她在法庭上的態度還是這份手記，到底是怎麼回事？更何況在他們第一個激情之夜時，三木根本沒有說她正值生理期，弓成也沒有發現。為什麼三木會做出如此的不實指控？弓成實在難以猜透她內心的想法。

弓成的老家距離車站大約七分鐘的車程。在離住宅區稍微有一點距離的空地上，建造了一棟遠看像是城堡般的牢固建築，用泥土墊高後，再用天然的石頭加固，四周圍起了白色圍牆。走上大理石階梯，正門敞開著。平常總是從旁邊的小門出入，為什麼今天……弓成感到不解，但想到父母是用這種方式迎接自己獲得無罪判決歸來，心頭湧起一股暖流。

「你回來了。」

母親迫不及待地出來迎接。她修長的身材穿和服特別好看，髮際處和鬢髮的白髮越來越明顯，弓成從小引以為傲的母親在上了年紀後仍然不失高雅，往日的美麗依稀可見。母親年輕時是下關花柳街最漂亮的藝伎，也是三味線高手。

身材發福的父親穿著三件式西裝坐在和室內等他。
「爸爸，讓你操心了。託你的福，我終於勝訴了。」亮太恭敬地對父親說。
「我早就相信你是無罪的。幹得好！這兩年你受了不少委屈，我聽到判決結果也很高興。」
父親老淚縱橫，語帶哽咽地說。
「先別說這麼多，來乾一杯慶祝一下！老婆，拿酒來！」
父親用洪亮的聲音對著走廊的方向叫了一聲，根本不在意一大早就喝酒。母親似乎早就有所準備，親自端著酒和菜走了進來，一家三口乾了杯。
「這種時候，你應該帶由里子一起回來。」
父親數落著亮太不夠貼心。
「不，這次我馬上就要回去。而且判決出爐後，很多人都會打電話、發電報或是上門，由里子忙著應付這些事，就連她妹妹也來家裡幫忙——對了，爸爸，我也收到你和弓成青果全體員工發的那份賀電。」
亮太有點害羞地道謝。父親脫下了西裝上衣。
「正午的新聞報導了你獲判無罪的新聞，在場的所有員工就一起鼓掌歡呼：『萬歲！』於是，就有人提出要發一份賀電。」
父親稜角分明的臉上露出滿面笑容，接二連三地乾了杯。

「但沒想到那本週刊在第二天就刊登那麼丟人現眼的報導，真的很對不起大家。我剛才看到小倉車站的便利商店前也堆了厚厚的一疊雜誌。」

亮太低頭道歉。

「沒人會去理會那點小事，早知道我應該多教你怎麼玩女人。」

父親拍著光禿禿的額頭開玩笑說。但曾經在高級花柳街打過滾的母親搖著頭說：

「不管是基於什麼理由，在雜誌上寫這麼不入流的事，簡直丟盡了女人的臉。我看了心情也很惡劣，不知道從小就是大家閨秀的由里子心裡會多難過。雖然昨天她在電話中很堅強，但反而更讓人覺得於心不忍。阿亮，你居然會被那種女人迷惑，實在太蠢了。」

母親說完，喝乾了杯中的酒。

「由里子應該很受傷害，下次我去東京時，會好好向她道歉。」

父親也連連點頭，同意母親的話。

「先不談這個，我今晚要去參加一場宴會，商工會議所的所長和縣議會議長也都會出席。早上和他們通電話時，我不小心說出你會回來，他們說要順便慶祝你的無罪判決。你可不可以去露一下臉？算是給我面子。」

父親說話時，已經有了幾分醉意。

「我才不去，開什麼玩笑。」亮太毫不猶豫地拒絕。

「阿亮，你先去洗個澡，好好休息一下。我已經準備好了，你隨時可以去洗。」

母親對滿臉疲憊的兒子說完，走了出去，房間內只留下父子兩人。

亮太將杯子倒扣在桌上，跪膝上前說：「爸爸，我有事要向你報告。」

「你有什麼話就說吧！一點小事嚇不倒我。」

父親目不轉睛地看著亮太。

「在獲判無罪後，我辭去了《每朝新聞》的工作，這次回來，也是為了向你報告這件事。之後的官司費用也要自行負擔……」

他的話還沒有說完，父親就訝異地問：「什麼？既然獲判無罪，為什麼要辭職？」

「即使一審無罪，檢方也不可能善罷甘休，百分之九十九會上訴。這兩年來，我都以休假的方式專心打官司，但總不能這樣一直佔著職缺不寫稿。」

「《每朝新聞》的政治部都是靠你在撐大局，辭職根本不像是你的作風，你千萬不能氣餒。」

父親大聲斥責。

「爸爸，你不瞭解報社的情況，所以不能怪你。很多記者寫了半天的稿子，卻沒辦法登在報紙上，難免會心生嫉妒。總之，我已經向編輯局長遞了辭呈。」

「你太性急了。報社應該不會同意吧？」

「他們一副鬆了一口氣的表情，好像早就等這一刻了。」

父親難以置信，眼神飄忽不定。

「他們居然把你用完就丟，難道這就是整天把國家大事掛在嘴上的報社作風嗎？」

父親憤然地說，然後皺著一張臉，用手背擦拭著眼尾。

「爸爸，我離開了報社，反而可以活得更像自己。」

「我相信你無論在哪裡都可以活得很精采，但眼前你有什麼打算？」

「眼前暫時沒有什麼具體的想法……」

聽到亮太含糊其詞，父親沉默片刻。

「要不要乾脆乘這個機會接手弓成青果？隨著超市的出現，蔬果的流通也發生了很大的變化，需要有創新想法的人才加入。」

亮太進大學時，就立志要當記者，父親喜不自勝地稱讚他是全家的榮耀，如今卻對他這麼說。

「我實在不想——」

他搖了搖頭。戰前，父親十五歲就離開了從小長大的香川縣鄉下，隻身來到西日本最大貿易港下關，看準了高價買賣的香蕉，有系統地從台灣進口香蕉，奠定了弓成青果的基礎。之後，他又在天津、北京、奉天（現瀋陽）、平壤、京城（現首爾）等中國大陸和朝鮮半島上擴大分店的網絡，成功地拓展了蔬果在這幾國之間的貿易，可以說是個靠自己的雙手打出一片天的成功人士。

父親很少在家裡談生意的事。在亮太懂事之前，他們都住在下關，家中的地下室總是貯藏了大量從台灣進口、皮還很青綠的堅硬香蕉，家裡總是飄著一股香蕉即將成熟的甜蜜香味。亮太至今仍然依稀記得在這股香味中，父親拿著整疊的鈔票，和老奸巨滑的掮客爾虞我詐地談生意的身影。

「你果然不喜歡蔬果生意，但對本地的縣議會也不感興趣吧？不久之後的選舉中，需要有力的候選人，有人來問我，看你有沒有意願出馬角逐。我還放話說，我兒子以後是《每朝新聞》的社長接班人，才不會來選什麼縣議員。」

父親得意地說。

「你是政治記者，很瞭解自由黨的內幕。你和小平外務大臣的關係良好，可以去做他的秘書兩、三年後，出來選眾議院的議員，選舉資金和票源的事都不必操心。」

父親十分嚴肅地說。小平和父親一樣，也來自香川縣的鄉下，再加上雙方家的遠親結了婚，永田町一直盛傳小平和記者弓成是親戚。然而事件發生後，弓成去小平家拜訪，被小平當面罵「三流記者」，此後除了小平以外，弘池會成員鈴森善市和田川七助等人也都對弓成敬而遠之。

「爸爸，我只想做搖筆桿的工作。」

他像是在發洩內心的煩躁般說完後，用力打開紙拉門，走出了和室。

「小老闆，你回來啦！」

在走廊上遇到的幫傭和學徒紛紛向他打招呼。

亮太對父親說出了內心話，卻無法說出自己的脆弱，他為自己的窩囊感到羞愧，決定先洗澡再說。

身體沉入了檜木浴池，整個鼻腔內都是檜木的味道。他差一點睡著，趕緊起身，穿上母親為他準備好的上漿浴衣和防寒的丹前和服，走入二樓自己的房間。母親已經貼心地為他鋪好溫暖的被子，亮太鑽進被子，立刻陷入了夢鄉。

朝陽在不知不覺中變成了晚霞，亮太發現枕邊有由里子的動靜。

「妳來了嗎？兩個孩子呢？」

他猛然坐了起來，發現不是由里子，和他四目相望的是母親。

「你夢見由里子了嗎？」瓜子臉的母親微笑地問。

「不，沒有啦——」亮太含糊其詞。

「你爸去公司了，然後會直接去參加宴會，還留言說，希望你也去露個臉。」

母親轉告他。

「我就不必了。爸爸一下子叫我繼承公司，一下子又叫我去參加宴會，他真的年紀大了。」

「阿亮，聽說你辭去了報社的工作？沒有了社會地位和頭銜，以後要怎麼過日子？由里子和小洋他們在別人面前抬不起頭，未免太可憐了。你就先印一些弓成青果董事的名片吧！」

母親深切瞭解人情冷暖，淡淡地對他說。

「以後再考慮。」亮太不耐煩地說。

「阿亮，你沒有察覺嗎？你爸今天心情很好，所以精神也很好，但其實他的肝臟越來越差，可能活不久了。」

母親意想不到的話令亮太驚愕不已。

「既然知道情況越來越差，為什麼不住院？我明天帶他去住院。」

如果必須晚兩、三天回東京，也是不得已的事。

「不可能，他很怕知道自己到底得了什麼病，說什麼都不願意去醫院。」

「這根本就是怕上醫院嘛！」

「他就是這種人，就讓他做自己想做的事吧！」

母親似乎已經作好了心理準備，不為所動地說。

※

檢察廳八樓的最高檢察署會議室內，正在召開外務省機密文件洩密案判決的上訴審議會。由於檢方原本認為絕對不可能敗訴，因此馬上決定上訴。

會議室的佈置很單調，只有一張可以容納十個人的大桌子和高至天花板的書架。雖然有面向日比谷公園的窗戶，但已經拉上了窗簾。之前在審議震撼政界的大規模政界貪污案的上訴問題時，被媒體在附近的帝國飯店客房內用望遠鏡頭偷拍到開會的情況，因而遭到大篇幅的報導。從此之後，尤其在開會時，都會神經質地拉上窗簾。

「這次的審判長是本山拓，會作出這樣的判決也是無可奈何的事。他在審判一開始就已經有了結論，這種牽強附會的判決在法律上根本站不住腳。」

坐在最上座的最高檢察廳刑事部長難掩憤怒地說。他曾經經歷每隔三、四年就在檢察廳和法務省職務之間的輪調，成為東京地檢的兩百五十名檢察官之一，之後又成為只有四十個名額的東京高檢檢察官，最後躋身於只有十五個名額的最高檢檢察官。因此，雖然他五短身材，其貌不揚，銳利的眼神卻令人不寒而慄。

參加審議會的八名成員如下：最高檢訴訟部長、高檢刑事部長、高檢訴訟部長、地檢副檢察長、地檢訴訟部長、地檢特搜部副部長，以及寫起訴書的主任檢察官、負責訴訟的森檢察官。如果是普通的案件，參加上訴審議會的最高層級只到地檢的副檢察長；只有和政界有密切關係的案件，檢察總長偶爾會親自出席。內閣掌握了檢察總長的任命權，因此，檢察總長的意見往往在很大程度上反映了首相的意向。

外務省機密文件洩密案讓前首相在視為執政最大政績的沖繩回歸問題上顏面盡失，雖然只有一名報社記者和一名女事務官涉案，但檢方接到了最高命令，必須賭上檢方的面子，好好懲戒弓成。

「先請承辦檢察官說一下對原判決的感想。」

最高檢刑事部長把手臂放在椅子扶手上，命令坐在末座的森檢察官發言。對森檢察官來說，最高檢的刑事部長高高在上，平時根本不曾有過當面說話的機會，因此，他滿臉緊張地看著發給所有與會者的原判決影本說：「正如長官一開始所說的，我認為完全都是本山審判長的恣意妄為。」

說到這裡，聲音沙啞了，他用力深呼吸後繼續說道：

「本山審判長在開庭審理期間，很明顯地逐漸傾向被告弓成無罪的心證，只看這方面的相關證據。原因就在於我方證人外務省官員拒絕作證的態度，我必須反省自己的力有未逮，但外務省官員對事先的討論也很不配合，在法庭上詰問證人時，幾乎都是沒有事先討論就直接上場。」

他越說越氣，越說越覺得無奈。

「這種事應該早就在預料之中。」

最高檢刑事部長不假辭色地斥責道。他的嚴厲態度讓在場所有人都嚇得閉了嘴，但很有學者氣質的地檢副檢察長為森檢察官解圍。

「這也不能全怪森檢察官，外務省官員認為出庭作證本身就是洩漏機密——」

這位地檢的副檢察長就是在弓成遭到逮捕後，對《每朝新聞》社會部的夜訪記者提到英國的判例法中有所謂的清白原則，刮別人的鬍子前，要先把自己的鬍子刮乾淨的那位檢察官。

在場的不少檢察官認同副檢察長公正的態度。不難想像外務省官員，尤其是課長或局長級人物，根本不把地檢的檢察官放在眼裡，即使檢察官發問，他們也不會認真回答。

然而，憑著起訴書中那句宛如言情小說般的「男女私情」幾個字成功澆熄了各報對「知的權利」的大肆討論，成功地置弓成於死地的主任檢察官難掩自己的出色表現慘遭滑鐵盧的憤怒，露出冷漠的表情。

「接下來討論上訴時的上訴書論點，地檢的訴訟部長有什麼看法？」

最高檢的刑事部長露出可怕的眼神說道。檢方的結論並非採取多數決，而是在充分討論後歸納整理，通常由下而上發言，以期每個人都有平等的發言機會。

四十五、六歲的訴訟部長看著放在桌上的筆記說：「原判決對憲法第二十一條『言論自由』和國家公務員法第一百條、第一百一十一條的解釋錯誤，當然應該廢棄原判決。」

他在陳述法條的錯誤解釋和誤認事實後，又說道：

「具體來說，首先，一審法官將報導自由和採訪自由混為一談。採訪的自由只是報導自由的準備階段，但原判決對憲法第二十一條的言論自由做了擴大解釋，認為兩者相同。

「其次，向公務員採訪機密的行為很明顯地符合了國家公務員法第一百一十一條的『教唆』要件，但原判決在和法益進行比較衡量，綜合考量後，判決為正當行為，這也是嚴重的誤認。

「國家公務員法第一百一十一條的『教唆』除了指構成暴力、脅迫等犯罪行為的行為以外，用金錢或其他利害關係進行誘導，採取針對對方的弱點加以攻擊的方法也都符合構成要件，所以當然應該判有罪。

「不受任何力量監督的媒體人會認為媒體的採訪毫無禁忌，這是他們缺乏常識，根本不應該有例外。

「尤其在本案中，慫恿一介從事事務工作的女秘書把機密文件帶出外務省的行為，也是社會常理所不允許的，媒體記者視之為採訪，簡直是無稽之談。」

訴訟部長義憤填膺地說完，要求主任檢察官進行補充。

在三木、弓成遭到拘留期間，就是這位聰明絕頂的主任檢察官負責在地檢進行複訊，也是由他撰寫了起訴書。他用眼神向上司行禮後開了口。

「弓成在偵訊時供述，三木是基於和他之間的信賴關係，才會把文件交給他，他從來沒有用強迫的手段，但事實卻並非如他所說。三木身為有夫之婦，卻接受弓成的邀約，最後有了親密關係，她的輕率行為的確必須受到指責。然而，在跨越那一條線之後，弓成每天打電話要求她：『拜託，妳一定要想想辦法。』或是他去審議官辦公室時，把寫著『拜託』的紙條放在她的辦公桌上。三木認為弓成的這些行為和脅迫沒什麼兩樣，她的心情很值得同情。三木在偵訊時說，有一次，弓成交給她一張畫了春日經濟研究所位置的地圖，要求她七點把資料帶去那裡，又說希望她每天都可以去那裡時，她想起了間諜電影，覺得自己已經走投無路，無處可逃了。

「三木供稱，她很清楚自己的行為多麼嚴重，在他們有了親密關係的三個月左右，每當傍晚聽到電話鈴聲，她就會心生恐懼，每次都請另一位男事務官接電話。我約談了那位男事務官，向他確認這件事。他說三木平時一聽到電話鈴聲，就會立刻接起電話，在夏天之後，經常要求他『你接電話』，事後回想起來，的確覺得很奇怪。

「弓成的教唆行為執拗且強烈，讓三木不得不把文件帶給他。無論在手段還是方法上，弓成都不具有正當性。」

主任檢察官冷靜地表達了意見。訴訟部長再度發言。

「原判決的第三個錯誤，就是對於『機密』的解釋適用太嚴格而且太過局限，缺乏合理性。」

地檢的副檢察長聽了，也忍不住點頭，冷靜地表達了反對意見。

「原判決嚴格限定『機密』的理由，在於認為公務是國民監督和公共討論的對象作為前提。」

「但是，對於行政事項中哪一項是機密，哪一項不是機密，當然應該由行政機關進行核定。原判決用必須接受國民監督的原則嚴格限定機密範圍，顯然邏輯不通，理由也不夠充分。」

「言之有理。」

最高檢的訴訟部長雖然被自己香菸的煙霧嗆到了，但還是附和道。

「政府機關為了國家利益和國家安全，不得不隱瞞許多事項。根據這個理論，原判決第四個問題在於外交談判過程中的會談內容的機密性——」

他一雙細長的眼睛看向在場的其他人。

「原判決對於外交談判的會談內容雖然根據其重要性、特殊性，認同其實質機密性，但僅限於談判期間的認定顯然缺乏相當性。」

相當於最高檢訴訟部長直屬部下的高檢訴訟部長也點頭表示同意。

「所以，我們對於三份電文的實質機密性有什麼見解？」

最高檢訴訟部長立刻詢問高檢訴訟部長的意見。

「三份電文都核定為極機密文件，可以推測作為機密加以保護的必要性極高。原判決在這個問題上，認為三份電文雖具實質機密性，但內容已由日、美的媒體進行了報導，幾乎相當於眾所周知的事實，實質機密性並不高的判斷極其失當。」

「的確，原判決在這一點上的判斷錯誤是非常罕見的。」

始終抽著菸的高檢刑事部長張開微微朝上的鼻孔，表達了意見。

「我向來討厭外務省官員的目中無人，但這與外交談判的重要性是兩回事。

「外交談判過程中的相關事項是否具有機密保護的必要性，必須尊重責任機關外務省當局的判斷，不可以由法院自行作出判斷，這不是司法可以插手的問題。」

他作出了不同於外表的嚴厲判斷。

在場的所有人都表達意見後，最高檢刑事部長緩緩地坐直身體。

「本案根本與憲法中的知的權利和言論自由無關，只要把焦點放在被告弓成的採訪行為上，問題就解決了。為了讓高院充分瞭解本案的本質，上訴書必須將重點鎖定在這件事上——上訴書要在三天後完成。」

最高檢刑事部長命令道。上訴書將由幾名地檢檢察官分頭完成不同的項目後加以彙整，再交由高檢、最高檢審核，最後還要交給檢察總長過目。

這幾年始終沒有出色表現的檢察系統似乎想藉由這個案件，重振威信。

※

由里子豎起大衣領子，吐著白氣，專心地走在滿是樹冰的山路上。前方是日光的中禪寺湖經由大尻川形成落差九十七公尺的華嚴瀑布。

路面都結冰了，她的腳下滑了好幾次，每次都抓著路旁的欄杆站了起來，但或許是因為走得太專心了，居然不覺得痛。

前往瀑布的路上被冰雪封鎖，沿途完全沒有遇到人或車子，只有寒風不時吹來，吹起掛在樹木上的冰，飄入溪谷。

「這位太太，這個時候妳要去哪裡——？」

突然，一名身穿蓑衣的老人從轉角處現身。

「我想去瀑布……」

「這個季節，華嚴瀑布都結冰了。妳一個女人家打哪兒來的？」
老人用好奇的目光看著只拿了一個手提包的由里子。
「我從金谷飯店來，想在附近走走，結果就……」
「真奇怪，金谷飯店從十一月中旬之後就暫時歇業了。」
「這一陣子又開始營業了，我就是從飯店過來的。」
老人繼續露出狐疑的表情。
「這個季節沒有觀光客，鹿和猴子都會跑到馬路上，雖然不會擾人，但沿途要小心。」
老人露出充滿慈愛的眼神，說完後，正準備離開。
「對了，剛才有一個男人走向瀑布的方向，妳趕快叫住他，你們可以一起去。現在的回音很強，只要妳大聲喊叫，應該可以聽到。」
「謝謝你。」
由里子道了謝，再度往前走，不一會兒，她看到前方有一個像黑色豆子般大小的影子，在結滿冰的樹木之間若隱若現。她並沒有走太遠，前方的人影越來越大，可以清楚看到披著黑色斗篷的男人背影，但由里子無法更靠近他。
鳥兒飛起，冰屑在由里子的眼前散開，她在不知不覺中迷失了斗篷男子的蹤影。
由里子吐著白氣，終於來到可以眺望瀑布的展望台。展望台禁止進入，但在展望台的外側也可以看到華嚴瀑布。直落九十七公尺下方令人目眩的谷底水量很少，已經化為一個巨大的冰柱。

由里子踏進被茫茫白雪淹沒的山白竹竹林中，瀑布的冰柱發出可怕的白光，谷底的水面濺起淺藍色的水花。變成冰柱的瀑布水流不時發出巨大的聲響落入谷底，由里子嚇得往後退了一步，又再度被吸引著挪向斷崖的方向。剛才那個穿黑色斗篷的男人突然出現在崖邊，開始吟詩。

悠悠哉天壤，遼遼哉古今，五呎小軀，難測大空……萬般真相，一言蔽曰，「不可解」。我悶懷此恨，終決意一死。

既立巖頭，胸無不安。始知大悲觀亦是大樂觀——

風聲時隱時現。那不是明治時代，曾是一高學生的藤村操㉓將瀑布附近的一棵大葉櫟樹刮下樹皮，留下的題為「巖頭之感」的遺書嗎？由里子記得在她學生時代，那些哲學系的男生熱烈地討論藤村操投河自盡時留下的這首辭世詩。

如今，帶著相同心情的自己又能夠留下什麼？正當她腦海閃過這個念頭時，黑色斗篷男子跳入了瀑布中。

斗篷離開了男人的身體，在空中飛舞，飄在結冰的樹枝上，男人的身體時而頭朝下，時而雙腳朝下地轉了幾圈，最後墜入了谷底。由里子覺得宛如在看慢動作的影像。

瀑布下方傳來「叭」的一聲巨響，藍色的谷底染成了一片鮮紅。由里子嚇得愣在原地，正當她被鮮紅的血河吸引時，猛然張開了眼睛。

原來是夢。但那個黑色斗篷的男人……該不會是自己深層心理投射的影子？

由里子摸著被冷汗濕透的睡衣，渾身忍不住顫抖。

她一次又一次告訴自己，這只是夢，但身體仍然顫抖不已。她對獨自離開東京，身處這麼遙遠的飯店感到害怕，不假思索地拿起床頭櫃上的電話，撥了一個號碼。那是妹妹家裡的電話，但她的手顫抖不已，撥錯了好幾次。

終於接通了，電話鈴聲響了。雖然還不到凌晨五點，但話筒中立刻傳來妹妹的聲音。

「喂？」

由里子想要說話，卻好像失去了聲音，說不出話來。

「喂？請問是哪位？由里子姊嗎？」

電話中傳來芙佐子清晰的聲音，但由里子仍然說不出話。

㉓藤村操（一八八六—一九〇三），是東京第一高等學校的學生。他在日光的華巖瀑布投水自盡，自殺現場留下一封遺書「巖頭之感」，內容對當時的媒體以及知識分子造成相當大的衝擊。

「姊姊，是不是妳？妳現在人在哪裡？快告訴我。」
芙佐子的聲音很緊張。
「對……對不起，這麼早——」由里子終於開了口。
「這不重要啦！妳在哪裡？妳不在京都吧？」
「其實我來日光了，在中禪寺的金谷飯店……」
「冬季去什麼中禪寺……妳到底想幹嘛？姊姊，妳該不會……？」
芙佐子說到這裡，終於恍然大悟，把接下來的話吞了下去。
「我原本要去京都的……洋一和純二還好吧？」
「他們很好，昨晚和我家的孩子玩累了。他們以為妳去醫院探視遠房親戚了。」
聽到妹妹的話，由里子鬆了一口氣。
由里子和妹妹在電話中約定，一到東京車站就立刻打電話和妹妹聯絡，然後她掛上了電話，等待天亮。
不一會兒，由里子感受到柔和的朝陽，換上了毛衣，但身體仍然忍不住發抖。
她來到大廳時，暖爐剛好加了新的柴火。
「早安。」
飯店服務生很有精神地向她打招呼，為她將搖椅搬到暖爐旁。

這家飯店是位於中禪寺湖畔的大葉櫟樹林中的度假飯店，由一位加拿大建築師設計，十五年前，由里子曾經來這裡度蜜月。

她回想起當年一走進飯店，聽到櫃檯稱她「弓成太太」時的羞澀和喜悅。

「餐廳馬上就開了，我先幫您倒一杯熱飲。」

服務生的服務態度也和當年一樣貼心。

「那給我一杯熱可可——」

由里子點了熱飲後，注視著越燒越旺的爐火。她很怕那個身穿黑色斗篷的男人會再度出現在古典造型的石製暖爐火焰中，但她告訴自己，那只是夢。如果自己死得這麼悽慘，兩個孩子應該一輩子都會痛恨這樣的母親。

她慢慢喝著服務生送上來的熱可可，腦海中浮現出丈夫獲判無罪的翌日，週刊上刊登的三木昭子手記。

自從丈夫遭到逮捕後，她已經習慣了媒體的無心攻擊，但看到三木口述的手記時，衝擊太大了，對自己這個妻子來說實在太殘酷了。

然而，丈夫卻以要和父親討論日後的事為由，在判決後馬上就回去九州。

實在太自私、太遲鈍了，居然連三木在生理期的時候都仍然渴求她的身體。雖然由里子不認為手記百分之百都是真實的，但她覺得之前對此一無所知時，和丈夫溫存的自己很骯髒，為此感到無地自容。她向妹妹坦承，她想離開與丈夫共同生活的家，一個人靜一靜，哪怕只有一天也好，於是將兩個兒子託給妹妹，獨自出了門。

妹妹發現她不對勁，擔心地要她留下去處。由里子想起以前曾經在冬天造訪京都的銀閣寺，深受吸引，便這麼告訴妹妹。妹妹向她確認：「妳是不是住在蹴上的那家都飯店？」之後就不再多問，開車送她到東京車站。但是，由里子在售票處買了之前完全沒有想到的往日光的車票，她失魂落魄，甚至不知道買的是幾點的哪一班車。

為什麼自己偏偏來到了度蜜月的地方？

回想十五年前，新婚的由里子依偎在丈夫身旁，眺望著滿山遍野宛如燃燒般的紅葉，為自視記者天職的丈夫感到驕傲，在內心發誓，一定要成為在背後支持他的女人。丈夫也說，向民眾傳達真相是報社記者的使命，他不止一次因為感受到這分重責大任而在半夜驚醒，為此感到肅然。

然而，那樣的丈夫已經不在了。由里子下定決心要離開丈夫。

——中冊完

人生可以受打擊，人格可以被抹黑，
然而，堅定不屈的記者魂任誰也無法摧毀！

山崎豐子
命運之人
下

山崎豐子跨入文壇五十年的使命之作！
一部最撼動人心的命運史詩！

過往的一切，如今全有了答案：其實那分深情始終都在，
只待他去找回；曾有的澎湃也從未消失，
只是這一回，他將用他的方式，為自己的使命發聲！

國家圖書館出版品預行編目資料

命運之人 / 山崎豐子著 ; 王蘊潔譯. -- 初版. -- 臺北市 : 皇冠, 2011.02
冊; 公分. --(皇冠叢書; 第4078-4090種) (大賞; 42-45)
譯自 : 運命の人
ISBN 978-957-33-2765-3 (上冊 : 平裝). --
ISBN 978-957-33-2766-0 (中冊 : 平裝). --
ISBN 978-957-33-2767-7 (下冊 : 平裝)

861.57 99026954

皇冠叢書第4079種
大賞 | 043

命運之人【中】
運命の人

作　　者—山崎豐子
譯　　者—王蘊潔
發 行 人—平雲
出版發行—皇冠文化出版有限公司
台北市敦化北路120巷50號
電話◎02-27168888
郵撥帳號◎15261516號
皇冠出版社(香港)有限公司
香港上環文咸東街50號寶恒商業中心
23樓2301-3室
電話◎2529-1778　傳真◎2527-0904
出版統籌—盧春旭
外文編輯—黃釋慧
美術設計—王瓊瑤
印　　務—林佳燕
校　　對—鮑秀珍・洪正鳳・丁慧瑋
著作完成日期—2009年
初版一刷日期—2011年3月
初版四刷日期—2014年2月
法律顧問—王惠光律師

讀者服務傳真專線◎02-27150507
電腦編號◎506043
ISBN◎978-957-33-2766-0
Printed in Taiwan
本書定價◎新台幣300元/港幣100元